컬러 페이지인데
왜 나만….

자스민 / 키사라기 마리카

세 살 연상의 누나. 남자와 사귀다 헤어지면 본가
로 돌아온다. 순정가련GIRL 행세를 하는 여자. 별
명은 이름인 '마리카(茉莉花)'에서 따와서 자스민.

"아하.
아마츠유,
오랜만에
누나랑
만나서
기쁘지
않아?"

죠로부, 바다에

츠바키 / 요우키 치하루
내가 아르바이트 하는 '따끈따끈한 튀김꼬치 가게'의 점장. 가슴 화제는 터부(Taboo)다.

아스나로 / 하네타치 히나
신문부의 민완 편집부원. 허둥대면 사투리가 튀어나온다.

탄포포 / 카마타 키미에
야구부의 매니저이자 1학년. 자기 팬을 '솜털바라기'라고 부른다.

팬지 / 산쇼쿠인 스미레코
어째서인지 나에게만 독설을 퍼붓는, 땋은 머리에 안경을 낀 도서실의 주인.

히마와리 / 히나타 아오이

내 소꿉친구로, 운동 신경만큼은
뛰어난 무자각 bitch.

썬 / 오오가 타이요

어렸을 적부터 야구만 하는 매일을
보낸 야구부의 에이스이자 내 베프.

코스모스 / 아키노 사쿠라

학생회장. 겉으로는 쿨하지만, 사실
은 꽤나 덜렁대고 소녀틱.

"으으!
왜 안 맞는 거야!"

"차가워!
기운찬
금붕어네."

사잔카 / 마야마 아사카
원래 좀 놀았던 애. 지금은 청초한 껍
질을 뒤집어썼지만, 사실은 야수에 카
리스마 그룹의 리더 같은 존재.

contents

나는 그렇게까지 부활하고 싶지 않다

프롤로그

드디어 본격적으로 시작된 여름 방학.

정신없던 1학기를 마치고 간신히 짧은 안식의 때가 찾아왔나 싶었지만, 그런 일은 전혀 없었다.

나, 죠로＝키사라기 아마츠유의 여름 방학은 장난 아니게 정신없었다….

한시의 빈틈도 없이 들어찬 예정… 오늘은 그중 하나인 도서실 업무를 무사히 끝냈다.

여름 방학임에도 불구하고 대성황인 도서실. 게다가 오늘은 평소에 도와주는 사람들이 다들 자기 일이 있었기 때문에 나와 도서위원, 이렇게 둘이서 하느라 큰일이었다.

간신히 무사히 끝낼 수 있었지만, 피로가 평소의 몇 배는 되는 듯했다.

정말이지 동료의 고마움이 절절하게 느껴지는 하루였어….

"죠로, 수고했어. 오늘도 도와줘서 고마워."

"여어. 팬지도 고생했어."

서로 수고했다는 말을 주고받는 이 여성은 니시키즈타 고등학교의 도서위원, 산쇼쿠인 스미레코… 통칭 '팬지'.

성격은 평소라면 조용하고 어른스럽…지만, 마음을 연 상대에게는 말도 제법 한다.

더불어서 내 발언을 자기에게 유리한 방향으로 해석해서 억지를 부려 대고, 조금 마음에 안 드는 일이 있으면 바로 토라져서 독설을 날려 대는 등, 다소… 아니, 꽤나 귀찮은 여자다.

겉모습은 양 갈래로 땋은 머리에 안경에 납작가슴까지 완벽하게 내 취향이 아니지만, 그 모습은 가짜. 사실은 엄청나게 가슴이 큰 미인이라는, 도무지 말이 안 되는 스펙의 여자다.

"자, 받아."

"음, 땡큐."

독서 스페이스에서 쉬는 내 앞에 놓이는 홍차.

그걸 한 모금 마시자, 어머나 신기해라. 지금까지의 피로가 순식간에 날아갔다.

"맛있어?"

"그래, 맛있는데."

"그거 다행이네. …후훗."

"……."

조용히 옆에 앉는 팬지의 담담하면서도 어딘가 밝은 목소리와 부드럽게 미소 짓는 옆얼굴에 무심코 가슴이 두근거리며 뛰었다. 양 갈래로 땋은 머리에 안경 상태인 이 녀석에게 내가 이런 감정을 품게 되다니, 정말로 누가 예상이나 했을까.

…이미 숨길 생각도 없으니까 솔직하게 말하도록 하겠는데…. 나는 이 산쇼쿠인 스미레코라는 여자를 좋아한다. 좋아하는 여자애가 웃는 모습을 보고 두근거리지 않는 남자는 기의 없겠지?

"어머? 왜 그래?"

"…별로."

"후훗. 여전히 솔직하지 않다니까."

그리고 팬지도 나에게 연애 감정을 품고 있으니, 우리는 서로 좋아하는 관계.

…하지만 오해가 없도록 덧붙이겠는데, 우리는 서로 좋아한다고 해도 연인은 아니다.

그 사정은 조금 복잡하니까, 여기서는 생략하지. 참 많은 일이 있어서….

"오늘은 모두가 안 와서 적적했어."

"다른 녀석들에게도 자기 사정이 있으니까 어쩔 수 없잖아."

뭐, 여기까지는 좋지만, 이다음부터가 문제다.

이 팬지라는 여자. 최근까지 아주 귀찮은 트러블을 끌어안고 있었기 때문에 기운이 없었는데, 그것도 과거의 이야기. 현재는 멋질 만큼 완전 부활을 이루었다.

그리고 나와 서로 좋아하는 사이란 걸 알았으니….

"당신은 좋아하는 나와 단둘이 있을 수 있어서 행복했을지도 모르지만…."

이전과 비교해서 더더욱 기세가 오르기 시작했다.

"…나는 그런 소리를 한마디도 한 적 없을 텐데?"

"그렇지 않아. '다른 녀석들에게도 자기 사정이 있으니까 어쩔 수 없잖아…. 우히히, 사랑하는 스미레코땅하고 단둘…. 쿵카쿵

카.'라며 성욕에 물든 발언을 하지 않았어?"

"왜 후반에 묘한 각색을 집어넣는 건데?"

"솔직해지지 못하고 금붕어 똥처럼 달라붙는 당신의 마음을 대변해 봤어. 나는 서로 좋아하는 사람의 마음을 완벽하게 참작할 수 있는 멋진 여자니까."

"어이, 그 괜한 독설과 의기양양한 얼굴을 지금 당장 치워."

아주 신이 나셨구만…. 이전부터 내 발언을 자기 멋대로 해석하는 포지티브함을 가졌지만, 드디어 '발언의 추가'까지 할 만큼 강화되었으니 정말로 귀찮다.

게다가 이 여자는 내 생각을 읽는 에스퍼 능력까지 가졌다.

그쪽까지 강화되었으면 대체 어째야 좋단 말인가 싶어서 소름이 끼치지만, 지금으로서는 그런 조짐이 보이지 않으니까 안도….

"그렇지 않아. 그쪽도 확실히 성장했으니까. …모처럼이니까 지금부터 가르쳐 줄까?"

해도 되는 건지 의심스럽군…. 뭘 가르쳐 주려는 건지 전혀 모르겠지만, 꽤나 기합이 들어간 모습으로 스스슥 내 쪽으로 몸을 붙이기에 항상 그렇듯이 샤샤샥 철수.

진짜 모습의 팬지라면 대환영이지만, 지금 모습의 팬지는 사상합니다.

"후후후. 특별히 힘 좀 써 볼게."

"아니, 됐어."

평소라면 내가 싫어하는 태도를 보이면 토라지지만, 오늘은 왠지 기분이 좋아 보인다.

그게 나의 불안을 괜히 부채질하는데, 어떻게 할 수 없는 일이니 체념하자.

"정말이지…. 당신은 나를 너무 좋아해."

"그래. 그 점에 대해서는 긍정하지."

"그건 즉, 나와 결혼하고 싶어 죽겠다는 소리지?"

"아냐! 왜 그런 결론에 도달하는데?!"

"우리는 이미 연인이라고 해도 과언이 아닌 관계잖아?!"

"적당히 해! 너는 어디서 그런 자신감을 조달한 거야?!"

"당신을 기쁘게 하는 일이라면 나보다 나은 사람은 없다는 확신이 있어."

"그럴 리 없잖아! 오히려 반대야!"

"나랑 같이 있는 게… 싫어?"

"지금 이 순간에 한해서 말하자면 고개를 전력으로 내저을 수 있는 상황이야."

"…후훗. 더 솔직해져도 되는데. 죠로, 당신은 거짓말을 하고 있네?"

"솔직하게 너에 대한 마음을 절찬리 퍼붓고 있는 중이다!"

"그렇다면 나한테 좋아한다고 더 말해도 좋지 않을까?"

"됐다, 됐어. 그거랑 이건 다른 이야기잖아."

"그럼 오늘 하굣길에는 손 안 잡아 줄 거야."

"그건 문제없어. 나는 딱히 그런 거에 흥미 없으니까."

"…한동안 그쪽 모습을 당신에게 못 보여 주겠는데, 그것두 상관없어?"

"으윽! 가, 가끔은 좋잖아…."

"그렇게 발정만 하지 말고 조금은 참아 보는 건 어떨까?"

"어, 어쩔 수 없잖아! 저기… 진짜 너는 아주 귀엽… 우물쭈물."

"어머! 내 내면을 사랑해 준다니, 너무 행복해서 어떻게 될 것만 같아…."

"네 평가 포인트는! 그쪽이 아냐!"

"나의 그쪽 외견에 흥미진진하다는 것도 잘 전해졌어."

"당연하잖아. 너를 향한 내 호의의 거의 전부가 그쪽이라고 해도 좋을 정도야."

"과자를 만들어 오거나, 상냥하게 대해 주거나 하는 면은 좋아해?"

"앞부분이라면 감사하지. 뒷부분이라면 애초에 너한테 그런 요소는 티끌만큼도 없어."

"나의 심술과 비뚤어진 성격은 거슬려?"

"꽤나. 그걸 어떻게 좀 히고 싶어서 좀이 쑤실 정도야."

"즉, 나랑 더 러브러브하고 싶다는 소리네…."

"당연히 아니지! 그 결론에 도달하는 길이 대체 어디에 있는 거냐!"

"나와 멀어지고 싶어?"

"그거 좋은 제안이군. 확인할 것도 없는 문제지만."

"…난 당신과 연인다운 일을 해 보고 싶어."

"하아…. 너는 나를 너무 좋아하잖아."

내가 진절머리를 내면서 말을 내뱉자, 팬지가 꿀꺽꿀꺽 홍차를 마시고 만족스럽게 숨을 내뱉었다.

그리고 자신만만한 얼굴로 나를 바라보며 말했다.

"뭐, 이런 느낌이야. …어때? 나도 성장했지?"

"뭐? 무슨 소리야?"

"모르겠어? 여전히 뇌 구조가 엉망이네…."

"어떻게 알겠냐! 나는 너의 그런 점이 정말 싫다니까!"

"아까 내 심술에 감사한다고 했잖아."

그런 소리는 한 번도 한 적이 없고, 그런 생각은 전혀 하지도 않는다.

"정말로 모르는 거네. 하아…. 어쩔 수 없으니까 특별히 가르쳐 줄게."

"그거 감사합니다요."

"당신은 정말로 심술쟁이. 그러니까 전부 거꾸로 뒤집어서 대화를 되짚어 보면 되겠네? 정말로 솔직하지 않다니까."

팬지가 H. G. 웰스의 『타임머신』을 가볍게 내게 선보이면서 그렇게 말했다. 일부러 원서를 지참하다니. 아무래도 이 녀석은 독서를 위해 영어도 제대로 배운 모양이다.

하지만 영문을 모르겠군. 거꾸로 뒤집어서 대화를 되짚어 본다… 응?

거꾸로 뒤집어서 대화를 되짚어 본다…라고?

……으아아아아아아아!

"너, 너…!"

"후후후. 간신히 이해해 준 모양이네. 아주 기뻐."

서, 설마…. 이 정도까지 할 수 있게 되다니….

정말로 에스퍼 능력까지 파워 업했어….

내 마음을 읽는 것으로 끝나지 않고 발언까지 완벽하게 컨트롤하다니, 대체 얼마나 무시무시한 존재가 된 거지?

…이해를 못 하는 사람이 있을 경우를 위해서, 팬지가 뭘 했는지를 전하도록 하겠다.

나와 팬지가 나눈 방금 전의 긴 대화.

그것을 순서대로 읽으면 평소와 같은 대화지만……. 맨 뒤에서부터 거꾸로 읽으면 엄청난 대화가 된다.

설마 나를 매저키스트로 만들고 프러포즈까지 시킬 줄은 몰랐어….

"혼인 신고서는 언제 제출할까요, 여·보?"

내 어깨에 자기 머리를 얹으며 기분 좋게 미소 짓는 팬지.

그런 이 녀석에게 내가 할 소리는 단 하나뿐이다.

"으으… 정말 적당히 좀 해 주세요…."

이렇게 나의 파란만장한 여름 방학의 개막에 어울리는 하루는 끝을 고했다.

내가 아주 꺼리는 사람

제 **1** 장

"**···아**마츠유, ···아마츠유."

"음? 으음···."

내가 침대에서 어제 에스퍼 도서위원 때문에 새겨진 트라우마를 잊으려고 단잠을 자고 있는데 울리는 목소리. 눈을 뜨니, 한 여성이 내 뺨을 꾹꾹 찌르고 있었다.

"아, 겨우 일어났어?"

아름답게 기른 긴 머리. 긴 속눈썹. 살짝 날카로운 눈. 다소 풍만한 가슴골이 원피스 깃 사이로 엿보이는데, 거기에는 모든 꿈이 모여 있는 걸지도 모르겠다.

"좀처럼 안 일어나니까 힘들었잖아. 좋은 아침."

"······."

내가 눈 뜬 것을 확인하고 기분 좋게 미소 짓는, 성인의 매력이 넘치는 미녀.

하지만 내가 눈을 떠도 아무 말 없는 것이 걱정되었는지 살짝 눈썹을 찌푸렸다.

"어라? 혹시 잠이 덜 깼어? 그럼 같이 목욕해 줄까? 그러면 눈이 번쩍 떠질걸? ···농담이야. 후후."

음, 요즘 미녀에게 같이 목욕하자는 제안을 듣는 일이 잦군.

승낙하면 강제 성모 엔딩으로 끌려가는, 마이너스의 스파이럴이 발생하는 꿈을 꾸는 게 아닌지 의심하고 싶어지는데···. 애석하게도 이게 꿈이 아니라는 확신이 있었다.

"아니, 괜찮아."

"아하. 아마츠유, 혹시 부끄러워하는 거 아냐?"

"아니, 전혀."

"그렇게 뻣뻣한 얼굴 하지 않아도 되는데. 여전히 귀여우니까."

괜히 친한 척 내 이름을 부르는 미녀.

당연하지만 나는 이 사람이 누군지 알고 있다. 그리고 무슨 일이 있든지 나는 이 사람에게 만큼은 절대로 가슴이 뛰지 않는다.

그럼 그런 이 사람이 누구냐 하는 문제 말인데…. 여러분은 팬지가 처음 우리 집에 왔을 때 엄마가 했던 발언을 기억하고 있을까?

잊어버린 사람이 있을지도 모르니까 다시 한번 그 말의 일부를 옮겨 보도록 하지.

바로 이거다.

'그래! 이 애는 아주 착해! 옛날에 말이지, **가족 넷이서** 여행을 갔을 때….'

가족 넷. 그게 내 눈앞에 있는 여성의 정체와 이어진다.

그래. 이 사람은….

"오랜만에 누나랑 만나서 기쁘지 않아?"

키사라기 마리카. 세 살 연상의 내 친누나다….

"누나…. 돌아왔구나."

"응. 8월은 대학도 여름 방학이고, 아마츠유의 얼굴도 보고 싶었으니까."

누나는 집과 멀리 떨어진 곳에 있는 대학을 다니기 때문에, 보통은 혼자 살고 있다.

고로 여름 방학과 연말연시, 그리고 봄방학에 **어떤 조건**이 갖추어지면 집에 돌아온다.

그리고 솔직히 말해서… 나는 누나가 아주 껄끄럽다.

겉모습은 다소곳한 미녀. 성격은 붙임성 좋은 순정가련GIRL.

이것만 보면 멋진 누나라고 할 수 있겠지.

…하지만 잊으면 안 될 게 하나 있다.

이 사람은 **내** 누나다. 그리고 집에 돌아오는 조건이란….

"…또 남자한테 차였어?"

"아니라고! 그딴 자식, 내가 차 버렸거든!"

네~ 본성 나왔습니다~ 역시 남자랑 헤어져서 한가해졌기에 집에 돌아온 거로군….

"진짜 믿을 게 못 된다니까, 그 자식! 밥 먹으러 가면 항상 멋대로 닭튀김에 레몬즙을 뿌리고!※ 먼저 말 한마디 하면 안 되냐고! 이 마음, 너는 알겠지?!"

뭐, 이 난폭한 어조가 진짜 누나다.

평소에는 남자가 듣기 좋도록 어조와 성격을 꾸며 순정가련

※닭튀김에 레몬즙~ : 한국에서의 '탕수육 부먹, 찍먹'과 비슷한 다툼이라고 생각하면 된다.

GIRL을 가장하는 여자.

내 누나는 좀… 아니, 꽤 입이 험하다.

알겠지? 역시 내 누나지?

"솔직히 마음은 전혀 모르겠어. 그나저나 여전히 하찮은 이유로 헤어졌네…."

"아마츠유. 남녀 사이가 깨지는 데에 극적인 이유 따윈 없어. 작은 문제가 쌓이고 고였다가 언젠가 폭발하는 거야…."

애수를 드리우며 그렇게 말하지만, 고작 닭튀김과 레몬의 이야기임을 잊지 말도록.

하지만 그런 말을 들어 보니 다른 불만이 있었던 모양이다. 나랑은 상관없지만.

"예전 남자랑 헤어졌을 때는 '일일이 나한테 확인한단 말이야. 행동력이 없어!'라고 말했잖아. 그거랑 비교하면…."

"홋…. 그런 일도 있었지. 아마츠유, 조심하도록 해. 남자란 말이지, 사귀기 전까지는 꽤나 적극적이었던 주제에 막상 사귀기 시작하면 보수적이 되는 일이 많으니까."

적극적인 남자는 좋아하지만, 적극적으로 닭튀김에 레몬즙을 뿌리는 남자는 안 되는 모양이다. 까다롭다.

"잃는 두려움을 알았을 때, 남자는 약해져."

왜 무슨 명언인 것처럼 말하는데, 이 인간?

"뭐, 됐어. 그보다 아마츠유, 얼른 일어나서 밥 먹어. …그리고 그게 끝나면 쇼핑 나갈 거니까. 짐꾼 잘 부탁해."

"뭐?! 왜 내가 그딴 짓을 해야 하는데?"

나왔다! 누나의 횡포! 그러니까 나는 이 사람이 껄끄럽다고!

돌아올 때마다 헤어진 남자에 대해 투덜거리지, 사람을 자기 좋을 대로 이용하지, 횡포도 이런 횡포가 없어! 조금은 동생 생각을 해 봐!

오늘은 느긋하게 쉬면서 내일부터 이어지는 노도와 같은 스케줄에 대비해야 한다고!

그게 없어지게 생겼다!

"뭐? 누나한테 그렇게 말하면 안 되잖아? 너 아까 내 가슴 봤잖아? 그러니까 짐꾼! 당연한 소릴 하지 마."

"당연한 그 소리, 들은 적 없어! 그리고 대부분 누나가 멋대로 보인 거잖아! 나는 누나의 가슴 같은 거 요만큼도 흥미 없다고!"

"윽! 나 역시 네 사타쿠니 같은 거, 요만큼도 흥미 없어!"

"흥미가 있으면 큰일이야!"

"마리카, 아마츠유, 시끄러워! 밥 다 됐으니까 얼른 오렴!"

""윽!""

이런…. 1층에서 엄마의 노성이 들려왔다.

지금 어조는 꽤나 화났을 때의 것이다. 제길… 어쩔 수 없군….

"칫. 엄마 성질 돋우면 안 되지…. 아마츠유, 지금은 휴전이야. 알겠지?"

"그래. 하지만 쇼핑에 따라가진 않을 거니까."

"흥! 그런 말이 1층에 내려가서도 계속될지 보고 싶네."

언제까지든 계속해 주마. 오늘은 반드시 느긋하게 보내기로 했으니까!

아무리 누나라고 해도 그건 양보하지 않겠어.

뭐, 일단 이 누나와의 쓸데없는 싸움은 멈추고, 1층으로 내려가서 아침밥을 먹어 볼까….

"……."

오전 9시. 아마츠유 가의 거실에 있는 테이블에서 묵묵히 식사를 하는 나.

오늘 메뉴는 쌀밥에 된장국, 거기에 구운 생선과 낫토까지 해서 멋진 일본식 아침 식사다.

참고로 우리 집은 4인 가족이지만, 테이블은 꽤 큰 것이라서 여섯 명까지 쓸 수 있다.

그 이유라면 내 소꿉친구… 히마와리네 일가와 접할 기회가 종종 있기 때문에. 많은 사람들이 쓸 수 있도록 하자면서 아빠가 한 사이즈 큰 것을 사서 지금까지 쓰고 있다.

"아마츠유, 거기…."

"그래, 간장 말이지?"

"고마워. 눈치 빠른 동생을 둬서 나는 행복해. 후훗."

내 정면에 앉은 누나에게 휙 간장을 건넸다.

또한 누나의 어조는 본성이 아니라 순정가련GIRL 쪽이다.

왜 누나가 이런 모습을 하고 있는가…. 아마 조금만 더 있으면 알게 될 거다.

"아마츠유~ 밥 더 먹을 거면 말해 주라냐아~☆"

"땡큐, 엄마."

또한 누나의 왼편에는 오늘도 기운차게 고양이 소리를 내는, 화장이 짙은 파마머리의 주부가 있다.

키사라기 케이키, 내 모친이다. 평소에는 이런 모습이지만, 물을 뒤집어써서 화장이 지워지고 파마가 풀리면 엄청난 성모로 변신하는, 정말이지 신비로운 어머니.

그리고 부친 말인데… 이미 출근하신 모양이라 지금은 없다.

뭐, 여기까지만 보면 방학 시즌 한정의 키사라기 가의 아침이지만….

"어머? 죠로, 뺨에 밥풀이 묻어 있네? 떼어 줄게."

"음! 케이키 아줌마의 아침밥, 아주 맛있어! 생선이 따끈따끈!"

"죄, 죄송합니다, 아주머니! 저희까지 아침을 얻어먹어서….."

왜 이 녀석들이 우리 집에서 아침을 먹는 건데?! 놀랐잖아!

1층에 내려가니 셋이 나란히 테이블 앞에 스탠바이하고 있었다고?!

"괜찮아~! 스미레코도 아오이도 사쿠라도 사양 말고 많이 먹으렴!"

"아마츠유의 학교 친구가 오다니 깜짝 놀랐어. 잘 부탁해요. 나는 아마츠유의 누나인 키사라기(如月) 마리카(茉莉花)입니다. 모두에게는 '자스민*'이라고 불리고 있으니까, 그렇게 불러 주면 좋겠어."

뭐, 이 녀석들이 왔으니까, 누나는 순정가련GIRL 행세를 하는 것이다.

정말이지 왜 이렇게 된 걸까….

"저는 산쇼쿠인 스미레코입니다. 이름을 줄여서 '팬지'라고 불러 주세요."

내 오른편에 앉아서 누나에게 꾸벅 고개를 숙이는 팬지.

그 모습 말인데, 지금은 진짜 모습에 안경만 장착했다.

여름 방학 동안 학교 이외에서는 진짜 모습으로 지낸다는 말을 들었기에 별로 놀라지 않았지만, 역시 정말 귀엽다. …하지만 그 행동거지가 아주 흉악하기 때문에 별로 감격하진 않는다.

"아, 어어… 아키노 사쿠라입니다! 저기, '코스모스'라고 불러 주신다면… 기쁘겠습니다."

이어서 내 왼편에 앉은 우리 니시키즈타 고등학교의 학생회장 코스모스가 누나에게 인사를.

※자스민 : 마리카의 한자 이름 茉莉花는 말리화, 즉 자스민을 뜻한다.

꽤나 긴장한 모양인지 표정이 뻣뻣하다.

"난 히나타 아오이! 그러니까 '히마와리'야! 자스민!"

마지막으로는 누나의 오른편에 앉은 내 소꿉친구 히마와리가 어째서인지 자기소개를.

아마도 팬지와 코스모스가 하니까 자기도 편승한 거겠지.

"히마는 알아. 항상 같이 놀았잖아. 후후. 오늘도 씩씩하네."

"응! 씩씩해!"

참고로 누나는 히마와리를 엄청 귀여워한다.

뭐, 그도 그렇지.

사실을 말하자면 히마와리의 어느 특성은 선천적인 것이 아니라 후천적인 것이다.

그리고 그걸 심어 준 것이 바로 내 누나인 키사라기 마리카.

그래서 그게 무엇이냐 하면….

"난 자스민이 가르쳐 준 대로 남자랑 친하게 지낼 때는 꼭 껴안아! 잘했지?"

"응, 잘했어! 히마는 훌륭해!"

그래. 히마와리의 무자각 bitch는 우리 집의 양식(養殖)계 bitch가 만들어 준 것이다.

그건 내가 아직 어렸던 초등학생 때…. 갑자기 중학생인 누나가 '나는 의도하고 아슬아슬한 짓을 하니까 안 되는 거야! 그럼 자연스럽게 할 수 있는 이상적인 여자를 만들면 되겠지!'라는 뚱딴지같은 소리를 하더니, 히마와리를 무자각 bitch로 길러 냈다.

그 결과가 현재의 히마와리. 뭐, 솔직히 그 점에 대해서는 꽤나 감사한다.

"…그래서 너희는 왜 우리 집에서 아침을 먹는 거야?"

"오늘은 도서실 활동도 죠로의 아르바이트도 없는 날. 나와 히마와리와 코스모스 선배도 우연히 예정이 전혀 없었어. 츠바키는 가게 일이 있고, 아스나로는 신문부 활동이 있지만….

"그러니까?"

"에헤헤! 죠로가 한가할 것 같아서 놀러 와 줬어!"

"감사는커녕 민폐가 하늘을 찌른다!"

"어?! 미, 민폐였어?! 그, 그럴 수가…! 나는 기대하고 있었는데….

거기서 여자의 눈물은 비겁해! 코스모스 녀석, 눈시울을 적시면서 추욱 풀이 죽었다!

"알았어…. 폐 끼쳐서 미안해…. 그럼 아침을 다 먹으면… 죠로의 방에서 뒹굴거리고 금방 돌아갈게….

밥만 먹고 가.

왜 거기에 슬쩍 뒹굴뒹굴을 도입하려고 드는데?

"아마츠유, 그럼 안 되잖아? 코스모스가 풀이 죽었잖니?"

"시끄러, 누나는 조용히….

"아마츠유, 사쿠라에게 사과하렴."

젠자아아아아앙! 엄마는 비겁하잖아! 엄마는!

"미안해요. …코스모스 회장. 저기… 폐 아닙니다….."

"정말로?! 와아아아! 됐다! 그럼 내가 있어도 괜찮을까?"

"네…. 느긋하게 계세요."

"네! 느긋하게 있겠습니다!"

소녀틱한 미소와 함께 기뻐해 주니 다행입니다. 하아…. 진짜로 최악이다….

"아, 그렇지. 팬지, 코스모스, 히마. 세 사람은 오늘 한가해?"

"응! 한가해!"

뭐지, 누나가 뭔가 꿍꿍이가 있는 얼굴로 나를 보고….

"그럼 나랑 같이 쇼핑 안 갈래? 쇼핑몰에 새 옷을 사러 갈까 했어."

이 망할 누나가! 그러니까 아까 자신만만하게 '그런 말이 계속 될지' 운운했구나!

이 녀석들을 데려가고 나를 억지로 짐꾼으로 부려 먹으려는 심산인가!

"오! 재밌겠다! 나 가고 싶어!"

"저도 동행하겠습니다, 자스민 언니."

"저, 저기… 물론 저도! 저도 가겠습니다!"

"좋아! 그럼 결정됐네! 아마츠유도 물론 함께…."

"미안. 나는 할 일이 있으니까 사양할게."

흥! 그쪽은 순정가련GIRL을 가장해야 하지만, 나는 본성대로 갈 수 있지.

그러니까 딱 잘라 거절해서 밀고 나갈 수 있단 말씀!

"그래. 그럼 어쩔 수 없지. …응, 아마츠유는 집에 있어!"

후하하! 꼴좋다! 쇼핑뿐이라면 몰라도 짐꾼으로 따라갈 것 같으냐!

…그렇긴 해도 꽤나 쉽게 물러난 것 같은데….

"그럼 쇼핑몰에서 같이 옷 보고 다니자. 아, 이 기회에 아마츠유가 학교에서 어떻게 지내는지 좀 가르쳐 줘! 대신 나도 아마츠유의 예전 이야기를 들려줄 테니까!"

잠깐 기다려. 내 예전 이야기라고?

"죠로의 예전 이야기?"

"응. 히마도 모르는, 아마츠유의 조금 부끄러운 과거 이야기야!"

이거 분명히 '조금'이 아니다….

"어라~? 왜 그러니, 아마츠유?"

"누나, 비겁하잖아…."

이 확신범이! 그러니까 쉽사리 물러난 거였냐!

"뭐가~? 마리카는 모르겠어☆"

비겁해. 비겁하다….

누나가 알고 히마와리가 모르는 것…. 당연하지만 아주 많다.

그중에서 특히나 크리티컬하게 위험한 건 내가 중학생 때 몰래 노트에 적어 두었던 창피한 시인데….

"그래, 아마츠유가 중학생 때 여러 시…."

"저기! 아마츠유, 쇼핑 가고 싶어☆"

"그래? 그럼 처음부터 솔직하게 그렇게 말하지 그랬어. 아마츠유, 너무 비뚤어지지 않았어?"

내가 비뚤어져도 너만 하겠냐, 젠장!

"역시나 죠로의 누나시네."

팬지, 너 분명 내 누나의 본성을 알아차린 거지.

※

그 뒤에 아침을 다 먹고 거실에서 잡담을 한 뒤, 우리는 전철로 세 정거장 거리에 있는 쇼핑몰로. 결국 출발할 때까지 거실에서 이야기를 나눴기에, 내 방에서 뒹굴뒹굴할 계획이던 코스모스는 그 목적을 달성할 수 없었지만….

"와아! 여기가 쇼핑몰인가! 많은 가게가 있네! 굉장해, 굉장해!"

다른 즐거움을 발견했기 때문일까, 아주 씩씩해 보이니 다행이다.

애용하는 노트를 껴안고서 눈동자를 반짝반짝 빛내며 주위를 둘러보고 있다.

"코스모스는 이런 장소에 와 본 적이 별로 없니?"

"네! 평소에는 올 기회가 좀처럼 없어서… 감동하고 있습니다!"

그러고 보면 코스모스네 집은 부자라고 그랬지. 바깥세상을 잘 모르는 걸까.

"후후후. 가게가 많이 있으니까 분명 재미있을 거야. 아, 난 잠깐 아마츠유랑 할 이야기가 있으니까, 셋이서 먼저 가 주겠니?"

"알겠습니다! 그럼 팬지, 히마와리! 얼른, 얼른!"

"아하하! 코스모스 선배, 아주 기대하나 봐! Let's dash야!"

"그럼 죠로, 자스민 언니. 먼저 가 보겠습니다."

"그래. 이따 보자~"

나도 같이…는 틀렸나.

귀여운 미소와는 달리 엄청난 악력으로 내 팔을 꽉 붙드는 사람이 있네.

그래서 신이 나서 선두에 선 코스모스의 뒤를 따라 팬지와 히마와리가 쇼핑몰 안으로 모습을 감추는 것을 나는 지켜보았다.

"어디 보자…."

그리고 세 사람의 모습이 완전히 보이지 않게 되자… 으극!

"잠깐, 아마츠유! 너 대체 어쩌려는 거야?!"

갑자기 헤드록을 걸어 왔다! 태세 전환이 너무 빨라!

"어떻게 네가 저렇게 예쁜 여자애들하고 친해진 거야?"

"누나, 놔! 히, 힘들어…."

"히마는 이해가 돼! 소꿉친구니까! 하지만 다른 둘은 뭐야?! 팬지도 코스모스도 엄청난 미인이잖아!"

"대, 대답할 테니까… 좀 놔….."

"칫. 어쩔 수 없네….."

그제야 간신히 누나가 내 몸을 해방. 아~ 힘들었어!

제길, 이러니까 누나는….

"자! 얼른 그 최면술을 나한테도 가르쳐 줘!"

단정이 너무 심하지 않습니까?

"그럴 리 없잖아….. 애초에 그런 게 있었으면 다른 데에 썼다."

"분명히 너라면 그런 걸 쓸 수 있으면 더 야한 짓을 하겠지….."

누나, 나를 아주 잘 아네. 맞는 말이니까 부정은 하지 않겠어.

아무튼 세 사람에게 고백받은 것을 숨기면서 사정을 설명하자.

그걸 들키면 분명히 괜한 짓을 해 댈 테고… 별소리를 다 들을 지도 모르지.

"그럼 어떻게?! 그런 중2병 시나 써 대던 아마츠유가 인기가 있다니….."

"그 소린 좀 하지 마! 진짜로 그 시 이야기 좀 안 하면 안 돼?! 아니, 진짜로!!"

"흥. 그건 앞으로의 네 태도에 달렸어."

왜 나는 시한폭탄을 껴안은 상태로 쇼핑몰에 있어야만 하는 건데!

"최면술이 아니라면 달리 원인이 있는 거네? 얼른 그 방법을 가르쳐 줘! 그러면 나도 운명의 사람과… 우헤헤헤…."

"누나, 침 흐른다."

"…헛! 아니, 실수! 데헷☆"

실수로 끝날 레벨이 아니었던 것 같은데.

"으, 으음…. 일단 계기 같은 거라면 있는데…."

"그거야! 그거 말해 봐! 방금 가슴에 얼굴 닿게 해 줬잖아!"

역시나 양식계 bitch. 자기 목적을 위해서 여자로서의 존엄을 가볍게 버리는 모양이다.

하지만 근본적으로 괴로움이 앞서서 그런 감촉은 기억에 없고, 있으면 있는 대로 싫다.

왜 내가 친누나의 색기 서비스를 좋아한다고 생각하지? 정말로 의문이다.

"저기… 누나도 알겠지만, 나는 전에 본성을 숨겼잖아?"

"그래. 너랑 어울리는, 아주 특징 없는 평범한 녀석을 연기했지."

사실이긴 한데, 그 말은 무진장 열 받는다.

"그걸 그만뒀더니 이렇게 됐어."

"그래! 다시 말해 나도 있는 그대로의 모습으로 있으면 된다는 소리네!"

내가 말해 놓고 이러기도 그렇지만, 그거 분명히 틀렸다.

"…아니, 말도 안 돼. 나의 이쪽 성격으로는 남자들이 금방 도 망가니까…."

아, 이미 실천한 적이 있나. 그리고 도망가 버렸습니까.

"왠지 그 생각을 하니 열이 받네…. 정말로 너는 어떻게 그걸 로 성공한 거야?!"

"그런 소리를 해도 말이지…. 나도 잘 모르겠다고 할까…."

"참나…. 아마츠유는 통용돼도, 내가 하면 안 된다는 소리인 가…. 모처럼 운명의 남자와 만날 찬스를 손에 넣었다고 생각했 는데…."

"누나, 대학교에서 인기 없어? 고등학교 때는 제법 인기 있었 잖아?"

"잘 들어, 아마츠유. 나는 인기 있고 싶은 게 아냐. 내가 좋아 하는 사람이 날 좋아해 주었으면 싶은 거야."

어라, 의외로 멀쩡한 소리를⋯⋯이라고 내가 쉽게 속을 줄 알 았냐!

"…그게 어떤 녀석이야?"

"진짜 나를 받아들여 주는… 미남에 스포츠 만능에 성격이 좋 고 머리도 좋고, 레이디 퍼스트에, 장래 연봉이 2천만 엔 이상 되는 남자, 그런 운명의 사람과 좀처럼 만날 수가 없어서…."

운명에 너무 많은 게 들어 있다.

애수를 띠면서 무슨 소리를 지껄이는 거야….

"아니, 조금은 타협하라고…. 그런 조건에 맞는 녀석은 그리 없어…."

"타협? 할 리가 없잖아! 아마츠유, 지구상에 남자가 몇 명 있는지 알아?"

"어? 으음, 그건…."

"…35억."

완전 블루종이다.[*] 35억 명 중에서 이상적인 남자를 찾아내려는 기세가 등등한 모양이다.

"뭐, 됐어! 아마츠유, 우리도 슬슬 가자! 아, 혹시 너희 고등학교에 진짜 나를 받아들여 주고 미남에 스포츠 만능에 성격 좋고 머리도 좋고 레이디 퍼스트에 장래 연봉 2천만 엔 이상 될 만한 남자가 있으면 소개해 줘! 가능하면 돈에 집착이 없는 사람! 벌이는 좋지만, 돈에 깐깐한 사람은 좀 그렇잖아?"

진짜 누나를 받아들여 준단 말이지~…. 그거 또 까다로운 조건이군.

"그런 녀석, 아무도…."

'죠로! 나는 장래 메이저리거가 되어 팍팍 활약할 거야! 목표는 연봉 5천만 달러다! 뭐, 돈은 아무래도 좋지만! 하핫!'

"……없어."

※블루종이다 : 블루종 치에리라는 일본의 개그우먼은 2017년에 '35억'이라는 유행어를 만들어 냈다.

"아하하! 그야 그렇겠지!"

응. 왠지 모르겠지만, '그'에 대해선 말하지 않기로 하자.

그 뒤로 우리도 이런저런 옷을 보고 다니던 팬지 일행과 합류.

그렇기는 해도 여기는 여자 옷밖에 팔지 않으니까 내가 살 건 없지만….

"팬지에게는 이 스커트가 어울리겠어."

"이거 말인가요? 하지만 좀 짧은 것 같은데…."

"괜찮아. 여름이니까 조금 더 개방적이 되어야지. 그리고 아마 츠유도 이런 거 좋아해."

"죠로가? …알겠습니다. 그럼 입어 볼게요."

누나. 나를 미끼 삼아서 진짜 모습에 안경만 착용한 팬지에게 이것저것 옷을 입히는 건 좋지만, 딱히 난 팬지의 미니스커트 차림에… 흥미밖에 없다! 감사합니다!

"어, 어때? 죠로?"

팬지가 소매 없는 하늘색 셔츠에 프릴 달린 하얀 미니스커트 차림으로 등장. 새빨간 얼굴로 머뭇거리는 모습이 또 귀엽다.

"뭐… 괜찮지 않나?"

"……하아. 여전히 어휘가 파멸적으로 부족하네…."

"그거 참으로 죄송하게 됐습니다."

나름 칭찬한다고 한 건데, 독설이 돌아왔다. 그리고 그대로 휙

얼굴을 돌리기까지.

여전히 이 녀석이 무슨 생각을 하는 건지 잘 모르겠다.

"저기, 죠로! 나는, 나는?! 자스민이 골라 줬어! 귀여워?"

이어서 옆 탈의실에서 옷을 갈아입은 히마와리가 반바지에 헐렁한 티셔츠로 등장.

평소에 씩씩한 히마와리에게 일부러 털털한 차림을 시키다니…. 따라오길 잘했다!

"그래. 평소와 분위기가 달라서 귀여워."

"와아! 에헤헤~! 고마워!"

"…죠로 바보…."

왜 팬지가 불평을 하는 거지? 네 옷은 아까 제대로 칭찬했잖아.

"후훗. 히마도 팬지도 귀여우니까 재미있어."

뭐, 여기까지는 좋지만, 사실대로 말하자면 나는 트러블과 마주쳤다.

이미 눈치챘으리라고 생각하는데, 현재 옷을 이것저것 입어 보는 것은 팬지, 히마와리, 입을 옷을 골라 주는 것은 누나다.

그렇게 되면 한 명이 부족한데….

"죠로! 이건 어떨까?!"

신이 난 모습으로 티셔츠 한 벌을 가지고 오는 그 여자… 아키노 사쿠라. 통칭 '코스모스'.

처음 온 쇼핑몰에 완전히 기분이 고양되었는지, 언니가 옷을 골라 주기 전에 일단 자기가 이것저것 찾아보겠다면서 가게 안을 물색했던 모양인데, 그 손에 들린 티셔츠가 참 엄청나다.

"후후후! 귀엽지? 나는 이 티셔츠면 괜찮다고 생각해!"

뭐라고 할까, 이 코스모스라는 여자는….

"저기…. 그 중심부에 있는, 죽은 눈으로 혀를 늘어뜨린 쥐는 대체?"

패션 센스가 좀 이상하다.

"하하하! 당연히 게코리나 아니겠어!"

쥐인데 개구리 같은 이름이로군, 게코리나. 게다가 암놈인가.

"저기, 코스모스 회장. 한마디 해도 되겠습니까?"

"응? 뭐지? …혹시 너는 게코리나를 모르는 거야?!"

몰라. 충격을 받은 그 얼굴은 뭔데?

"아니, 그게 아니라…."

"아냐? 그렇다면… 설마! 혹시 게코리나 익사 버전 티셔츠를 발견한 거야?! …그 환상의 버전을!!"

그게 무슨 환상인데.

"그것도 아닙니다."

"우우… 아쉽네…."

추우 풀이 죽으셨습니다.

익사 버전 게코리나가 꽤나 탐났던 모양이다.

"그래서, 할 말이란 건?"

"어어, 그게 말이죠. 코스모스 회장은 보통 옷을 어떤 식으로 삽니까?"

"아아. 보통 가족과 함께 단골 가게에 가서 점원이 골라 주는 걸로 사. 왠지 모르겠지만, 내가 고르려고 하면 다들 막아서. 그런데 단골 가게에는 내 취향에 맞는 옷이 좀처럼 없고, 게코리나도 없고…."

과연. 규방의 규수이긴 한데, 그 규방이 아무래도 판도라의 상자였던 모양이다.

그게 열린 결과, 이 세상의 재앙이 쏟아져 나왔어….

"저기… 다른 옷을 골라 보면…."

"나는 게코리나가 좋아!"

아, 글렀네. 단호한 거부의 자세야. 마치 어린애가 슈퍼에서 과자를 사면 안 된다는 말을 들었을 때처럼 떼쓰기 모드로 들어갔어.

"자! 이쪽의 바지도 멋지잖아?"

응. 딱 보면 그냥 하얀 바지니까, 그건 괜찮다고 치자.

하지만 두 무릎에 포인트로 게코리나. 너는 글러 먹었다.

…어쩔 수 없군. 은근한 말로는 전해지지 않을 테고, 다른 녀석들은 배려랍시고 말하지 않을 가능성이 크다. 그럼 여기선 내가 코스모스의 장래를 위해서 마음을 독하게 먹고….

"코스모스 회장… 한마디 하겠습니다."

"왜 그러지? 아! 알겠다! 너도 게코리나에게 흥미가…."

"당신 센스는 틀렸어."

"뭐, 뭐라고?! 그럴 리가 없어!"

자신만만하게 부정하는군, 이 인간.

"하, 하하하! 죠로는 농담도 잘하네. 마, 마, 말도… 소도 안 돼."

말도 안 되잖아. 그건 또 뭔데? 그거야말로 안 웃기거든?

"받아들이세요. 현실입니다."

"……!! 구, 구체적으로 어디가 틀… 어흠. 그런지 말해 줄 수 있겠어?"

부들부들 떠는 손으로 노트를 잡으면서 내게 묻는 코스모스.

자기 입으로 '틀렸다'고 말하고 싶지 않은 모양인지, 미묘하게 말을 얼버무렸다.

"전체적으로 전부. …특히나 게코리나가."

"왜?! 이렇게 귀여운데! 자, 잘 봐! 그러면 너도 분명 게코리나의 매력을 알게 될 거야!"

그만둬. 그렇게 내 얼굴에 혀를 날름 내밀고 죽은 눈을 한 생쥐를 들이대지 마.

"게코리나는 귀엽지만, 니무 아동틱해서 코스모스 회장에게 안 어울립니다."

"뭐?! 다시 말해 내게 원인이 있다?!"

"저기, 양쪽 다 멋집니다만, 조합이 맞질 않는다고 할까…. 코스모스 회장은 어른스러운 외모니까 그렇게 어린애 같은 건 조금…."

아니, 히마와리가 입어도 아웃인 레벨로 어린애 같다고, 그거.

"그, 그럴 수가…! 이렇게 귀여운 게코리나가 나 때문에…. 우우! 오늘이야말로 점원이 아니라 스스로 고른 옷을 사고 싶었는데…."

판도라 회장은 보통 점원이 어른스러운 옷만 제공해 주는 것이 불만이었던 모양이다.

"그렇다면 혼자서 결정하지 말고 우리 누나에게 이야기해 보는 게 좋을 겁니다. 코스모스 회장의 취미도 반영해 생각해 줄 테니까요."

"그, 그런가? …하지만 혼자서 고르고 싶었어~…."

불안한 듯 눈물을 글썽이며 뭔가 조르듯이 나를 보는 코스모스.

이럴 때의 코스모스는 연상으로 생각되지 않지.

"그렇다면 의논해서 정하는 게 어떨까요? 지금까지 혼자서 고른 적이 없었다면 일단 누군가와 협력해서 연습하는 겁니다. 누나라면 코스모스 회장의 희망도 분명 참작해 줄 테니까요."

"그, 그런가! 그럼 의논해 볼게! 고마워, 죠로!"

환한 얼굴로 변해서 발걸음도 가볍게 누나에게로.

이걸로 아마 괜찮겠지….

"자스민 씨, 저기….."

"응? 왜 그래, 코스모스?"

"제게도 옷을… 골라 주실 수 없을까요?"

"물론이야! 팬지랑 히마 몫은 다 골랐고, 다음은 코스모스 것을 생각해 볼까 하던 참이었어! …어떤 옷이 좋아?"

"아, 어어, 저기… 죠로에게 귀엽다는 말을 들을 수 있는 옷이… 좋습니다…."

하우! 그렇게 기쁜 말을 슬쩍 꺼내지 말아 줘! 제길! 귀엽잖아~!

"후후. 코스모스, 귀엽네. 맡겨 줘. 달리 뭔가 희망 사항 있어?"

"네! 게코리나 캐릭터 옷이 좋습니다!"

아, 그건 양보하지 않는 건가. 꽤나 좋아하는군…. 게코리나….

"게, 게코?! 그, 그런가~…. 응, 그러면 같이 찾아볼까…."

뒷일은 맡길게, 누나.

※

코스모스의 게코리나 취향 대응을 누나에게 떠넘긴 나는 일단 가게에서 철수.

시간 때우기로 남자 옷을 파는 가게에 들어가서 가게 안을 물색 중이다.

아, 이 셔츠 좋을지도. 이렇게 발견했으니까 이걸 사서… 응? 저건….

"사잔카. 어느 걸로 할지, 정했어~?"

이런! 숨어라!

"따, 딱히 뭐 살 생각도 없고! 그냥 보고 있는 거야!"

왜 이런 곳에 사잔카랑 카리스마 그룹의 E코가 있지?

여기는 여자 옷이 아니라 남자 옷을 파는 가게라고!

아니, 하지만 사잔카라면 남자 물품을 가지고 있어도 별로 위화감이 없군….

"그냥 우연히 괜히 이 가게에 들어가고 싶어져서, 우연히 남자 상품을 보고 싶어졌을 뿐이지, 선물을 살 생각 같은 건 없고! 정말 전부 다 우연이니까!"

우연의 사자 사잔카=마야마 아사카가 새빨간 얼굴로 E코에게 변론을 떠들었다.

헤에~ 저게 사잔카의 사복인가~ 마야마 아저씨 말로는 예전에는 아주 요란스러워서 참아 줄 수 없는 옷이었다나 본데, 지금은 완전 다르군.

흰색과 남색 바탕의 청초한 옷.

교복으로도 충분히 청초하지만, 사복이면 거기에 살짝 여린 느낌이 섞여서 보다 내 취향의 모습이다.

하지만 쟤는 화가 나면 말이 많아지고 패자(霸者)가 되니까 아주 무섭지.

"에엣~! 하지만 벌써 들어온 지 30분이나 지났는데? 어제도 말했잖아. 죠…."

"와아아아! 조, 조용히 해! 누가 들으면 어쩌려고?!"

"아하하! 걱정도 많긴! 그렇게 타이밍도 좋게 누가 있을 리 없잖아!"

그게 말이지, 참 타이밍 나쁘게도 있습니다요.

"조, 조심하는 거야! 조심! 혹시 이런 모습을 그 녀석한테 들키면 내키진 않아도 기억이 없어질 때까지 학살해야만 하고…."

학살당하는 쪽이 훨씬 더 내키지 않을 거라 생각합니다.

'그 녀석'이 누구를 가리키는 건지는 억측의 영역을 벗어나지 않지만, 절대로 들키지 않도록 하자….

"…아, 이 모자 좋을지도…. 그 녀석한테 어울릴까?"

뭔가 마음에 드는 모자를 발견했는지, 그걸 손에 들고 행복하게 미소를 지었다.

방금 전의 발언으로 추측하자면 누군가에게 줄 선물을 찾는 모양이다.

"어울릴 거야! 게다가 사잔카가 직접 주면 분명 기뻐할걸!"

"정말?! 그 녀석이 기뻐해 줄까?"

"물론! 분명 기뻐할 거라니까!"

"다행이다~…. 응… 그래! 기뻐해 줄 거야! 게다가 혹시 안 그러면 웃는 얼굴이 될 때까지 주먹으로 얼굴 형태를 가볍게 바꾸면 되니까!"

그게 가볍게 가능한 일이야?

저 애의 신이 난 표정을 보면 나로서는 전율밖에 일지 않아.

하지만 나와는 아마도 전혀 관계없어! '그 녀석'이란 건 아마 아버지를 말하는 걸 테고!

참나…. 친아버지를 '그 녀석'이라고 부르다니. 여전히 외모는 청초하지만, 말과 행동은 난폭하군! 큰일이다, 큰일이야! 하하하!

"저, 정했어! 우연히 이 모자를 사고 싶어졌으니까 사 올게!"

"그래~! 그럼 난 여기서 기다릴게!"

"미안! 이렇게 오래 붙잡아 놔서…."

"괜찮아, 괜찮아! 난 사잔카를 응원하니까! 열심히 해!"

"따, 딱히 열심히 하는 거 아냐!"

응. 이 이상 이 가게에 있는 건 위험해. 모습을 들킨 순간 학살의 미래가 보였다.

그럼 가급적 신속하게 철수하는 것 외에 선택지는 없다. 작별이다, 사잔카.

자… 만약을 위해… 저~~엉말로 만약을 위해서지만!

누군가에게 선물을 받았을 때 기뻐하는 연습을 해 둘까!

하아…. 사실은 마음에 드는 옷이 있어서 사고 싶었는데….

그런고로 다시 처음에 갔던 여성 의류 가게로.

팬지와 히마와리는 옷을 다 샀는지, 누나와 함께 봉투를 들고 탈의실 앞에 서 있었다. …그렇다면 저 커튼이 닫힌 탈의실 너머에 코스모스가… 오, 마침 딱 나오는 참이로군.

"와아~! 코스모스 선배, 예뻐! 아주 잘 어울려!"

"정말이에요. 평소 이미지와 달라서 아주 멋져요."

"응! 코스모스한테는 이게 어울릴 거라 생각한 내 눈은 틀리지 않았어!"

흠. 여기서는 잘 안 보이니까 나도 가까이 가서 볼까.

어디 보자…. 코스모스는 대체 어떤 옷을….

"그, 그래? 고마워. …아! 죠로!"

"……."

"왜, 왜 그래?"

코스모스의 옷차림 말인데, 평소의 어른스러운 복장이 아니라 보이시한 모습이었다.

다리가 거의 다 드러나는 짧은 청바지.

거기에 심플한 흰색 티셔츠. 아래쪽에 조그맣게 그려진 게코리나.

코스모스의 취향을 받아들이면서도 아이답지 않아 보이는 옷을 고른 듯.

그리고 마무리로 몸매가 잘 드러나는 검은색 멜빵을 착용해서…… 이건 안 되잖아! 무진장 에로하잖아!

배꼽이! 코스모스의 원래 치수보다 하나 작은 티셔츠인지, 배꼽이 보이잖아! 거기에 멜빵이라고? 무진장 가슴을 압박하고 있어!

내가 아는 멜빵과 용도가 전혀 달라!

"완전 틀렸네요! 그런 옷, 하나도 안 어울립니다!"

오른손 엄지와 검지를 마주 비비면서 나는 전력을 다해 그렇게 말했다.

아무리 잘 어울려도 코스모스가 이런 차림을 해도 될 리가 없잖아! 절대로 안 돼!

"…그런가? 우우! 그렇구나….'

"당연합니다! 분명히 말해서 논외라고요! 지금 당장 원래 옷으로 갈아입어야 합니다!"

"노, 논외! 그 정도로!!"

이런! 너무 말이 심했다. 진짜로 풀이 죽었어….

"죠로, 말이 심하지 않아?"

"죠로, 너무해! 코스모스 선배, 가엾어!"

아니, 그게 아니라 말이지….

"돼, 됐어. 팬지, 히마와리! 내가, 저기… 너무 들뜬 게 문제였어. …미안해, 죠로. 기분을 망쳐서….”

“아뇨…. 괜찮습니다.”

“자스민 씨, 죄송합니다. 역시 제게는 이런 옷이 안 어울리는 모양입니다….”

“으음, 나는 그렇게 생각하지 않지만… 아마츠유도 안 된다고 하니 다른 옷으로 할까.”

“네…. 수고스럽게 해서 정말 죄송합니다….”

“괜찮아. 코스모스의 옷을 고르는 건 재미있으니까!”

“그럼 다시 갈아입겠습니다…. 하아… 죠로에게 칭찬을 듣고 싶었는데….”

풀 죽어서 탈의실 커튼을 닫고 옷을 갈아입으러 가는 코스모스.

그러자 꽤나 날카로운 표정의 누나가 이쪽으로 다가와서 소곤소곤….

“아마츠유, 거짓말 했지? 다른 남자에게 코스모스의 방금 전 모습을 보여 주고 싶지 않다고 해도 그런 말은 안 되잖아?”

“따, 딱히 그런 거 아니고! 정말로 안 어울렸을 뿐이라서….”

“네~ 네~ 그럼 그런 걸로 해 둘게. …하지만 벌을 줘야겠네.”

“…뭐?”

“어떤 이유에서든지 너는 여자에게 상처를 입혔어. 그 벌이야.”

아니, 그건 사실이니까 대꾸할 말이 없지만, ‘벌을 준다’니 대체 무슨 짓을 하려는 거지? 누나가 본성을 숨긴 이상, 대단한 짓은 할 수 없겠지만….

"자스민 씨, 기다렸죠."

"그래, 또 같이 골라 볼까. 아, 하지만 그 전에 세 사람 다 이쪽으로 와 봐…."

응? 아무래도 누나가 코스모스를 포함한 세 사람을 모아서 뭔가 소곤소곤 말하기 시작했다.

"자, 아마츠유에게 전해 줘. 분명 기뻐할 테니까."

어라? 벌써 대화가 끝났다. 아니, 나한테 전한다고?

뭐지? 셋이 나란히 내 곁으로 다가왔는데….

"""죠로."""

"뭐… 뭐야?"

내 질문에 어째서인지 히마와리, 코스모스, 팬지 순서로 나란히 섰다.

그리고….

"형태는 없지만 붙잡을 수 있는 것. 그것이 꿈이라는 것. -Dream can snap-"

"첫사랑이 이루어지지 않는다는 건 거짓말이야. 왜냐면 너는 멋진 추억이란 결실을 내 가슴에 남겨 주었으니까."

"나는 자연을 좋아한다. 바다를 좋아한다. 산을 좋아한다. 고마워, 이런 멋진 별에 나를 낳아 주어서. -Congratulations 지구─"

내 시다아아아아! 게다가 정확하게 창피한 걸로 골라 뽑았어!

특히나 팬지가 말했던 마지막 것은 안 돼! 콩그레츄레이션 지구란 건 뭔데!

내가 중학생 때 한 말이지만!

"너, 너희들… 그걸 어떻게 알고…."

"이렇게 말하면 죠로가 기뻐할 거라고 자스민이!"

"푸, 푸푸푸푹…. 저 꼴 좀 봐…."

이 망할 누나가아아아아! 말 안 한다고 했잖아! 말 안 한다고 했잖아아아아아아!

"저기, 기쁘지 않았어? 네 가슴에 멋진 추억이란 결실을 남기고 싶었는데?"

그런 말은 하지 마아아아! 내 흑역사를 들추지 마!

"죠로, 그렇게 기뻐하지 말아 줘. ─Congratulations 지구─"

"시, 시끄러! 마지막의 그건 필요 없잖아!"

남자에게는 그런 시기가 있다고! 잘못된 로망을 무심코 말한다고!

"포엠츠유, 이제 못된 말 하면 안 된다? 우리는 즐겁게 옷을 고르고 싶으니까."

누나는 '너 다음에 또 어지를 싱처 입하빈 너 낳이 떠들 거다? 포엣(poet) 얌전히 짐꾼만 해'라고 말하고 있습니다.

"…네. 알겠습니다."

"응! 그럼 됐어! 코스모스, 그럼 다음 옷을 고를까."

"아, 네! 잘 부탁드립니다!"

그 뒤에 즐겁게 옷을 고르는 네 사람을 바라보면서 나는 넋 놓은 상태로 그게 끝나기를 계속 기다렸다.

돌이키고 싶지만 돌이킬 수 없다. 벗어났을 텐데 곁에 있다. 그 녀석의 이름은 '과거'. −Unbelievable 자신−

※

그 뒤로 쇼핑몰에서 용무를 마친 우리는 역에서 팬지와 코스모스와 헤어지고, 히마와리와는 그 녀석의 집 앞에서 헤어졌다. 그러니까 지금 있는 건 나와 누나뿐이다.

누나는 작은 꾸러미 하나만 들었고, 나는 커다란 꾸러미가 네 개.

그 압도적인 차가 마치 나와 누나의 입장 차이를 보여 주는 듯해서 슬퍼진다.

"으음! 아마츠유의 포엠, 최고야! 다른 것도 가르쳐 주는 게 좋았으려나?"

"진짜로 최악이야…. 왜 내가 이런 꼴이…."

"흥! 코스모스를 상처 입힌 벌이야! 제대로 반성해."

56

정말이지 누나가 돌아오면 항상 심한 꼴을 보게 되니 싫다.

게다가 학교에서 내가 어떻게 지내는지, 여자들에게 미주알고주알 캐묻고.

"설마 네가 학교에서 겉돌고 세 다리 의혹을 뒤집어쓰다니. 솔직히 웃겼어."

동생의 불행을 듣고 웃는 누나라니, 믿기지 않아….

"…그래서 넌 어쩔 거야?"

누나가 무슨 소리를 하는 거지? 어쩌긴 뭘. 이제 집에 가면 되잖아.

"무슨 소리야?"

"알고 있잖아? 그 세 사람의 마음."

"…칫."

역시나 누나다. 세 사람의 마음도 다 알아차렸나.

"설마 네가 이렇게 인기 있다니~! 게다가 모두 미인에 성격까지 좋다니, 기적이야. 평생의 운을 다 쓴 거 아냐?"

왜 일일이 매도를 섞는 걸까. 그러니까 나는 누나가 껄끄럽다.

하아…. 이대로 놀림이 심해지다간 일이 귀찮아지겠지.

"…하지만 네가 좋아하게 된 애한테는 마음을 솔직히 부딪쳐야 한다?"

"응?"

"다른 애들이 뭐라고 하든, 부담감 느끼지 않아도 돼. 의리나

인정 같은 것에 얽매여서 자기 진짜 마음을 전할 수 없는 쪽이
더 최악이야."

"어어…."

"아마츠유의 성격상 저런 미인들이 곁에 있으면 누구와도 사
귀지 않으려 할 것 같단 말이야. 어쩌면 그 반대일까? 모두와 사
귀지 않는 것으로 아무도 상처 주지 않으려 하지 않을까? …하
지만 그건 다 틀린 소리야. 너는 네가 반한 여자를 똑바로 바라
보면 돼. 그게 저 애들 중 하나가 아니더라도. 적어도 나는 네 편
으로 있어 줄게."

"누, 누나…."

"아마츠유는 스스로를 무시하고 남의 행복을 우선하는 경향이
있으니까~! 하지만 이거 알아? 사귄다는 건 서로가 서로의 행복
을 채우는 것이거든? 좋아하는 사람의 행복을 채우면서 자기 행
복을 채우게 한다니, 최고 아냐?"

"그야… 그렇지…."

"오! 잘 알고 있잖아! 그럼 됐어! …뭐! 너한테 사귀는 여자가
생기더라도 분명 기분 나쁘니까 무리라는 소리를 들으며 차일
것 같지만! 그럼 그때는 제대로 보고해야 한다? 또 놀려 줄 테니
까!"

"절대로 말 안 해…."

조금 좋은 소리를 하나 싶더니 바로 이런다. 정말이지 이 누나

는….

"뭐야, 쪼잔하게! …아, 그렇지! 봉투 하나 이리 줘! 그리고 대신 이거 들어!"

"뭐? 집까지 갈 거면, 그쪽이 작으니까 누나가 그쪽을…."

"됐어! 이건 너한테 주는 선물이니까!"

"어? 나한테 주는 선물?"

"그래! 싫으면서도 결국 따라와 준 동생에게 주는 선물. 누나니까 이 정도는 당연하잖아? 자, 너한테 어울릴 만한 옷을 골라 놨어."

그렇게 말하면서 누나는 작은 봉투에서 옷 하나를 꺼냈다.

그건 내가 들렀던 남성 의류 가게에서 사려다가 못 샀던 셔츠였다.

"어, 어어… 고마워, 누나."

"후후, 별말씀을! 그럼 얼른 돌아갈까!"

내가 살짝 웃자, 누나도 마찬가지로 웃었다.

그리고 기분 좋은 발걸음으로 속도를 내 내 앞을 걷기 시작했다.

…나는 누나가 껄끄럽다.

돌아오자마자, 헤어진 남자에 대해 푸념하지, 횡포에 횡포를 부리지, 내 창피한 과거를 떠벌리지, 아무튼 나를 장난삼으로 삼는다.

어떤 의미로 누구보다도 귀찮은 존재겠지.

하지만 그런 누나가 나는….

"자, 아마츠유! 얼른 따라와! 그리고 돌아가면 내가 운명의 사람과 만날 방법을 떠올리도록 거들어!"

"네~ 네~ 알았어."

싫지는 않다.

【나에게 그 일은 꽤나 힘들다】

오늘 예정은 신문부의 취재 조수. 그러니 오전 10시에 역 앞에서 민완 신문부원인 아스나로＝하네타치 히나와 합류하고, 지시에 따라 척척 일하려고 했는데….

"이럴 수가, 믿을 수 없습니다! 저를 따돌리다니!"

포니테일을 흔들면서 분노의 말을 툴툴 늘어놓는 아스나로.

항상 익숙하게 보던 교복이 아니라 체크무늬 셔츠에 무릎까지 오는 흰색 스커트.

멋을 위한 포인트로 단 사과 모양 브로치가 왠지 아스나로의 출신지인 아오모리를 방불케 했다.

"히마와리와 팬지와 코스모스 회장, 그렇게 셋이서만 죠로와 죠로의 누나와 함께 쇼핑몰에 가다니 이게 무슨 소립니까?! 저도 가고 싶었습니다!"

분노의 원인은 어제 우리가 갔던 쇼핑몰. 애석하게도 아스나로는 신문부 활동이 있었기 때문에 참가할 수 없었지만, 그것이 본인으로서는 아주 큰 불만이었던 모양이다.

"사흘 전에 갑자기 '이번에 죠로네 집에 놀러 갈 건데, 같이 안 갈래?'라는 소리를 해도, 그렇게 간단히 시간을 낼 수 있을 리가 없지 않습니까!"

"그건 아쉬웠겠네."

사흘 전에 가르쳐 준 거면 충분하지 않나? 나는 당일 현지에서 알게 되었거든?

"내일 다 함께 노래방에 가면 설교 결정입니다! 정말이지! … 우물우물."

아무래도 여자애들은 내일 다 함께 노래방에 가는 모양이다.

내가 아르바이트로 땀을 흘리는 동안 즐거운 시간 보내 줘.

"그런데 말이지… 아스나로….

"…꿀꺽. 왜 그러나요, 죠로?"

뭐, 여기까지는 좋다. 여기까지라면 나도 아무런 불평을 하지 않았겠지.

하지만, 하지만 말이지…. 하지만, 하지만 말이야!

"우후후~! 히나는 씩씩해서 좋네~! 아, 더 먹을래냥~?"

"네! 먹겠습니다! 감사합니다, 케이키 아주머니!"

"왜 너까지 우리 집에서 아침을 먹는 거야?!"

진짜로 왜?! 어제에 이어서 오늘도 깜짝 놀랐어!

아침에 일어나서 1층에 내려왔더니 식탁에 아스나로가 있었다고.

"이쩔 수 없지 않습니까. 팬지와 히마와리와 코스모스 회장과 츠바키는 도서실 일을 거들고, 썬은 야구부 활동이 있고, 저와 죠로 이외에 일정이 비는 사람이 없었습니다."

"그 점이 아냐! 애초에 오늘은 10시에 역 앞에서 만나기로 했잖아! 그런데 왜 네가 8시에 우리 집에 무단으로 와서 아침을 먹고 있냐고 묻는 거야!"

"무단? 후후훗! 죠로, 제가 사전 허가를 받지 않았으리라고 생각합니까? 틀림없이 어제 다른 사람들과 케이키 아주머니의 허락을 받아 두었습니다! 그렇지요, 아주머니?"

"응! 어제 스미레코한테서 '내일은 하네타치 히나라는 애가 아침에 올 거라고 생각하니까, 환영해 주시면 기쁘겠습니다.'라는 부탁을 받았어냥~!☆"

"엄마! 그런 건 나한테도 한마디 정도는 말해 줘!"

"서·프·라·이·즈☆ 아마츠유, 깜짝 놀랐죠? 우후후후후☆"

놀라게 했으면 뭐든지 괜찮은 게 아니잖아!

"저만 따돌리지 않는 자상함이 매우 기뻤습니다! 역시 친구란 건 좋군요! 이걸로 저도 모두와 똑같습니다! …뭐, 그거랑 설교는 별개입니다만!"

"후후후. 어제도 즐거웠지만, 오늘도 재미있네. 아스나로, 밥 먹고 나서 아마츠유에 대해 이것저것 들려줄 수 있을까?"

하아…. 하다못해, 정말로 하다못해 누나라도 없었으면 좀 나았을 것을….

이 인간, 이미 아스나로에게 조준을 맞추고, 내가 알려 주기 싫어하는 사실을 알아내려는 기세로 가득하잖아?

"어어… 오늘은 이 뒤에 죠로와 **단둘이** 취재를 할 예정이라서…."

오오! 설마 했던 전개다! 좋아, 아스나로!

내 말은 하나도 안 듣는 이 망할 누나도 네가 상대라면….

"그런가… 아쉽네. 아스나로에게**만** 아마츠유의 앨범이나 옛날에 어떤 식으로 내게 어리광 부렸는지를 가르쳐…."

"꼭 느긋하게 이야기하죠! 괜찮습니다! 시간에 여유는 있으니까요!"

아주 간단히 농락당하잖아! 제길! 이놈의 누나가! 한정에 약한 일본인의 특성을 살려서 '만'이라는 말로 아스나로를 가지고 논다!

"정말? 고마워! 그럼 아스나로, 밥 다 먹으면 내 방에서 같이 이야기할까."

"네! 부탁드리겠습니다!"

왜… 이렇게 된 거지?

그 뒤에 식사를 마치고 우리는 누나 방으로. 언뜻 보면 귀여운 여자 방이지만, 나에게는 지뢰밭과 다름없다. 언제 어디서 뭐가 폭발할까 싶어서 불안하기 짝이 없다.

"와아! 이게 초등학생 때의 죠로입니까! 눈매가 험상궂네요~"

또한 현재는 누나 방에 있는 옛날 앨범을 셋이서 함께 보고 있다.

"응. 그건 아마츠유가 초등학교 1학년이고 내가 초등학교 4학년 때 사진이야."

"자스민 언니와 서로 껴안고 있고… 아주 사이좋았군요! 죠로가 부끄러워하느라 표정이 굳은 게 귀엽습니다!"

"아하하, 왠지 부끄럽네~"

그건 누나가 왠지 프로레슬링에 흥미를 가져서 내게 코브라 트위스트를 걸었던 사진이구나.

얼굴이 굳은 이유는 생사의 경지를 넘나들고 있어서 그래.

"아! 이쪽 사진에서는 죠로가 울고 있습니다! 소프트아이스크림을 떨어뜨려서, 자스민 언니가 위로해 주는 거네요!"

"그런 일도 있었지. 옛날의 아마츠유, 금방 울었으니까."

그건 누나의 기분을 상하게 했다가 엉덩이를 걷어차였을 때의 사진이구나.

소프트아이스크림을 떨어뜨려서 우는 게 아니라, 아파서 그래.

"이렇게 보고 있으면 죠로의 성장이… 어라? 이 애는 누구인가요?"

아스나로가 포니테일을 움찔 흔들며 주목한 사진.

그건 초등학생인 내가 어느 두 여자애와 함께 활짝 웃으며 V

사인을 하는 사진이었다.

"한 명은 히마와리인데, 다른 한 명은 누구인가요? 자스민 언니는 아니지요?"

"이, 개 말인가. 어어… 개는….”

누나가 힐끗 내 표정을 확인한 뒤에 다시 아스나로 쪽을 보면서 빙긋 웃더니,

"근처에 살았던, 히마와는 또 다른 여자애. 아마츠유가 중학생이 되기 전에 삿포로 쪽으로 이사 갔는데….”

"그렇군요! 왠지 이 사진의 죠로는 정말로 기쁜 표정을 하고 있어서 매우 신경 쓰입니다! 이 애는 대체 어떤….”

"저기, 아스나로. 슬슬 아마츠유의 학교 이야기 좀 들려줄 수 있을까? 시간은 있지만, 신문부 취재도 해야 하잖아?"

"아, 그랬었죠! 시간이 있다고 해도 한정되어 있으니까요!"

"그래. 다음 이야기는 내일 노래방에서 하는 걸로 하면 될까?"

"네! 괜찮습니다!"

어이. 어느 틈에 누나가 노래방 모임에 참가하게 되었지?

"그럼 제가 아는 죠로의 정보를 자스민 언니에게 말한 뒤에 취재하러 가지요! 아, 죠로! 그쪽은 단둘이니까요! 단둘!"

'단둘'을 연호하지 않아도 잘 안다고….

※

그 뒤에 누나와의 이야기를 마친 우리는 집을 출발.

현재는 아스나로와 함께 역 앞에 도착했다.

"그래서 어디로 갈 거야?"

"네! 오늘은 2학기에 제일 먼저 배포하는 특집호에서, '연인들에게 인기 있는 장소'라는 기사를 싣기 위해 저와 죠로가 여러 데이트 스폿을 취재할 예정입니다!"

지역 대회 결승전 후에 아스나로의 취재를 돕기로 약속한 건 좋지만, 데이트 스폿을 둘이서 돌게 되는 건….

"…그거 정말로 취재 맞아?"

"당연하죠~! 하지만 사실대로 말하자면 취재는 어디까지나 구실입니다!"

"즉, 진짜 목적은?"

"물론 죠로와 단둘이 데이트를 하고 싶었기 때문 아니겠습니까~!"

여전히 배짱 한번 두둑한 녀석이다.

이렇게 대놓고 말하면 반응하기 곤란하군….

"…죠로는 싫습니까? 저와 데이트하는 게?"

조금 불안한 목소리의 아스나로. 평소에는 기가 센 주제에 중요한 순간에 살짝 약해진다는 것은 이전에 있었던 세 다리 사건의 전말을 마음에 두고 있기 때문일지도 모른다.

"벼, 별로… 싫은 건 아닌데…. 아니, 저기… 나는 너희에게….

"이전의 우리에게 했던 그 한심한 고백의 답변 말인가요? 그럼 그 사죄라고 하면 어떨까요? 죠로가 즐거울 수 있도록 열심히 오늘의 플랜을 생각했으니까요!"

빙긋 웃는 아스나로를 잘 보니, 눈 밑이 살짝 거뭇거뭇했다.

그 이유는 아마도… 오늘을 열심히 준비하고 생각했기 때문이겠지.

"그건 내가 사과해야 할 일 아닌가…."

"괜찮아요! 저는 죠로와 함께 있을 수 있는 것만으로도 아주 즐거우니까요!"

그런 걸로 되나…. 하지만 본인이 그렇게 말한다면….

"…알았어. 그럼 오늘은 너랑 다닐게."

"해냈습니다! 죠로가 그렇게 말해 줘서 기쁩니다! 그럼 얼른… 손을 잡지요! 물론 연인처럼 손가락을 엮어서. 이건 데이트 취재니까요!"

"그, 그렇게까지 해야 돼?!"

"당연합니다! …에잇! 이건 절대로 놓으면 안 됩니다!"

"어, 어어….

아스나로의 작은 손이 내 오른손에 부드러운 감촉을 전해 주었다.

솔직히… 꽤 창피한데.

"겨우 저도 죠로와 두 사람의 추억을 완성합니다! 사실은… 아주 걱정했어요."

"걱정? 무슨 걱정?"

"저는 팬지, 히마와리, 그리고 코스모스 회장과 비교하면 죠로와의 추억이 아주 적으니까요…."

아스나로가 겸연쩍은 표정을 하며 그렇게 말했다.

"팬지는 도서실에서 계속 죠로와 있고, 히마와리는 소꿉친구로 함께 있고, 코스모스 회장은 이전까지 학생회에서 죠로와 활동했습니다. …하지만 제게는 아무것도 없습니다. 그냥 같은 반일 뿐입니다. …그게 적적해서, 세 사람이 부러웠습니다…."

분명히 이전에 세 다리 기사의 영향 때문에 아스나로와 보낼 기회는 있었지만, 그 이외에는 별로 인상적인 게 없다. 솔직히 학교에 있는 동안에 이따금 이야기하는 정도의 사이였다.

이 녀석은 그걸 신경 쓰고 있었나….

"하지만 좋은 경험이기도 했지요!"

"좋은 경험?"

갑자기 밝은 표정으로 바뀌며 아스나로가 웃었다.

"네! 자기에게 찬스가 적고 다른 사람에게 찬스가 많다고 질투해도 의미는 없습니다! 자신에게 찬스가 적다고 주눅 들지 말고 필사적으로 그 기회에 달라붙을 수밖에 없습니다! 그러면 어떻게든 될 수도 있다고 경험으로 배웠습니다!"

"그런가…."

"그러니까 앞으로는 이렇게 붙잡은 기회를 놓치지 않고, 제가 할 수 있는 최선을 다해 당신과 마주할 테니까요! 각오해 주세요, 죠로!"

"그래. 이미 충분히 그럴 각오는 했어."

"고맙습니다! ……그, 그러면, 오, 오늘 데이트의 끝은, 연인처럼 뜨거운 키, 키키키, 키스를 할 예정이니까, 잘 부탁하요!"

"거기까지의 각오는 되어 있지 않아! 애초에 너도 부끄러워하잖아!"

"아, 안그라요! 죠로의 기분 탓이라요!"

아무리 그래도 그건 아니잖아….

"…어흠. 뭐, 아무튼 일단은 둘이서 커플이 잘 이용하는 카페에 가죠!"

아, 표준어로 돌아왔다. 아무래도 조금은 진정이 된 모양이다.

"그리고 거기서 초특대 러브러브 주스… 샤이닝 갓 셔플 러브러브 천경* 주스 사과 맛을 둘이서…."

엄청난 이름인데, 그거! 게다가 사과 맛이라니, 다른 맛도 있냐!

"그건 연인과 함께라도 부끄러운 거…."

※샤이닝 갓 셔플 러브러브 천경 : 애니메이션 〈기동무투전 G건담〉에 등장한 주인공의 필살기 이름들을 합친 것.

"어쩔 수 없지요. 취재를 위해서니까요."

"그럴 때에만 그 이야기를 꺼내냐!"

"물론입니다! 그렇죠! 이건 취재를 위한 거니까 전혀… 하나도 문제없습니다! 자, 아까도 말하지 않았나요? 손에 넣은 작은 기회에 저는 전력으로 달려들겠다고! 그런고로 이건 결정 사항입니다! 반드시 할 거니까요!"

"본심이 다 새어 나오잖아! …으으~! 알았어! 마시면 되잖아, 마시면!"

"그런 겁니다! 자, 같이 러브러… 어흠, 열심히 하죠!"

새빨간 얼굴로 포니테일을 흔드는 아스나로.

그 표정이 살짝 매력적이라서, 나는 이제부터 러브러브 주스를 마셔야 하는 것에 두근거리는 건지 아스나로에게 두근거리는 건지 스스로도 알 수 없었다….

나는 빚을 적당히 갚는다

제 2 장

오늘은 지난번 지역 대회 결승전에서 신세 졌던 카네모토 씨의 대리로 아르바이트를 하는 날.

가능하다면 평화롭게 열심히 일하며 지낼 생각이었는데….

"그래서 말이지! 최근 딸이 이것저것 요리를 연습해서 먹여 주는데! …듣고 놀라지 마라? 그게 전부 킹 엠퍼러 제너럴 맛있어!"

"그렇습니까. 그건 킹 엠퍼러 제너럴 다행이네요."

오후 1시. 늙은이 냄새가 풍기는 아저씨의 딸 사랑 토크에 나의 평화는 산산조각 났다.

최근 오는 빈도는 줄었지만, 올 때의 귀찮음은 이전과 비교도 안 된다.

게다가 가게의 암묵적인 이해로 아저씨 대응은 내게 일임되었으니까, 진짜 너무한 이야기다.

"정말이지 딸이 날 너무 좋아해서 큰일이야~! 요리도 그렇지만… 자, 이거 봐라! 짜잔!"

추정 연령 40 오버인 아저씨가 '짜잔!'이라고 하면서 머리를 들이미는데, 이걸 어떻게 하면 좋지?

그렇긴 해도 불탄 황야로 변해 가는 머리를 나더러 응시하라는 소리는 아니고,

"…그 모자 이야기입니까?"

아저씨가 보여 준 것은 챙 달린 모자다.

아무래도 꽤나 마음에 들었는지, 가게에 온 뒤로도 계속 쓰고

있었다.

"저번에 딸이 머뭇거리면서 꾸러미를 소중히 들고 와서 '뭘 들고 있냐아~?'라고 물었더니 보여 준 게 이거였어!"

"…멋진 모자로군요."

응. 아주 멋진 디자인이네. 특히나 눈길을 끄는 'J'라는 알파벳이.

분명 아저씨의 이름은 죠타로나 죠스케나 죠세후미* 같은 거겠지.

"그렇지~? 오늘은 이걸 키사라기에게 보여 주려고 유급 휴가를 받았다!"

유급 휴가를 어떻게 쓸지는 자유라고 생각하지만, 이런 데에 써도 돼?

"어제 내가 그렇게 물었더니 딸이 새빨간 얼굴로 '아, 아빠한테 선물! 정말로 아빠한테 선물이니까!'라고 해 줬다! 하마터면 하늘로 올라갈 뻔했다고!"

헤에~ 이게 사잔카가 쇼핑몰에서 산 모자인가.

응. 역시 아버지에게 주는 선물이 틀림없었어! 정답이었어! 야호!

"하지만 아직 비밀로 하고 싶었던 건지, 주고 난 뒤에 '하아…

※죠타로, 죠스케, 죠세후미 : 만화 『죠죠의 기묘한 대모험』 시리즈의 등장인물.

실패했어….'라고 풀 죽은 모습을 하는데 그게 귀여워서~! 하마 터면 하늘로 올라갈 뻔했다고!"

아까부터 너무 자주 하늘로 올라갈 뻔한다고!

하지만 풀 죽은 사잔카라…. 분명히 상상하니 아주 귀엽다.

하지만 왜지? 신기하게도 그 뒤에 내가 학살당하는 비전이 보였다.

"그러니까 '다음에 좋아하는 거 사 줄껭! 같이 나가자!'라고 말했지! 아, 이거 비밀이었는데 말했다! 꺄악☆"

그대로 가게 출구로 나가! 꺄악☆

"하아~! 딸과 둘이서 외출이라… 뭘 입고 가면 좋을지 이 아저씨 고민돼~!"

네가 무슨 데이트 전의 소녀냐.

"나 이렇게 행복해도 될까~? 왠지 엄청나게 큰 반동이 기다리고 있어서! …아니, 그런 건 절대로 있을 리…."

"그렇죠! 그런 일은 절대로…. 저~~~얼대로 있을 리 없습니다!!"

"우와! 왜 그래, 키사라기? 갑자기 큰 소리로…."

"…어흠. 실례했습니다. 괜한 플래그는 박멸할까 하고."

"뭐야~? 네가 날 걱정해 주는 건가~? 여전히 좋은 녀석이로군~! 하지만 내 딸과 같은 학교라고 해도 손대지 마라? …그렇긴 해도 딸은 나한테 푹 빠져서 너한테 승산은 없지만! 하하하!"

"그렇겠지요! 제게 승산은 만에 하나도 없습니다! 하하하!"

정말이지 사잔카의 파더콤은 큰일이야! 하하하… 하아~….

"어차! 그럼 슬슬 돌아갈까! 오늘도 딸이 연습 중인 쑥갓이 든 달걀말이가 날 기다리고 있다! 키사라기, 계산 부탁한다!"

"알겠습니다. 잠시만 기다려 주세요."

☆

마야마 아저씨의 계산을 끝낸 나는 이번에야말로 평화로운 아르바이트로.

힐끗 가게 안의 시계를 확인하니 오후 6시.

그렇다면 슬슬 팬지 일행은 함께 노래방에 갔을 시간이겠지.

어제 아스나로에게 들은 바로는, 오늘 녀석들은 학교에서 각자의 일정이 끝난 뒤에 **다섯 명**에서 노래방에 간다는 모양이니까. 참고로 마지막 한 명은 내 누나.

그 누나만 함께가 아니었으면 흐뭇하게 여겼을 텐데….

뭐, 됐어. 포기하고, 괜한 일에는 신경 *끄고* 일이나 하자. 마침 손님도 왔고.

"어서 오세… 켁! 너, 너는…."

하아아아아?! 왜 이 녀석이 이 가게에 오는데!

"뭐지, 여기 점원은? 사람 얼굴을 보자마자 느닷없이…. 음?

너는 분명히….”

가게에 나타난 것은 한 남자. 190센티미터의 무식하게 큰 키. 쓸데없이 단련되어 떡 벌어진 체격. 그리고 할리우드 스타급의 미남.

토쇼부 고등학교 2학년, 야구부 소속, 통칭 ‘후우’라고 불리는 남자로, 본명은….

“토쿠쇼, 키타카제…로군?”

“너는 키사라기 아마츠유…였지?”

“왜 네가 이 가게에 오는 거야?”

일하는 도중인데도 불구하고 무심코 적대심이 드러난 소리가 나왔다.

그도 그렇겠지. 이 녀석은 이전에 나랑 싸웠던 하즈키 야스오… 통칭 ‘호스’라고 불리는 남자의 베프다.

솔직히 말해서 나는 가급적 토쇼부 고등학교 녀석들과 엮이고 싶지 않았는데….

“이전에 호스에게서 맛있는 튀김꼬치집이 니시키즈타 고등학교 근처에 있다는 소리를 들어서 말이야. 그 말에 흥미가 생겨서 왔는데, 무슨 문제라도 있나?”

칫. 토쿠쇼 쪽이 키가 더 크니까 어쩔 수 없지만, 왠지 날 내려다본다는 기분이야….

“…호스와 나 사이에 무슨 일이 있었는지 몰라?”

"흥. 너와 호스 사이의 문제는 들었지만, 그게 뭐? 나랑은 관계없는 얘기다."

뭐, 그렇지만…. 그보다 말 하나하나가 성미에 거슬리는 녀석이로군.

안 그래도 덩치가 좋아서 위압감이 장난 아닌데, 거기에 이 프라이드 덩어리 같은 말투. 호스나 썬 문제는 빼더라도 난 이 녀석이 싫다.

"그보다 얼른 자리로 안내해. 나는 손님이니까."

진짜로 열 받네에에에! 나, 이 녀석 진짜 싫어!

자기가 좀 미남에 스포츠 만능이라고 아주 기가 살지 않았어?

"아, 알겠습니다…."

"그 얼굴은 뭐지? 내가 뭐 거슬리는 소리라도 했나?"

이미 존재 그 자체가 거슬려.

"아뇨, 아무것도 아닙니다. 이쪽으로 오시죠."

하지만 아무리 열 받는다 해도, 입장을 봐도 신체 능력을 봐도 아래인 내가 토쿠쇼에게 분노를 터뜨릴 수는 없으니 얌전히 자리로 안내했다.

"물과 물수건입니다. …메뉴를 정하신 후 불러 주세요."

토쿠쇼를 안내한 뒤에 점원으로서 최소한의 예의를 다 하고 능을 놀렸다.

부탁이니까 주문할 때는 나 말고 다른 점원을 불러 주면 좋겠다. 그러니까 얼른….

"그럼 실례하겠…."

"잠깐. 그 전에 물어보고 싶은 게 있다."

"하아…. 말씀하시죠."

"이 가게는 니시키즈타 고등학교 야구부원도 자주 이용하나?"

"왜 그런 질문을?"

"질문에 질문으로 대답하지 마. 얼른 말해 봐."

그게 남에게 질문하는 태도입니까?!

그에 대한 심술로, 네가 물을 다 마셔도 부르기 전까지는 절대로 보충해 주지 않을 테니까!

"아뇨, 그렇게 빈번하게 오지는 않습니다만…."

"…호오. 즉, 가끔은 온다는 소리인가. 어느 정도의 빈도지? 사흘에 한 번인가? 아니면 일주일에 한 번?"

"거기까지는 기억하지 못합니다만…."

"흥. 나라면 확실히 기억한다."

그럼 네가 일하면서 알아서 세라고, 멍청아.

"매, 매우… 무례를 범하였나이다…."

끄으으…! 분노 때문에 사죄의 말이 좀 이상하지만 참아라!

설령 열 받고 짜증나는 미남이라도 손님은 손님이다!

"사죄 따윈 필요 없다. 처음부터 별로 기대도 안 했으니까."

기대에 부응할 수 없어서 정말로 죄송합니다요!

그럼 얼른 돌아가 주시겠습니까~?

"애초에 사과해야 할 건 내 쪽이겠지만."

뭐어~?! 이 인간, 무슨 소릴 하는 거야?

"일하는 도중에 관계없는 하찮은 이야기로 시간을 잡아먹었으니까."

어라? 또 짜증나는 발언을 할 줄 알았는데 예상 밖으로 겸허한 발언이 튀어나왔다.

"아, 아뇨, 이 정도는 괜찮습니다."

"그렇게 말해 준다니 고맙군. …하지만, 그래, 니시키즈타 야구부는 여기를 별로 이용하지 않나. 그다지 기대하진 않았지만… 아쉽군."

기대했던 건 그쪽이냐. 분명히 내 기억력에 기대하지 않은 줄로만 알았는데.

"…아무튼 가르쳐 줘서 다행이군. 고마워."

뭐라고 할까, 이 녀석은 말이 한마디 부족한 녀석이로군.

"어어, 앞으로는 어느 정도 빈도로 오는지 세어 보죠."

가능한 범위에서. 솔직히 넌 안 왔으면 좋겠지만.

"……너는, 좋은 녀석이로군."

"네?"

나는 너를 전력으로 봇뵌 녀석이라고 생각하는데….

"내 어디가 좋은 녀석인데?"

무심코 경어를 잊고 평범하게 말해 버렸다.

그러자 토쿠쇼는 어딘가 겸연쩍은 듯이 뒷머리를 벅벅 긁적이며,

"아무래도 나는 남의 성질을 돋우는 발언을 곧잘 하는 모양이라서. 남에게 말을 걸면 분노를 사거나 두려움을 사거나 어영부영하는 대답이 돌아오는 일이 많지. …하지만 너는 내 질문에 모두 정중하게 대답해 주었다. 게다가 내 희망을 참작한 발언까지 덧붙여서….'

어머나. 이 인간, 의외로 나쁜 사람은 아니지 않을까? 어쩌면 아까 '거슬리는 소리라도 했나?'는 본인으로서는 자기 발언에 문제가 있는지 확인을 했던 걸까?

뭐, 그런 식으로 물으면 오해밖에 안 생기겠지만….

"…하지만 어떻게 하면 니시키즈타 야구부와 교류를 가질 수 있지….'

뭐, 그건 그렇고, 이 녀석은 왜 우리 학교 야구부에 집착하지?

그러고 보면 지난번에 도서실에 왔을 때도 '니시키즈타 야구부의 연습에 참가하고 싶다'라고 그랬지.

학교도 다르고, 이미 시합도 끝났으니까…. 응? 설마….

"혹시 썬한테 볼일이라도 있어?"

시합에 패한 앙갚음을 꾸미는 거라면, 정정당당하게 정면에서 야습으로 결판을 낼 텐데….

"오오가? 아니, 녀석에게는 이렇다 할 볼일이 없지만… 그래. 다음에 만나면 다시 배팅 연습을 하고 싶군."

"뭐? 배팅 연습?"

어라? 아니었다. 분명히 토쿠쇼는 작년에 썬에게 이겼는데 올해는 패해서 앙심을 품었을 줄 알았는데….

"올해 지역 대회 결승전. 오오가가 던진 포크볼, 실로 훌륭했지. 그때까지 계속 직구만 던지다가 마지막 순간에 허를 찌르고 들다니. 완전히 한 방 먹었어."

"음…. 썬은 작년의 설욕을 다하기 위해 포크볼을 익혔어. 직구만으로는 안 된다고 생각해서."

"역시나 나의 최고의 라이벌이다. 작년 코시엔… 애석하게도 우리는 도중에 져서 돌아갔지만, 거기서 오오가 이상의 투수를 만날 순 없었지. 올해 코시엔에서는 꼭 우승해 줬으면 싶군. 뒤에서 응원하도록 하지."

"응원…해 주는 거야?"

"당연하다. 올해는 우승을 빌고, 내년에는 코시엔 우승 학교와 승부할 수 있기를 기대하고 있지."

"그래…. 그 녀석들은 다음에도 지지 않겠지만."

"흥, 다음엔 우리가 이길 거다."

아니, 이러면 안 되지.

썬 이야기니까 계속 물고 늘어졌지만, 일하는 도중이었다.

"…나는 슬슬 일하러 돌아갈게. 메뉴를 정하면 불러 줘."

"그래. 잡담을 하느라 붙들어 놔서 미안하군."

"아니, 신경 안 써도 돼."

…그래. 혼자만의 선입관 때문에 싫은 녀석이라고 생각했는데, 그건 잘못이었다.

토쿠쇼는 말투가 고압적이라서 듣기 좋지 않고, 말이 부족해서 오해를 사지만, 나쁜 녀석은 아니다.

오히려 자기에게 이긴 상대를 정당하게 평가할 수 있는, 근성이 똑바르고 좋은 남자다.

하지만 토쇼부 고등학교에 소속된 이상…… 너는 내 적이다.

애석하게도 나는 적과 친하게 지낼 생각은 없어서.

손님인 이상 최소한의 대응은 하겠지만, 그걸로 끝이다.

나오는 음식을 다 먹으면 얼른 사라져 버려….

…5분 뒤. 나는 묵묵히 아르바이트에 임했다.

"손님, 물을 더 드리겠습니다."

"음, 미안."

손님의 물이 다 떨어졌기에 민첩하게 보충.

"손님, 새 물수건입니다."

"음, 미안하군."

손님의 물수건이 미지근해졌기에 신속하게 시원한 새것으로 교환.

"저기. 메뉴를 정하⋯."

"네! 뭘로 하시겠습니까!"

"키사라기, 오는 게 이상하게 빠르지 않나⋯."

어쩔 수 없잖아! 적이 얼른 돌아가 주었으면 하니까!

후한 접대로 만족시켜서 돌려보내려고 할 뿐이다!

결코 썬의 칭찬이나 니시키즈타 고등학교를 응원하겠다는 말 때문에 감사하는 건 아니니까, 그 점은 착각하지 말도록!

"주문 말인데, 음료는 오렌지 주스, 그리고 튀김꼬치 모둠을 부탁한다."

"알겠습니다. 더 시키실 것은 없습니까?"

"그래. 이 가게에서 뭐가 맛있는지 잘 몰⋯."

"인기 메뉴는 돼지고기, 가리비, 메추리알입니다. 그중 돼지고기와 메추리알은 모둠에 포함되어 있습니다. 또 사이드 메뉴 말인데, 유바 샐러드, 감자튀김 등이 고등학생 손님에게 인기가 있으며, 개인적인 추천으로는 쑥갓 튀김이 있습니다."

"그, 그런가⋯. 상세히 가르쳐 줘서 고맙다⋯."

어라? 왜 토쿠쇼가 곤혹스러운 얼굴을 하는 거지?

뭐 거슬리는 짓이라도 했나?

"그럼 추가로 유바 샐러드와 쑥갓 튀김을 부탁하지."

"알겠습니다! 샐러드 사이즈는 하프와 라지 중 어느 쪽으로 하시겠습니까?"

"나 이외에 누가 있으면 좋았겠지만… 혼자니까 하프로 부탁한다."

어라? 그러고 보니 궁금한 게 하나 있다.

"저기, 토쿠쇼. 질문 하나 해도 괜찮을까?"

"응? 뭐지?"

반말로 바꾸면서 토쿠쇼에게 말을 걸자, 꽤 날카롭게 생긴 눈이 나를 노려보았다.

화내는 걸로밖에 보이지 않지만…. 아마 이게 이 녀석의 기본 시선이겠지.

"저기, 대답 안 해도 되긴 하는데… 니시키즈타 도서실을 도우러 와 주었던 녀석들은…."

뭐, 호스나 그 여자애들이 오면 곤란하지만….

사이가 좋은 모양이니까 그 녀석들하고 와도 좋을 것 같은데.

"녀석들과는 최근 별로 만나지 않았다. 나는 여름 방학이면 야구부 연습을 쉴 수 없고, 호스는 올해 여름 방학 동안에 의붓 쌍둥이 여동생들, 그리고 츠키미와 거의 함께 있으니까."

뭐야, 그 빡빡한 여름 방학?! 그 녀석, 대체 얼마나 러브 코미디 환경인 거야!

뭐야? 양친은 해외에서 일하는 패턴인가! 그런 패턴이야?!

"녀석의 양친은 이스탄불에서 일하시느라 평소에 집에 없는 만큼, 여동생들이 가정적이라서."

그런 패턴이었다! 하지만 왜 이스탄불?!

호스 녀석! 등장도 하지 않는 주제에 새로운 설정을 마구마구 늘리고!

하지만 나도 혈연이긴 하지만 누나가… 아니, 누나 생각은 하지 말자.

어제 신나게 고생했고, 오늘도 아침부터 편의점까지 심부름을 다녀왔고.

…응? 여동생에 츠키미라니…. 한 명 부족하지 않아?

"저기, 체리 씨는 없어?"

"체리 선배는 최근 학생회 업무에 집중하고 있지. 무슨 일이 있었는지는 자세히 못 들었는데, 호스와 체리 선배와의 관계에 조금 변화가 있었던 모양이다."

츠키미와 체리는 그 승부 도중에 호스에게 고백했다가 실패했으니까.

어쩌면 그것 때문에 분위기가 어색해져서, 체리가 호스를 피하는 걸지도 모르지.

"그래서 토쿠쇼는 혼자 온 건가. 납득했어."

"그래. 여기에 오면 혹시 타… 아니, 아무것도 아니다. 같이 올 만한 친구도 그리 없으니까."

응? 토쿠쇼가 무슨 말을 하려다가 그만뒀군. '타'라는 건 뭘까?

"그런가…. 토쿠쇼는 여자한테 인기가 있을 것 같고, 친구도 많을 줄 알았는데…."

우리 학교로 보자면 썬 같은 포지션이라고 생각하거든.

남자에게도 여자에게도 엄청 인기가 많은….

"그렇군. 분명히 나는 여자에게 인기가 있다."

겸손을 모르는구나, 이 자식! 내가 한 말이긴 하지만, 다른 표현도 할 수 있잖아!

"하지만 친구는 적다. 제대로 이야기할 수 있는 상대라고는 야구부 녀석들과 호스 정도다."

어라? 이건 의외였다. …아니, 잠깐….

"아무래도 나는 남에게 겁을 주는 경향이 있는 모양이라…."

그렇지요! 아마도지만, 이 오해에 오해를 더블 업시키는 성격 때문에 주위가 기피하는 거겠지. 실제로 나도 처음에는 싫은 녀석이라고 생각했고.

"그럼 여자랑 친하게 지내면 되잖아? 여자들한테 인기 있다며?"

"나는 여자가 거북하다. 대부분의 여자는 달라붙으려고 해서 귀찮다. …그 점에서 츠키미와 체리 선배, 그리고 산쇼쿠인은 달라서 다행이다. 중학교 때부터 알던 사이이기 때문이겠지."

아니, 그 애들은 네게 이성으로서 흥미를 갖지 않았을 뿐인데.

그렇긴 해도 여자가 거북하단 말이지~ 그건 또 대체 왜….

"내게는 대부분의 여자가 돌로 된 인형 정도로밖에 안 보인다. 시끄러운 돌 인형만큼 무서운 건 없겠지?"

안과를 좀 가 봐라. 네 눈이 훨씬 무서워.

"역시 친구든 연인이든, 중요한 것은 내면이라든가 자신과 일치하는 가치관이다. 내 주위의 남자들은 흔히 여자 가슴 이야기를 하던데, 어리석기 짝이 없지. 그런 건 그냥 지방 덩어리에 불과하다."

토쿠쇼는 누구와 이야기할 기회가 적어서 외로웠는지 의외로 말이 많았다.

하지만 말을 건 상대가 어리석기 짝이 없는 이들의 대변자라는 걸 깨닫지 못한 모양이다.

"그래…. 알았어. 그럼 잠깐 기다려 줘. 금방 음식을 가져올 테니까."

"음, 혼자서 재미없는 날 상대해 줘서 고맙군. 아르바이트, 열심히 해라."

어조는 고압적이지만, 배려가 프로페셔널해서 큰일인 사람이다….

그 뒤에 내 동급생 겸 점장인 츠바키=요우키 치하루에게 토쿠쇼의 주문을 선달하러 갔더니, 꽤나 기분 좋은 기색으로 '그런 건 지방 덩어리에 불과할까!'라면서 신이 나 있었기에 아마 객석의 대화가 들린 거려니 싶었다.

※

그로부터 30분 뒤, 서서히 피크 타임이 다가오면서 혼잡해지는 가게에서 일하고 있자,

"여어, 죠로! 일 잘하고 있냐?!"

"오, 썬!"

나타난 것은 내 베프인 썬＝오오가 타이요였다. 무사히 코시엔 출장을 이뤄 냈으니까 최근에는 야구부 연습에 매달려 있을 텐데, 그게 끝나는 길에 들른 거겠지.

"하하! 그 모습을 보아하니 착실하게 일하는 모양이군! 서로 열심히 하자!"

"응, 그래!"

서로의 주먹을 툭 하고 부딪치며 웃는 나와 썬.

올해 지역 대회 결승전은 여러 사정 때문에 전혀 응원할 수 없었으니까.

코시엔에서는 나도 전력을 다해 응원할 생각이다.

그리고 그러기 위해서라도 지금은 아르바이트에 땀을 쏟자!

"어어, 혼자 왔어?"

"아니, 같이 온 녀석이 두 명 더 있지!"

그렇다면 전부 다 해서 셋인가. 야구부 중 누군가와 함께 왔나?

"자, 시바! 얼른 들어와!"

"어, 어어…."

윽! 설마 썬이 이 녀석을 데리고 오다니….

썬의 손짓에 가게 안에 들어온 것은 174센티미터의 키, 썬과 마찬가지로 잘 단련된 몸이 눈에 띄는 남자… 니시키즈타 고등학교 야구부에 소속된 시바였다.

중학교 때부터 얼굴 정도는 아는 사이지만…. 솔직히 말해서 나와 시바는 사이가 좋지 않지.

"제대로 소개한 적 없었지? 우리 야구부에서 포수를 맡아서 나와 배터리를 짜는 시바야! 시바, 같은 중학교를 나왔으니까 알 거라고 생각하는데, 내 베프인 죠로다!"

썬, 활짝 웃으면서 사이를 주선해 주는 건 고맙지만, 아주 어색하단 말이야.

나와 시바는 중학교 때 한판 붙은 적이 있거든.

지금은 어떨지 모르지만, 당시 시바는 썬을 싫어해서 뒤에서 몰래 썬의 험담을 하고 다녔다.

우연히 화장실에서 그걸 듣고 울컥해서, 대놓고 안 좋은 소리를 좀 했거든….

다행스럽게도 시바는 곧 물러났기에 물리적인 싸움으로 발전하지는 않았지만, 그 이후로 나와 시바의 사이는 대단히 미묘한 것이 되었다.

"자, 잘 왔어. 잘 부탁해…. 시바."

"어어. 저기… 잘 부탁해, 키사라기."

보라고, 이 어색함! 서로 뻣뻣한 말투로 굳어 있는 사이입니다 요!

"시바도 죠로도 표정이 굳었어! 전에 무슨 일이 있었는지 모르겠지만, 지금은 신경 쓰지 말고 친하게 지내자고!"

여전히 눈치도 빠르시구만!

마치 나와 시바가 싸운 적이 있다는 사실을 아는 듯한 말투 아닙니까!

아니, 하지만 말이야… 썬에게는 미안하지만, 이 녀석과 그리 쉽게 친해질 수는….

"그, 그렇지! 그런 태도로 보였다면 미안해, 키사라기. 어어… 죠로라고 부르면 될까?"

시바 녀석, 나랑 일찌감치 친해져서 썬에게 점수 딸 생각이냐?! 큭! 나도 지고 있을 순 없지!

"그래! 죠로면 돼. 잘 부탁해, 시바!"

훗. 하기로 마음먹었으면 한다. 그것이 나의 모토다.

그러니까 아무리 서먹한 상대라도 각오만 하면 얼마든지!

"좋았어! 두 사람 사이도 좋아졌고, 슬슬 자리로 안내해 줄 수 있겠어?"

"알았어, 그런데 셋이라고 했지? 마지막 한 명은…."

"귀하신 몸은 마지막에 등장합니다! 우후후후!"

뭐야, 두 사람밖에 없잖아. 썬도 덜렁대긴.

"아, 키사라기 선배의 그 얼굴은 너무 귀여운 저와 예기치 않은 장소에서 만나서 두근대는 가슴과 금할 수 없는 흥분이…."

"두 분이시로군요. 저쪽 자리로 모시겠습니다."

"우후! 키사라기 선배는 저를 독점하고 싶은 나머지 오오가 선배와 시바 선배와 떼어 놓으려고 하다니…. 그렇게 뱅뱅 도는 수를 쓰지 말아 주세요~!"

정말이지 이 녀석은 포지티브하군! 그런 생각은 전혀 안 해!

마지막으로 나타난 여자. 머시룸 보브 커트 스타일에 어딘가에서 본 작은 빨간색 머리핀을 한 그 녀석은 야구부의 매니저인 카마타 키미에… 통칭 '탄포포'다.

외견만 보고 말하자면 꽤 귀엽지만, 애석하게도 성격이 반비례해서 나쁘다.

자기가 귀엽다는 걸 자각하고 콧대가 높아져서, 세상 남자는 자기에게 잘해 주는 것이 당연하다고 진심으로 생각하는, 뇌세포가 날아가 버린 여자다.

뭐, 야구부 활동을 살하고 있는 등, 이상한 점에서 성실하기에 미워할 수 없는 녀석이지만….

"하지만 안 됩니다~! 저는 모두의 탄포포니까요!"

그건 그거, 이건 이거. 평소의 이 녀석은 기본적으로 짜증난다.

"그렇습니까. 그럼 아름다우신 손님의 아름다운 모습을 모두에게 보여 드리고 싶으니, 아름다운 발걸음으로 당점을 나가서 그대로 역으로 가 주실 수 있겠습니까?"

"어쩔 수 없네요~! 특별히 해 주기로 하겠어요~! 우후훙~!"

좋아. 뭔 소린지 모를 말과 멍청한 스텝으로 가게에서 나갔군. 이걸로 귀찮은 녀석은 사라졌다.

"…아니, 왜 제가 쫓겨나는 건가요?! 깜박 레드 카펫을 걷는 기분으로 상점가를 걸었잖아요!"

칫. 돌아왔군. 그대로 돌아가면 될 것을.

…아, 일단 토쿠쇼가 와 있는 걸 썬에게 전할까.

아는 사이이기도 하고, 토쿠쇼는 니시키즈타 야구부를 만나고 싶어 했고.

"그렇지, 썬. 저기 자리에… 응?"

어라? 그 녀석, 어디 갔지? 방금 전까지 저기 자리에 있었을 텐데 사라졌다. 화장실이라도 갔나?

"왜 그래, 죠로? 뭐 이상한 거라도 있었어?"

"아니, 아무것도 아냐. …그런데 왜 탄포포도 같이 온 거야?"

"왠지 탄포포가 너한테 용무가 있는 모양이야! 그래서 같이 왔지!"

"어? 그래?"

진짜냐. 자기만 아는 바보인 탄포포가 나한테 할 말이라니…. 꼭 거절하자.

"그렇습니다! 키사라기 선배를 좀 이용하고 싶어져서 같이 왔습니다!"

과연. '용무'가 아니라 '이용'하러 왔냐. 아무리 생각해도 글러먹은 녀석이군.

거절할 결의가 한층 굳어졌어.

"우후후! 어떤가요, 키사라기 선배? 이렇게 사랑스러운 탄포포에게 이용당하…."

"그럼 자리로 안내해 드리겠습니다. 이쪽으로 오세요."

"끝까지 들어 주세요! 아까부터 키사라기 선배의 태도가 너무해요!"

에잇, 사람의 정면에서 뿅뿅 뛰면서 짜증나는 소리를 하고 말이야.

하지만 여기서 화내면 안 된다. 이럴 때는….

"탄포포가 자리로 안내받는 모습은 분명 귀여워~ 불평하지 않고 좌석에 앉아 준다면 그것만으로도 많은 사람들이 두근거리겠지~"

"어머나~! 어쩔 수 없네요~! 그럼 특별히 안내받도록 할게요~!"

정말이지, 이 녀석은 인간이 가볍다니까….

썬 일행을 좌석으로 안내하고 물과 물수건을 준 뒤, 나는 다른 테이블을 정리하고 손님들에게 대응했다. 그리고 몰래 썬 일행의 대화에 귀를 기울이자….

"시바, 츠바키가 만든 튀김꼬치는 아주 맛있지만, 특히나 추천하는 건 가리비야!"

"알았어. 썬이 그렇게 말한다면 먹어 보지."

여전히 썬은 가리비 튀김을 좋아하는군.

저번 결승전이 끝나고 그렇게나 먹었는데도 불구하고 또 주문할 정도니까.

"그리고… 튀김꼬치 모둠이지! 아, 이런! 나만 정하면 안 되지! 시바와 탄포포도 먹고 싶은 게 있으면 말해 봐!"

"그래. 나는 이 새송이버섯 튀김을 주문하고 싶어."

두 사람을 보기론, 시바는 중학교 때 썬을 싫어하긴 했어도 지금은 그렇지 않다… 아니, 사이가 좋은 거겠지. 응, 그건 다행이다.

"저는 피망이 싫으니까 그것만 아니라면… 아! 그렇지! 떠올랐습니다! 특별히 키사라기 선배에게 정해 달라고 하죠! 이용할 구실로 써먹을 수 있겠고요!"

나한테 정하게 한단 말이지. 기쁜 제안이잖아. 구실로는 절대로 안 통하겠지만.

"키사라기 선배! 귀엽고 사랑스러운 당신의 탄포포가 불러요! 우후! 우후후후! 우후!"

"탄포포. 앉은 채로 그렇게 이상하게 움직이지 않아도 죠로는 올 거라고 생각해…."

…탄포포 녀석, 또 쓸데없는 짓을…. 하아, 귀찮다….

하지만 안 가면 더 귀찮을 테니까 안 갈 수도 없지….

그런고로 속으로 짜증과 한숨을 내뱉으면서 썬 일행의 좌석으로.

"아, 와 주었습니다! 우후후! 잘 이해한 모양이네요?"

"그래, 이해하고 있어. …그래서 주문은?"

"가리비와 새송이버섯을 세 개씩, 그리고 모둠을 3인분으로 부탁해!"

"…주문은 그걸로 끝?"

"우후후! 키사라기 선배, 크나큰 찬스입니다! 특별히 제가 먹을 튀김꼬치를…."

"피망 튀김을 하나 추가할게."

"효오?! 왜 하필이면 그걸?!"

아까 무식하게 큰 소리로 싫어하는 음식을 말한 바보가 있었으니까.

"키, 키사라기 선배, 다른 설로 하시 않겠요? 이렇게 귀엽고 사랑스러운 야구부의 황야에 핀 한 떨기 꽃인 제가 괴로운 얼굴

을 하고 있으면, 오오가 선배와 시바 선배가 쇼크를….'

"나라면 괜찮아! 탄포포가 이상한 얼굴을 해도 별로 신경 안 써!"

"탄포포, 너는 든든한 매니저지만, 딱히 황야에 핀 한 떨기 꽃 이라고는 생각하지 않거든?"

"까흥!"

현실에서 '까흥!'이라고 진짜로 말하는 녀석, 처음 봤어.

하지만 그거로군. 이전에 야구부는 탄포포를 사랑하는 솜털바 라기로 넘쳐 난다고 했는데, 썬과 시바는 거기에 포함되지 않는 모양이다.

"좋아! 주문은 이상! 부탁해, 죠로!"

"응, 알았어."

"저기, 피망은 캔슬! 피망의 캔슬을 요청합니다!"

"사양 마, 탄포포. 특별히 피망 튀김은 내가 쏘는 걸로 할 테 니까."

"아, 아뇨. 제 몫은 키사라기 선배가 내는 게 당연하다고 해 도, 그 튀김은….'

그건 당연하냐. 피망은 절대로 캔슬 안 시킨다.

※

"츠바키, 주문, 여기에 두고 갈게."

"응, 알았어. …그러고 보니 아까 썬 목소리가 들린 것 같았는데, 가게에 온 걸까?"

"그래. 썬하고 같은 야구부의 시바랑 매니저인 탄포포가 함께 왔어."

"그래. 그럼 튀김꼬치는 가능하면 내가 가져가기로 할까. 인사하고 싶으니."

"알았어. …아, 그렇지. 츠바키, 쓰레기가 좀 쌓였으니까 뒤에 버리고 올게."

"고마워. 부탁할게."

"이 정도 가지고 뭘."

쓰레기통에서 쓰레기봉투를 꺼내 주둥이를 묶었다.

아르바이트를 시작했을 때는 좀 힘들었던 작업이지만, 지금은 익숙하다.

익숙한 움직임으로 뒷문을 통해 쓰레기장으로 가서 버리고….

"우후후! 기다리고 있었습니다, 키사라기 선배!"

신규 참가 쓰레기가 활짝 웃으며 나를 기다리고 있었다.

그렇긴 해도 딱히 놀라진 않았다. 나는 이 녀석의 부름에 여기에 왔으니까.

"저의 **제스처 사인**을 완벽하게 읽어 내다니, 싱징했군요! 기사라기 선배!"

"네가 지역 대회 결승전 전에 멋대로 가르쳐 줬잖아. 설마 내가 아르바이트할 때에 '주문이 끝나면 가게 뒤로 와라'라고 전하기 위해 써먹을 줄은 몰랐지만."

그러니까 나는 썬 일행의 자리에 가기 전에 생각했다.

귀찮겠지만 안 가면 더 귀찮아질 테니까 안 갈 수 없다…라고.

"어떤 때라도 도움이 되는 솜털솜털 제스처 사인! 멋진 경험이었지요?"

"뭐, 그렇지. 좋은 경험도 했고 분명히 왔으니 이제 됐지? 그럼 수고!"

"네~! 수고하셨습니다! …가 아니죠! 기다려 주세요! 전 키사라기 선배를 이용하고 싶다니까요!"

"그런 말에 내가 기다릴 리가 없잖아. …그럼 이만."

"그렇게는 안 됩니다! 우후~!"

치잇. 이상하게 재빠른 움직임으로 내 앞으로 돌아와서 길을 가로막는군.

"저기, 탄포포. 나는 지금 아르바이트하는 중이야. 그러니까 무슨 일이 있으면 다음에 말해. 그 말을 하려고 일부러 쓰레기 버리러 간다는 구실로 여기 온 거야."

"물론 그건 잘 알고 있습니다! 그러니까 키사라기 선배의 일을 방해하지 않도록 이용할 생각입니다! 우후!"

현재진행형으로 방해하는 녀석이 무슨 소리야?

애초에 지난번에 나한테 부탁을 했다가 너는 아주 아픈 꼴을 봤잖아.

'썬과 팬지를 연인으로 만든다'라는 거짓말을 하며 나를 신나게 이용했고, 최종적으로는 나에게 거짓말을 간파당해서 울며 도망친 주제에 왜 질리지도 않는지 신기하기 짝이 없다.

"── 인 고로 키사라기 선배, 도와주세요!"

"뭔 소린지 전혀 모르겠는데?"

애석하게도 나는 '──'만으로 발언의 전모를 이해할 수 있는 영역에는 도달하지 않았다.

"하아…. 키사라기 선배는 둔감하니까 그럴 것 같았지만…. 어쩔 수 없네요. 특별히 자세히 설명해 드리지요!"

이 녀석에게 있어 전국의 90퍼센트 남성은 둔감하겠지.

"오늘은 원래 키사라기 선배를 이용하기 위해 여기에 온 것입니다만…."

스타트 지점부터 다시 설정하고 시작하자.

"애초에 내가 너한테 쉽게 이용당할 거라고 생각해?"

"우후후후후! 뭐, 평소의 키사라기 선배라면 브로마이드 한 장이라도 줘야 이용할 수 있겠지만, 오늘만큼은 그러지 않아도 가능합니다!"

평소의 나는 값싸╈나! 하지만 부정할 수 없는 스스로가 한심해!

"일단 이유를 들어 볼까."

"그건 바로! 키사라기 선배는 제게 빚이 있기 때문입니다! 그 빚을 돌려받도록 하지요!"

이 멍청이는 자신만한 얼굴로 무슨 헛소리를 하는 거야?

"뭐?! 너한테 빚? 그딴 건…."

"저는… 머리핀, 많이 준비했거든요?"

"으극!"

이런…. 어쩐 일로 정론을 말하고 있어….

"지난번 지역 대회 결승전…. 하즈키 선배와의 승부에서 키사라기 선배는 저에게 대량의 머리핀을 빌려 갔죠~? 그·것·도, 예비용까지! 그게 없었으면 이긴 건 과연 어느 쪽이었을까요~? 누구 덕분에 키사라기 선배는 이겼을까요~? 우후후!"

짜~증~나~~~~! 사실이지만, 짜증나~~~!

"…쳇. 요구가 뭐야?"

"어머나, 그렇게 불안한 얼굴 하지 마세요. 부탁하고 싶은 건 간단하니까요!"

"간단?"

어차피 제대로 된 소리는 아니겠지….

"네! 실은 제가 야구부 활동을 하면서 곤란한 일이 하나 생겨서, 그걸 해결하기 위해 도와 달라는 것입니다!"

"야구부 일이라면 썬이나 시바에게 말하는 편이 좋지 않나?"

"이거야 원…. 여기까지 말해도 이해하지 못하다니, 정말로 눈치도 없긴….”

내가 알까 보냐. 너는 세상을 완전 얕보고 있어.

알겠어? 세상은 200퍼센트 전하려는 노력을 해야 간신히 70퍼센트가 전해진다고.

간단히 설명하는 걸로 끝내면 모두가 다 이해하리라고 생각하지 마, 멍청아.

"제가 부탁하고 싶은 것은 바로 저 두 사람의 일입니다! 저 두 사람은 이대로 가면 아주 위험한 상태입니다!”

혹시 다치기라도 했나?! 그런데도 코시엔을 위해 열심히 연습을 하는 건가!

시바는 모르겠지만, 썬이라면 충분히 그럴 수 있지…!

그걸 매니저로서 어떻게든 하고 싶어서 내게 얘기하러 온 건가?!

"어이! 설마 저 두 사람은 부상을….”

"겨우 이해해 주었나요! 그렇습니다! 야구부에서 저 두 사람만이 왠지 솜틸바라기가 되지 않았다는, 마음에 커다란 부상을 입었습니다!”

그거 큰일이로군. 블랙잭*도 두 손 들었어.

※블랙잭 : 무면허 천재 외과의 '블랙잭'의 이야기를 그린. 테즈카 오사무의 만화.

"상상을 좀 해 보세요, 키사라기 선배! 코시엔, 모처럼의 활약의 무대인데도 저 두 사람만이 제게 두근거리지 않는 모습을! 그것만 해도 얼마나 큰 비극이 일어날지!"

희극의 여자가 내게 이해하기 어려운 발언을 하는데, 이걸 어쩐다?

"그게 내 협력으로 어떻게 되는 이야기야?"

"네! 어제 열심히 생각했습니다! 어떻게 하면 오오가 선배와 시바 선배가 저를 사랑하지 않을 수 없을까를…. 혼자 방에서 뺨을 부풀리면서 머리를 감싸쥐는 저. 그 모습을 보기만 해도 세상 남자의 80퍼센트는 저를 구하지 않을 수 없는 상황이라고 해도 과언이 아니었겠죠."

과언이야. 압도적 과언이야.

"그리고 딱 깨달았습니다! 어떻게 하면 저 두 사람이 솜털바라기가 될지를!"

"내가 두 사람을 설득한다든가?"

"아니에요! 키사라기 선배야 이 사이에 낀 음식 찌꺼기 정도의 존재 아닌가요!"

즉, 너는 음식 찌꺼기를 이용하려는 찌꺼기 여자가 되는데, 그런 건 OK?

"그건 바로 '제삼자가 탄포포의 천사 같은 의외의 일면을 은근슬쩍 말한다' 작전입니다!"

"너는 이미 의외성 덩어리인데?"

"뭐, 키사라기 선배 같은 필두 솜털바라기에게는 그렇겠지요."

잠깐 기다려! 왜 내가 어느 틈에 필두 솜털바라기가 된 거야?!

"하지만 저 두 사람은 다릅니다! 그러니 키사라기 선배는 제 의외의 멋들어진 일면을 오오가 선배와 시바 선배에게 전해 주세요! 그러면… 우후! 우후후!"

전해도 변하는 건 하나도 없다고 생각하는데.

왜 이 녀석은 눈을 감고 황홀한 표정을 지을 수 있는 거지?

"저 두 사람을 공략한 뒤에는… 아아! 보이기 시작했어요! 코시엔에서 야구부가 하나로 뭉쳐서 저를 사랑하는 솜털댄스를 추는 모습이!"

그런 댄스가 있냐. 그런 거라면 보기 싫으니까, 무진장 협력하기 싫다.

"하지만 내가 저 둘에게 무슨 소리를 하면 될지 잘 모르겠는데."

"그 점이라면 걱정 마시길! 이걸 쓰면 키사라기 선배의 문제는 금방 해결됩니다!"

내게 걱정밖에 주지 않는 탄포포가 주머니에서 자신만만하게 뭔가를 꺼냈다.

이건 이전에도 한 번 건넸던… 마이크 겸 이어폰.

아니, 설마 이건….

"자, 준비는 됐나? 키사라기 중사."

"라, 라저···. 탄포포 사령관."

설마 또 이걸 쓰는 꼴이 되다니···.

※

[들리나, 키사라기 중사? 오버.]

아르바이트 중, 귀에 울리는 탄포포 사령관의 목소리.

그 뒤에 둘 다 뒷문을 통해 가게로 돌아와서 사령관은 안쪽에 대기. 중사는 전장에 돌입.

일단 돕기는 하지만 어디까지나 일이 우선이라서 시간이 남을 때만 하겠다고 했더니, 그건 안다는 대답이 돌아온 것을 보면 사령관도 최소한의 양식은 있는 모양이다.

힐끗 타깃의 상황을 확인하자, 마침 츠바키가 튀김꼬치를 내놓고 있었다.

[들리나, 키사라기 중사? 오버.]

"들린다, 오버."

[내 목소리에 성욕을 주체할 수 없나? 오버.]

"괜찮아. 문제없다. 오버."

[그럼 미션 개시다. 오버.]

"라저. ···하아, 갈까···."

진짜 하기 싫은데…. 왜 내가 일부러 이런 짓을…. 아니, 일단 두 사람의 테이블에 가기 전에 다른 테이블을 정리하자.

[중사, 슬슬 시간이 남지 않나? 오버.]

"나는 현재 최우선 미션을 수행 중입니다. 오버."

좋아. 그럼 다음에는 손님의 주문을….

[중사, 슬슬 시간이 남지 않나? 오버.]

"나는 현재 최우선 미션을 수행 중입니다. 오버."

너무 서두르잖아. 사령관은 조금 더 인내하는 버릇을 가져 주었으면 싶다.

그런고로 테이블 정리, 다른 손님의 주문을 다 확인한 나는 슬슬 사령관의 타깃인 썬과 시바의 자리로.

"아, 죠로. 쓰레기 버리느라 고생했어. 그렇긴 해도 시간이 꽤 걸리는 것 같던데, 무슨 일 있었을까?"

처음에 말을 붙여 온 것은 썬 일행의 테이블 옆에 서 있던 츠바키였다.

아까 말했다시피 요리를 내놓은 뒤에 가볍게 인사를 했겠지.

으음. 일단 여기서는 적당한 변명이라도….

[이상적인 천사와 만나는 바람에 성욕이 폭발했다고 전해라. 오버.]

진짜로 그 말로 넘어갈 수 있다고 생각하나?

"……이, 이상적인 천사와 만나는 바람에, 서… 좀 정신없이 보느라고…."

지령을 들으면서 발언하느라고 '……'라는 묘한 침묵이 있는 것은 양해 바란다.

"헤에…. 힘들겠네."

응, 벌써 츠바키의 눈이 엄청 예리해졌어.

지금 시점에서 이미 엄청 의심을 사고 있구나, 나.

"그 이어폰은 뭐지?"

[길게 자란….]

"길게 자란 귀털이야."

[멋지다, 중사! 내 지시를 듣기 전에 발언하다니 성장했군!]

사령관도 만족한 모양이라 다행이다.

츠바키라면 지금 발언으로 내가 곤경에 처했음을 알아줄 것 같지만….

"…흐응. 그래, 알았어."

무시냐?! 아니, 그 점은 좀 더 물고 늘어지라고!

"그럼 나는 주방으로 돌아갈까. 느긋하게 있다 가, 썬, 시바."

"음! 땡큐, 츠바키!"

"고마워, 츠바키."

정말로 그대로 돌아갔다! 가지 마!

[우후후…. 이걸로 훼방꾼은 사라졌네요. …어, 어흠. 그럼 이제부터 오오가, 시바의 농락 미션을 개시한다. 성공률 300퍼센

트라고 해도 방심하지 마라. 오버.]

그 자신의 출처는 어디?

[그럼 말을 걸어라. 처음에는 탄포포는 야구부에서 엄청 활약한다는 모양이던데. 다.]

사실이라고 해도 그걸 자기 입으로 말하는 점이 문제라고 생각합니다.

"……썬, 시바. 탄포포는 야구부에서 엄청 활약한다는 모양이던데."

"오! 갑자기 왜 그래, 죠로?"

"아, 아니…."

[사랑스럽고 가슴 아프고 든든한* 천사의 이야기를 본인이 없는 틈에 몰래 하고 싶다고 말해라.]

네가 어디의 시노하라 료코냐.

"……사랑스럽고 가슴 아프고 든든한 천사의 이야기를 그 녀석이 없는 틈에 선하고 싶어서…."

"탄포포 이야기? 그렇군, 평소 열심히 활동해 주지만, 그거 말고 뭐 더 있어? 하지만 죠로가 그걸 알다니 의외인데! 사이좋군!"

모르고, 사이좋지 않아. 본인이 멋대로 강요하는 것뿐입니다.

....

※사랑스럽고 가슴 아프고 든든한 : 극장판 애니메이션 〈스트리트 파이터 2 MOVIE〉의 삽입곡으로. 시노하라 료코가 불렀다.

"그래. 탄포포는 처음 입부했을 때는 야구를 잘 몰랐지만, 열심히 공부해서 썬의 말처럼 지금은 든든한 매니저인데… 그거 말고 뭐가 더 있나?"

[우효효효효! 그렇죠! 그렇죠! 저는… 어흠.]

사령관, 아까부터 본성이 마구 나오지 않나?

[거기에 추가로 그 귀여움 때문에 고간이 견딜 수 없겠지, 라고 확인해라.]

몰래 전하는 의외의 일면이라던 아까 말은 어디다 팔아먹었냐?

여전히 목표를 상실하는 게 주특기인 저질 사령관이다.

"……거, 거기에 추가로, 그 귀여움 때문에, 고…… 두근두근하잖아?"

"아니, 그건 괜찮아! 탄포포는 귀엽지만, 내 취향은 아니고!"

"나도 그 점은 걱정 없어. 녀석은 곧잘 못된 꿍꿍이를 꾸미다가 실패하니까, 그쪽 인상이 강해서 도저히 여자로는 안 보이고…."

사령관, 농락하기 이전에 당신의 한심한 꿍꿍이가 이미 다 누설되었습니다만, 괜찮습니까?

[못된 꿍꿍이가 아니다. 매일 야구부를 생각하느라 가슴 아파하는 거라고 전해라.]

전혀 반성하지 않았어! 아니, 애초에 이미 실패할 것 같은데 좀 눈치채지?

"……아니, 그건 못된 꿍꿍이가 아니라, 야구부를 생각하느라 가슴 아파하는 거야."

"그런가? 하지만 야구부에서 우리한테 5엔 동전을 보여 주면서 '당신은 솜털바라기가 된~다! 당신은 솜털바라기가 되~…… 솜털솜털솜털!'이라며 자기가 자기 최면술에 걸리지 않나, 유니폼을 빨 때는 '우후후! 여기에 제 특제 사랑의 약을 섞으면… 하우! 솜털솜털솜털!' 하며 자기가 자기 사랑의 약의 효과를 받아서 솜털솜털댄스를 추는데?"

완전 솜털솜털하는군.

아니, 썬, 솜털솜털댄스를 알고 있네….

[중사! 이미 목표의 농락은 눈앞이다!]

그래. 일본과 브라질 정도의 거리로 좁혀졌어.

"저기, 썬. 그러고 보니 탄포포가 늦지 않아? 화장실에 간다고 그랬는데…."

"그러고 보니 그렇군~ 얼른 와 주지 않으면 튀김꼬치가 식는데…. 주르륵."

사령관, 얼른 돌아와. 썬의 입에서 침이 흘러내린다.

튀김꼬치를 얼른 먹고 싶다는 얼굴을 하고 있으니까.

[아까 화장실 앞에서 만났을 때, 돌아오려면 시간이 길길 깃 같으니까 먼저 먹어도 문제없다고, 위대한 대천사가 말했다고

전해라.]

　아, 그 점은 배려하는군. 사령관, 의외로 자상해.

　"……아까 화장실 앞에서 만났을 때, 탄포포가, 돌아오려면 시간이 걸릴 것 같으니까, 먼저 먹어도 문제없다고 말했어."

　"그런가! 그럼 그러도록 하지! 헤헷! 탄포포, 화장실에서 꽤나 다이내믹한 녀석을 쥐어짜내는군!"

　[효?! 효오오오오?!]

　진정해, 다이내믹 사령관.

　[모두의 아이돌, 탄포포는 다이내믹한 똥 같은 건 싸지 않아! 프리티한 똥을 싼다고 정정해라!]

　결국 똥이잖아. 그걸 정정하라고, 그걸. 아이돌 실격이잖아.

　아니, 식사하는 손님이 있는 곳에서 '똥' 소리를 할 수 있겠냐.

　"그 녀석, 그렇게 다이내믹한 걸 참고 있었나…. 미안한 짓을 했네…."

　[으기이이이이! 저는 다이내믹하지 않습니다! 아주 프리….]

　[너 거기서 뭐 하는 걸까?]

　어라? 아무래도 다이내믹 사령관 이외의 목소리가 이어폰에서 들려왔는데….

　[효오?! 저기… 어어….]

　[죠로가 좀 이상하다 싶기에 뭔가 있구나 싶었는데, 네가 원인일까?]

츠바키다! 역시나 눈치채 주었구나!

그리고 나에게 직접 확인하는 게 아니라 원흉을 제거하러 가 주었나!

역시 츠바키는 아주 든든해!

[저, 저기… 아! 그렇지! 떠올랐습니다!]

떠올랐다고 말한 시점에서 아웃이라는 사실은 모르는 모양이다.

[저는 가볍게 프리티한 똥을 쌀 뿐이니까, 이 자리는 넘어가 주세요! 우후!]

넘어가 줄 리가 없잖아! 뭐가 어떻게 떠오르면 그렇게 되는데?!

어느 세계에 뒷문에서 프리티한 똥을 싸는 손님을 넘어가 주는 점장이 있는데?!

[흐응. …그럼 그 스마트폰은 뭐지?]

[접이식 휴대용 변기입니다.]

망설임이 너무 없잖아! 그걸로 넘어갈 수 있겠냐!

[중사, 긴급 사태다! 황야의 숙녀에게 발견되었다! 곧바로 구원을….]

탄포포, 그건 안 돼! 츠바키에게 가슴 화제는….

[너, 지금 뭐라고 했지? 그런 지방 덩어리 따윈 아무래도 좋은 것 아닐까.]

지방 플래그 성립!

[효오오오오!! 뭐, 뭔가요, 그 반야 같은 얼굴은?!]

[기분 탓 아닐까? 아무튼 일을 방해한 벌로 네게는….]

[키, 키사라기 선배, 살려….]

아, 뚝하고 전화가 끊어졌다.

아마도지만 황야의… 어흠, 츠바키에게 당한 거겠지. 마음 놔라, 탄포포.

"오, 죠로, 왜 그래? 너도 튀김꼬치 먹을래?"

"아니, 난 일이 있으니까 괜찮아. 그럼 느긋하게 있다 가, 썬, 시바."

"음! 그렇긴 해도 탄포포가 정말로 늦네~!"

"어지간히 파워풀한 싸움을 벌이는 거겠지. 돌아왔을 때에는 따뜻하게 맞아 줄까."

뭐, 틀린 소리는 아니지.

분명 지금쯤 츠바키에게 파워풀한 벌을 받고 있을 거야.

※

"힉! 힉! 무서웠어요…. 정말로 무서웠어요…."

30분 뒤, 츠바키에 대한 공포가 각인된 다이내믹 탄포포가 울상을 하면서 귀환.

참고로 나는 주방에 들렀기에 알고 있지만, 탄포포는 츠바키에게서 노도와 같은 설교를 들은 뒤에 벌로 계속 설거지를 하고 있었다. 그리고 그때의 분위기를 보자면…

'우우…. 왜 이렇게 귀여운 제가 설거지를… 이렇게 됐으면 틈을 봐서 도망… 효오! 왜 갑자기 제 눈앞에 꼬치가?!'

'도망쳐도 좋지만, 바늘두더지가 되고 싶은 걸까?'

'천만의 말씀입니다! 이렇게 열심히 설거지를….'

'입보다 손을 움직이는 게 좋지 않을까. 아직 많이 있으니까 얼른 끝내.'

'네? 아직 많이? 하지만 전 이미 대량의….'

'헤에…. 불만 있어? 그럼 역시 바늘두더지로….'

'없습니다아아아아! 전혀! 요만큼도 없습니다!'

'착하네. 그럼 앞으로 50장… 아니, 특별히 100장으로 해 주지. 힘내.'

'히이이이익! 키사라기 선배, 살려 주세요~!'

…엄청 무서웠다….

절대로 츠바키의 성을 돋우지 않기로 결의했어….

"탄포포, 괜찮아? 저기… 많이 힘들었지?"

썬은 착하구나. 탄포포가 기운이 없으니까 걱정해 주다니.

그런데 말이지, 썬. 화장실에서 힘들었다고 판단해서 이야기를 던진 거지?

뭐, 탄포포가 설거지로 힘들었다고 전하면 오해는 바로 풀리려나.

"…흑! 힘들었습니다…. 더러운 게 멈추지 않고 계속 이어져서…."

"더러운 게 멈추지 않고 계속 이어졌다…라고…? 그, 그거 대단하네…."

아, 미러클이 일어났네. 기적의 미스매치가 발생했어.

"그렇습니다…. 큰 것부터 작은 것까지 다종다양하게, 끈적한 것도 있었습니다. 특히나 심했던 건 어중간하게 남은 것입니다! 수고스럽게 손으로 집어서 버렸다고요!"

"다종다양?! 끈적?! 손으로 집어서 버려?! 대, 대체, 어디에 버린 거야?!"

"물론 쓰레기통입니다! 오오가 선배, 왜 당연한 소리를 하는 건가요?"

그래. 손님이 먹다 남긴 건 쓰레기통에 버릴 수밖에 없지.

"당연한가?! …아니, 그건 쓰레기통에 버리지 말고 흘려버리는 쪽이…."

"안 됩니다! 흘리면 막히잖아요!"

하수구가 말이야. 화장실이 아냐.

"탄포포… 너 대체 어떤 아나콘다를 낳은 거야…."

"아나콘다처럼 미적지근한 게 아닙니다! 그건… 신이 천지창조 때에 만든 최강의 생물로 이름 높은 악마… 그래요! 마치 리

116

바이어던 같았습니다!"

츠바키가 말이지. 분명히 무진장 무서웠어.

탄포포, 슬슬 대화가 서로 엇갈리는 걸 알아채라.

너는 지금 명실공히 똥히로인의 길을 걷기 시작했어.

"리, 리바이어…! 뭐, 아무튼 수고했어! 튀김꼬치, 같이 먹자!"

"…네. 우물우물…… 와아아아! 이 튀김꼬치, 아주 맛있네요!"

튀김꼬치를 먹으니 순식간에 기운이 났군.

역시나 가벼워.

"에헤헤! 한바탕 일을 끝낸 뒤의 튀김꼬치는 이렇게 맛있네요!"

탄포포, 꼬리가 있으면 좌우로 한들한들 흔들 것처럼 행복한 얼굴로 튀김꼬치를 먹는 건 좋지만, 썬과 시바의 얼굴을 잘 봐. 무진장 전율하고 있어.

"탄포포는 내가 생각했던 것보다 훨씬 호쾌한 녀석이었군! 다시 봤어!"

"나도야. 아까 그렇게 싫어했던 피망도 맛있게 먹고, 뭐라고 할까… 대단하네. 솜털바라기 녀석들은 대체 어떻게 되어 먹은 거지?"

"오오! 왠지 모르겠지만, 오오가 선배와 시바 선배가 제게 흥미를 가져 주었습니다! 그럼 고생한 보람이 있었습니다! 작전, 대성공입니다!"

대실패해서 그런 거 아닌가…. 어, 어라?

왠지 불온한 발걸음으로 이 자리에 다가오는 녀석이 있군.

그건….

"우후후! 이런 식이면 오오가 선배와 시바 선배가 제게 홀딱 넘어오기까지, 앞으로…."

"정말이지…. 너는 정말로 변함이 없군…."

분명히 돌아간 줄로만 알았던 토쿠쇼 키타카제였다.

뭐라고 할까, 엄청난 표정이군….

꽤나 굳은 얼굴로, 마치 더러운 것을 보는 눈으로 탄포포를 노려보고 있잖아….

"…어라? 이 목소리는… 우게에에에! 토, 토쿠쇼 선배!"

탄포포. 너는 여자로서의 존엄을 얼마나 버려야 성이 차는데?

이상한 소리는 좀 작작 내라고.

"오랜만이로군, 오오가. 그리고… 그쪽은 포수인 시바로군?"

그런 탄포포를 무시하고 토쿠쇼가 썬과 시바를 향해 무뚝뚝한 얼굴로 말을 붙였다.

그런데 시합 후에 시합 상대와 만나는 건 어떤 느낌이지?

토쿠쇼는 신경 쓰지 않기는커녕 만나고 싶어 한 모양인데, 썬과 시바는….

"오! 시합 이후로 처음이군, 토쿠쇼! 시바, 알 테지만 토쇼부 고교의 토쿠쇼야!"

"뭐… 시합도 했고…. 저기, 썬. 토쿠쇼랑 아는 사이였어?"

"그래! 전에 도서실을 도와주었지."

"그래. 어, 어어… 오랜만…."

썬은 별로 개의치 않는 기색이지만, 시바는 다소 어색한 분위기다.

나로서는 시바의 반응이 타당하다고 생각해. 자기들이 꺾은 상대와 만나는 건 솔직히 좀 그럴 테니까. 혹시 내가 호스와 만나면 시바 같은 반응을 하겠지.

"왜 토쿠쇼 선배가 여기 있습니까?!"

"흥. 우연히 내가 이 가게에 들렀더니, 우연히 너희가 그 뒤에 왔을 뿐이다."

"이럴 수가 있나요! 소금! 서둘러 소금을 뿌려야!"

토쿠쇼를 끔찍하게 싫어하는 바보가 한 마리 있지만, 그건 신경 쓰지 않도록 할까.

"탄포포, 너는 바보냐? 가게 안에 소금을 뿌리는 건 민폐밖에 안 된다."

토쿠쇼가 더할 나위 없는 정론을 말해서 큰일이다. 그보다 이 두 사람은 같은 중학교 출신일 텐데, 이런 모습을 보아하니….

"여전히 멍청한 머리를 가지고 있군. 원숭이와 큰 차이가 없지 않나?"

"시끄러워요! 얼른 어딘가로 가 버리세요! 우씨이!"

이거, 확실히 사이 나쁜 거 맞지?

"키사라기 선배! 지금이야말로 당신의 힘을 보일 때입니다! 자, 이 악마를 쫓아내세요!"

어느 악마? 나한테는 리바이어던 한 마리밖에 안 보이는데….

"탄포포, 가게 안에서 너무 떠들면 츠바키가 화내니까 작은 목소리로 해 주겠어?"

"힉! 츠바키 님이?! 그건 안 되지요…."

탄포포에게 츠바키는 '님'을 붙여야만 하는 상대가 된 모양이다.

뭐, 그렇게 무서운 일을 겪었으면 그렇게 돼도 어쩔 수 없지만….

"키사라기, 가게 안도 혼잡해지기 시작했고, 혼자 먹자니 조금 무료해서 말이지. 그러니까 괜찮다면 이쪽으로 자리를 옮겼으면 하는데, 괜찮을까?"

아무래도 토쿠쇼는 썬 일행의 자리에 합석하고 싶은 모양이다.

니시키즈타 야구부를 신경 쓰고 있었으니, 할 말이라도 있겠지.

"이쪽 사람들이 괜찮다면 상관없는데… 그보다 토쿠쇼. 너 지금까지 어디에 있었어?"

"잠시……. 화장실에서 정신 통일을 하고 있었다."

과연. 여기에 진짜 다이내믹 녀석이 있었다니.

"그래서 어때? 너희가 싫지 않다면 동석하고 싶다."

토쿠쇼는 기본적으로 무뚝뚝한 얼굴이라서 알기 어렵지만, 잘 보면 시선이 이리저리 흔들리고, 아무것도 안 든 손을 꼼지락꼼지락 움직이고 있다. 아마 긴장한 거겠지.

"나는 상관없어! 어제의 적은 오늘의 친구라고 하잖아! 야구 이야기를 하자고!"

"나, 나도, 괜찮아."

"저는 싫습니다! 이런 사람, 절대로….."

"고맙군. 그럼 실례하도록 하지."

무사히 썬과 시바의 허가를 얻었기에, 토쿠쇼가 비어 있는 탄포포의 옆자리에 착석.

자기 입으로 합석하고 싶다고 했으면서 토쿠쇼의 입가가 움찔움찔 경련을 일으키고 있었다.

대체 얼마나 긴장한 거야?

"그르르르르르….."

덤으로 토쿠쇼의 옆자리에 앉은 녀석이 묘한 위협을 하고 있는데, 그건 됐나.

아무튼 토쿠쇼가 자리를 옮겨 준 덕분에 빈자리가 생겼으니, 거기로 손님을 안내하자.

시바가 다소 걱정이지만….

"그 스퀴즈는 꽤 연습했으니까! 하지만 토구쇼의 배팅도 대단했어! 썬의 공을 그렇게 안타로 만드는 녀석이라면 난 토쿠쇼 말고는 몰라!"

"그렇지! 토쿠쇼의 타석은 이쪽도 평소 이상으로 힘이 들어갔어!"

"그런가. 그렇게 말해 준다면, 네 공을 치기 위해 연습한 보람이 있군."

아, 이미 친해졌네. 토쿠쇼는 친구가 적고 오해를 사기 쉬울지도 모르지만, 공통되는 '야구'라는 화제가 있으면 그렇지도 않은가.

"오오가, 코시엔에서는 우리 이상의 상대도 있을 테니까 방심하지 마라."

"응! 반드시 우승해서 돌아와 주마!"

"든든하군. 응원하고 있을 테니까 힘내 줘."

그렇지. 우승 이외에는 없어. 우승하지 못하면 하늘을 멸할 거다.

"그렇죠~! 우승을 하면 제 눈물도 한층 더 빛날 테고요!"

"탄포포, 너는 또 하찮은 생각을 하나? 네 멍청한 꿍꿍이 따윈 실패할 테니까, 얌전히 매니저 일만 해라."

"우우! 토쿠쇼 선배랑은 관계없지 않나요…."

"그게 무슨 소리지? 관계가 없으면 니시키즈타 고등학교 야구부 활동에 지장을 가져올 가능성이 있는 일에 간섭하면 안 된다는 룰이 존재하나?"

없지. 오히려 나로서는 야구부에 괜한 트러블이 안 생겼으면 싶으니까 토쿠쇼에게 한 표.

"지장이라고요?! 저의 존재가 야구부원들에게 얼마나 힐링이 되는지 모르는 주제에, 멋대로 말하지 마세요!"

"야구부원들에게 힐링…이라고?"

그때 토쿠쇼가 무뚝뚝한 얼굴인 채로 눈썹을 꿈틀. 그 뒤에 한층 굳은 표정을 지었다.

"그럼 어떤 일을 하는지 구체적으로 말해 봐라."

"알겠어요~! 그라운드에 물을 뿌릴 때에 수영복을 입고 서비스한다든가, 때때로 브로마이드를 배포하여 기쁘게 한다든가, 노력한 사람에게는 손으로 키스를 던져 주기까지 하지요! 어떤가요! 대단하죠? 우후!"

"너는 부끄러움이란 걸 모르나? 이미 도를 넘어선 영역이군."

일리 있어! 하지만 나는 그것도 싫지 않아! 어머니와 누나는 제외하겠지만!

"뭐, 뭐라고요?! 이 천사 탄포포에게 무슨 소리를! 그러니까 토쿠쇼 선배는 싫어요!"

탄포포의 발언에 토쿠쇼의 눈썹이 더욱 꿈틀. 실룩이는 표정도 악화되었다.

저거 꽤 화난 거지?

"나는 네게 미움 살 짓을 한 기억은 전혀 없는데?"

"있습니다~! 작년 여름 무렵부터 토쿠쇼 선배는 제게 아주 못되게 굴었습니다! 제가 토쇼부 고등학교에 잠입해 하즈키 선배와 만나려고 할 때마다 '무단으로 들어오지 마라.'라며 방해하고, 오랜만에 선배들과 마주쳤을 때, 제가 사쿠라바라 선배와 쿠사미 선배에게 심술로 설사약을 먹이려고 했더니 그것도 방해했잖아요! 우후!"

1조 걸음 양보해도 네가 잘못이네.

"흥. 다른 학교에 무단으로 들어가는 건 당연히 안 되지. 게다가 너는 이전에도 체리 선배와 츠키미에게 같은 짓을 하려다가 실수로 자기가 설사약을 먹은 적이 있을 텐데."

왜 그 정도의 일을 겪으면서도 전혀 반성이 없는 건지 신기할 따름이다.

"시, 시끄러워요! 역시 고등학생이 된 토쿠쇼 선배는 못됐습니다! 중학교에서 같이 있을 때는 더 다정했는데!"

"내가 다정하다고? …헛소리로군."

이런! 토쿠쇼의 관자놀이에 핏줄이 꿈틀꿈틀 떠올랐다!

아아~…. 지인들의 저런 분위기 사이를 일로 오가는 건 내키지 않지만….

"저, 저기… 가게 안에는 다른 손님도 있으니까 싸우지 말아줘. …응?"

"그도 그렇군. …미안하다, 키사라기. 걱정하게 했군."

아무래도 토쿠쇼의 분노가 진정된 모양이다.

다행이다. 여기서 불에 기름을 붓는 사태만 일어나지 않으면….

"와아! 와아! 키사라기 선배에게 야단맞고, 꼴좋네요! 우후후후!"

네가 뭔가 저지르지 않을까 싶었다, 이 얼간아!

왜 금방 기가 사는데?! 토쿠쇼가 예의 바르게 사과하는 걸 좀 보고 배워!

아, 어이! 갑자기 일어서서 내 뒤로 돌아오지 마!

"키, 키사라기 선배, 이 사람에게 더 따끔하게 말해 주세요!"

어느 쪽이냐면 네 머리를 따끔하게 쥐어박고 싶은 기분이다.

"탄포포…. 너는 꽤나 키사라기가 마음에 든 모양이군?"

히이이…. 토쿠쇼의 날카로운 눈매가 무서워….

"그건 토쿠쇼의 착각이야. 이 녀석이랑은 그냥 엮이는 것뿐이야. …그렇지, 탄포포?"

"네? 키사라기 선배, 무슨 소린가요?"

탄포포 녀석, 왜 놀란 얼굴로 나를 보지?

"전 키사라기 선배를 좋아하는데요?"

"우왓!"

아니! 천진난만한 얼굴로 기습을 가하다니! 무심코 두근하고….

"키사라기 선배는 아주 이용하기 쉽고 편리하고요, 제가 무슨 소리를 해도 어울려 주고…. 착하잖아요! 그러니까 좋아해요!"

처음에 한 말은 빼라. 누가 편리하냐고, 누가.

"하아…. 너는 아까부터 왜 그렇게 죠로의 일을 방해하는 걸까?"

응? 아무래도 뒤에서 새로운 목소리가 들려왔는데, 지금 그건 설마….

"오옷?! 츠, 츠바키 님…!"

"얼른 죠로에게서 떨어져서 자리에 앉아 얌전히 있어 줬으면 한달까. 또 벌 받고 싶어?"

"처, 천만의 말씀입니다! 곧바로 돌아가겠습니다!"

너는 츠바키에게 얼마나 쫄은 거야?

"음. 그럼 용서해 주지. 그리고 아까 열심히 일했으니까 상으로 이거 줄까."

"응? 제게 뭐를…. 이, 이건! 아이스크림입니다! 바닐라 아이스크림입니다!"

츠바키가 탄포포에게 처억 내민 것은 우리 가게에서 디저트로 제공하는 바닐라 아이스크림이다. 벌로 설거지를 시키지만, 그 보수를 주는 면에서는 역시나 똑 부러지게 챙기는 츠바키다.

"감사합니다! 정말 감사합니다!"

바닐라 아이스크림 하나로 그렇게까지 굽실대는 거야.

"와아~! 달고 맛있습니다!"

"그렇지? 나도 좋아하는 아이스크림이려나. 자, 너희들 몫도 있을까."

"츠바키, 고마워! 감사해!"

그 이후로는 츠바키의 주의도 있었던 덕분에, 토쿠쇼와 탄포포의 싸움이 일어나는 일 없이 나는 평범하게 아르바이트를 할 수 있었다.

그리고 덤으로 말하자면….

"츠바키 님은 신입니다! 전 츠바키 님에게 거스르지 않겠습니다! 앞으로 명령만 있으면 무엇이든 해 드리겠습니다!"

"음, 그럼 무슨 일이 있으면 부탁할까."

"알겠습니다!! 목숨을 걸고 임하겠습니다! 우후후!"

어째서인지 츠바키에게 새로운 부하가 하나 생긴 것이었다….

【내 운명은 아직 끝나지 않았다】

오후 8시. 무사히 아르바이트를 완수한 내가 사무실에서 꿀꺽 꿀꺽 차를 마시고 느긋하게 쉬고 있는데 진동하는 스마트폰.

확인하자 누나에게서 메시지와 사진이 와 있었다.

「지금 노래방. 다들 노래 잘하고 재미있어!」

같이 전송된 사진에는 즐겁게 노래를 부르는 팬지 일행이 찍혀 있었다.

역시 다들 귀엽구나~ …이 사진 저장하자.

「참고로 아스나로의 옷도 내가 골랐어!」

…흠. 다른 세 사람은 이전에 누나가 골라 준 옷을 입고 있었는데, 아스나로도 그런가. 아마도 노래방에 가기 전에 샀겠지.

「그런고로 누가 제일 잘 어울리는지 감상 부탁해~」

"으음…. 우열을 가리기 대단히 어렵지만, 이거라면 코스모스일까~…."

처음에 누나가 골랐던 노출도 높은 녀석도 어울렸지만, 내가 맹렬히 비판했더니 특별히 다시 골랐지. 하지만 개인적으로는 이쪽이 좋다.

"수고했어, 죠로. 오늘은 힘들었지."

"우와아! 츠바키인가! 그, 그래! 음! 수고했어~!"

다급히 누나에게 메시지를 보내고 스마트폰을 숨겼다.

아니, 딱히 보이면 곤란한 건 아니지만…. 왠지 창피하잖아?

"왜 그래, 죠로? 이상하게 얼굴이 풀어졌는데?"

"아, 아니! 아무것도 아냐! 응, 아무것도 아냐~!"

"…왠지 수상하지만, 뭐, 됐어."

아무래도 일단 넘긴 모양이다. 그럼 서둘러 화제를 다른 쪽으로 돌리자.

어어, 화제, 화제. 그래!

"어, 그렇지! 츠바키, 오늘 일이 일찍 끝났네?"

"응. 내일은 아주 기대하는 예정 중 하나가 있으니까. 나도 오늘은 교대 인원으로 바꾸고 끝이려나."

"그, 그런가…."

윽! 누나가 보낸 사진으로 들떠 있었는데, 단숨에 식었다….

그렇긴 해도 딱히 츠바키가 잘못한 건 아니다. 이 녀석은 그저 순수하게 내일 우리 집에서 있을 이벤트… 나가시소면을 기대할 뿐이다.

애초에 나도 나가시소면 자체는 기대하고 있었다.

다만, 하지만 말이지….

"죠로, 표정이 어두워. …혹시 내일이 기대되지 않아?"

"그런 건 아냐…. 하지만 츠바키도 알잖아? 내일 누가 올지⋯."

"그래⋯. 분명히 썬이 못 오게 되고, 대신 **그 사람들**이 온다는 이야기에는 깜짝 놀랐달까."

그래, 일의 발단은 오늘의 아르바이트. 썬이 가게에 온 것은 튀김꼬치를 먹으러 온 것이기도 하지만, 그 이외에 또 하나, 나가시소면의 결석을 내게 전하기 위한 것이었다.

올해 지역 대회 결승전에서 쓴 포크볼. 그것은 미완성인 공.

그래서 그걸 완벽하게 완성하기 위한 연습을 시바와 함께 한다는 모양이다.

그 바람에 본래 나와 썬이 할 예정이었던 나가시소면 준비를 나 혼자 하게⋯ 되면 좋았겠는데~⋯.

"탄포포. ⋯그리고 토쿠쇼인가⋯."

그래. 이거다. 이게 가장 큰 문제다.

썬이 나가시소면에 결석한다고 내게 전할 때, 옆에서 듣고 있던 탄포포가 갑자기,

'저는 나가시소면을 해 본 적이 없습니다! 해 보고 싶어요! 내일은 야구부 연습도 쉬는 날이니 끼워 주세요! 우후후후!'

라고 참가를 요청했다. 그리고 이어서 토쿠쇼가,

'키사라기. 오늘의 사례도 겸해서 내가 오오가 대신 나가시소면 준비를 거들지, 물론 준비가 끝나면 바로 돌아가도록 하겠디. 너무 오래 있어도 네게 폐가 될 테니까.'

그런 갑작스러운 제안을 한 것이다. …탄포포는 그렇다고 쳐도, 토쿠쇼가 문제다.

아주 고마운 제안이고 본인도 바로 돌아가겠다고 말했지만, 그래도 우리 집에 온 이상 그날 올 팬지와 만날 가능성이 있다.

팬지는 중학생 때 호스나 체리 등과 여러 문제가 생겼던 결과, 중학생 때의 동급생을 혐오한다는 이야기를 전에 내게 했다. …그리고 그중 한 명이 토쿠쇼다.

그래서 완곡하게 거절하려고 했는데….

「난 토쿠쇼가 와도 문제없어.」

어디에선가 에스퍼 능력으로 탐지한 팬지가 그런 메시지를 보내왔다.

혹시 배려로 그런 말을 하는 건가 싶어서, 정말로 괜찮은 거냐고 묻자.

「걱정해 줘서 고마워. 하지만 괜찮아. 토쿠쇼와 탄포포는 중학생 때 무해한 사람들이었어. …게다가 정말로 걱정해야 할 건 당신 자신이라고 생각해.」

중학생 때 지인 중 팬지가 혐오하는 이들 중에 토쿠쇼가 들어가 있다는 것은 내 착각이라고 이해했지만, 왠지 마음에 걸리는 식의 말이었다.

"팬지가 좀 걱정이지만, 본인이 괜찮다고 했잖아? 그럼 믿어도 문제없지 않을까. 팬지가 거짓말을 하는 사람이 아니라는 건 네가 제일 잘 알고 있으려나.”

“그렇긴, 한데….”

뭐라고 할까, 안 좋은 예감이 든단 말이야….

그리고 매번 그렇지만, 내 불길한 예감은 거의 100퍼센트로 적중한다.

…아무튼 이 이상 신경 써 봤자겠지.

“그럼 츠바키. 나는 슬슬 돌아갈게. 내일 봐.”

“응. 내일 봐.”

이렇게 나는 사무실을 뒤로하고 뒷문으로 나갔다.

“…어?”

“기다리고 있었다. …죠로.”

내가 가게 뒷문을 열고 밖으로 나가자, 거기에 서 있던 것은 한 남자.

방금 전 화제에 올랐던 장본인인 토쿠쇼 키타카제였다.

저기… 뭐라고 할까. 너 등장이 너무 잦지 않냐?

이젠 더 안 나올 거라고 생각하게 하고선 썬보다 더 많이 나오는 것 같은데….

“저기, 호칭이….”

“너는 친구에게 ‘죠로’라고 불리는 거겠지? 그럼 그렇게 부르고 싶다. 그리고 나는 친구에게 ‘후우’라고 불리고 있으니까, 가능하다면 그쪽으로 불러 주면 좋겠군."

어라~? 이 사람, 나한테 별명으로 불리는 걸로 존재감을 어필하려고~?

하지만 너는 다른 학교 사람이고, 나가시면 준비를 하면 아마 출연은 끝일걸?

"알았어. 그럼 앞으로 잘 부탁해. …후우."

뭐, 만날 기회가 있으면 친하게 지내 주지. 응, 어딘가에서 만난다면 잘 부탁해.

"음, 고맙군. …그리고 사실은 네게 하고 싶은 말이 있어서 여기서 기다리고 있었다."

"나한테 할 말?"

어머나~! 미남이 친밀하게 이야기하고 싶다니, 죠로 두근두근~!

"아니, 그러면 가게에서 기다려도 되는 거였잖아."

"너는 무슨 소리를 하는 거지? 식사도 끝난 이상, 오래 남아 있으면 폐를 끼치지 않나."

괜찮다고! 그렇게 멋진 모습을 보이지 않아도 네가 메인에 나설 일은 없으니까!

"그런가. 그래서 뭔데?"

"음, 그거 말인데, 여기서 선 채로 이야기하기도 미안하고…. 음?"

괜찮겠어? 메인으로 나서고 싶으면 최소한 **녀석**에게라도…라고 말했지만…. 어라? 어라라?!

"마침 잘됐군! 저기에 앉아서 이야기를 하자!"

잠깐 기다려 봐. 오늘 나는 탄포포의 호출을 받고 뒷문을 통해 쓰레기장에 갔다.

하지만 그때 이건 없었어! 이런 건 저~~~~~얼대로! 어디에도 없었어!

그런데… 그런데…! 왜 지금은…….

"훗. 이런 곳에 벤치가 있다니, 참 타이밍도 좋군."

끼야아아아아아아아아!! 왜 뒷문에 턱 하고 스탠바이하고 있는데?! 누가 설치했어?!

"나, 나타났나…!"

잠깐! 진정하자! 이미 1학기는 끝났어! 그러니까 그거라고 할 수는….

"어, 어어…. 일단 옆에 앉아 줄 수 있나?"

돌아온 벤치이이이이! 1학기가 끝나도 벤치는 끝나지 않나!

"…어, 어어…."

나는 온몸에 식은땀을 흘리면서 후우의 지시에 따라서 벤치에 앉은 그의 왼편… 이니, 왼쪽 제일 끝에 앉아 있잖아아아아아! …역시나 안정적인 '오른쪽'이다.

하지만 지시에 따라도 후우의 말은 이어지지 않았다.

그럼 다음에 나오는 건 머리카락 빙글빙글인가?! 빙글빙글인가? …빙글빙글이었다!

"저기…! 으음…!"

남자답게 확실하게 말해! 미남이 왜 그리 머뭇대는데!

"시, 실은…. 그게…. 나는, 큰 고민이 하나 있어서…."

큰 고민이라는 막연한 말을 하지 마! 어느 정도 사이즈인데?!

아크 사이즈인가?! 초은하 사이즈인가?! 아니면… 천원돌파 사이즈인가?!*

"여자는 모두 돌 인형으로 보이는 나지만, 그 인물만큼은 마치 밀로의 비너스처럼 보인다! 그래서 생각만 해도 가슴이 아파 오고, 매일 아주 기분이 고양된다! 그러니까 민폐라고 생각하지만, 억지로 구실을 만들어서 말을 걸고…."

당황하지 마! 지금까지 거대한 트러블을 대량으로 해결해 온 나다!

최악의 패턴을 상정하고…… 아하! 알았다!

고민이란 건… 너 이 자식, 츠키미나 체리에게 반했구나?!

호스를 좋아하는 여자, 게다가 계속 친하게 지낸 상대다. 그런 사람에게 마음을 전하기란 꽤나 용기가 필요하겠지! 에이, 그 정도의 고민이라면 여유만만이지!

※아크 사이즈~ : 애니메이션 〈천원돌파 그렌라간〉에서 메인 메카닉인 그렌라간이 작중에서 보이는 배리에이션. 진화형의 이름들.

녀석들과 얽히지 않도록 하면서 완벽한 어드바이스를 해 주도록 하지!

그럼 만족해서 얼른 돌아가겠지. 이 이상 괜한 트러블에 낄 순 없어!

"죠로…."

그리고 후우의 얼굴이 다가왔다. 천천히, 그리고 확실하게.

그야말로 사랑을 하는 미남의 표정이다. 아니, 너무 멋지잖아, 후우?

그리고 서로의 숨결이 닿을 정도로 가까워지자, 후우는 꾸욱 눈을 감았다.

나를 누구라고 생각하는 거냐!

"나는 죠로의 후배인 카마타 키미에를 좋아한다!!"

……뭐? 지금 이 인간, 좀 영문 모를 소리를 했는데, 기분 탓?

"카마타 키미에? 어어, 그러면 별명이 탄포포인…."

"응! 그렇다!"

기분 탓이 아니야아아아! 뭐? 후우가 탄포포를 좋아해?! 이게 뭔 소리야?!

아, 아니…. 하지만 지금까지의 일을 떠올려 봐!

아르바이트 할 때, 이 녀석은 가게에 오자마자 야구부 녀석들이 여기에 오느냐고 물었다.

야구부 녀석들이라는 말에 남자를 연상하기 쉽지만, 아닌 사람이 딱 한 명 있어! 탄포포다!

게다가 나와 이야기할 때⋯.

'그래. 여기에 오면 혹시 타⋯ 아니, 아무것도 아니다.'

그때 말하려던 '타'는 '탄포포'의 '타'인가!

혹시 화장실에서 정신 통일을 했다는 것도 진짜였어?!

탄포포가 오는 바람에 긴장해서, 말을 걸 각오가 될 때까지 계속 숨어 있었냐!

"계기는⋯."

"작년 야구부의 모두가 도전했던 지역 대회 결승전이군?"

"뭐?! 어떻게 알았지?!"

양식미란 건가.

"나는 시합이 끝난 뒤 남문을 통해 돌아갔는데, 그때 운 나쁘게도 호스가 산쇼쿠인에게 교제를 거절당하는 장면을 보았다⋯. 뭐라고 말을 걸지 고민했는데, 그때 탄포포는 곧바로 호스에게 다가가서 다정하게 위로했지!"

아냐. 위로하는 척하면서 호스와 사귀려고 하려다가 실패했을 뿐이야.

"그때 나는 생각했다! 녀석은 그야말로 자애의 천사! 지금까지 모든 여자가 돌 인형으로 보였던 나지만, 탄포포만큼은 인간⋯

아니, 밀로의 비너스로 인식할 수 있게 되었다! …그리고 깨달았다. 내가 탄포포를 사랑한다고!"

안과로 끝날 게 아니라 뇌신경외과도 좀 가 볼래? 너 여러모로 위험해.

"하지만 문제가 하나 발생했다! 나는 탄포포에게 연애 감정을 품게 되었다고 해도, 녀석과 마주 보면 긴장하는 건지 평소 이상으로 말이 난잡해진다! 고로 녀석을 여자로 인식한 뒤로는 그 관계가 악화되기만 할 뿐이지…."

그거 힘들겠네. 그대로 영원히 엮이지 않는 편이 좋아. 오히려 그래 줘.

"그러니까 죠로! 네 힘을 빌리고 싶다!"

"아니… 왜 난데?"

"탄포포가 너를 잘 따르지 않나! 녀석은 누구에게든 자상함을 베푸는 천사지만, 마음을 여는 상대는 적다. 경계하는 상대면 위협하고 도망친다!"

그 녀석이 무슨 야생 동물이냐.

"그렇게까지 탄포포가 마음을 연 상대를 나는 본 적이 없다! 솔직히 말하자면 탄포포는 호스 이상으로 널 따른다!"

왜지? 내 압도직 상위 호환인 호스에게 이겼는데, 하나도 기쁘지 않아.

"하나 묻겠는데… 후우."

"뭐지?"

"오늘 가게에서 말했던 친구나 연인에게 가장 필요한 것을 다시 한번 가르쳐 주겠어?"

"훗. 내면이라든가 자신과 일치하는 가치관이다."

머리를 쓸어 올리면서 멋진 얼굴을 하는군.

"…그 결과가, 탄포포…라고?"

"음! 녀석의 내면은 자애 넘치는 천사다! 그리고 가치관도 나와 일치하는 면이 많다! 가끔씩 니시키즈타 고등학교의 연습 광경을 엿보면 열심히 활동하고 있었으니까!"

가벼운 스토커가 되었잖아.

"어때? 멋질 정도로 일치하지?! 만일을 위해 솜털솜털댄스도 연습했다!"

멋대로 추시든가요.

"하지만 이 이상은 내게 무리다! 그러니까 죠로, 부탁이다! 내게 힘을 빌려줘!"

과연…. 이걸로 이것저것이 이해되었어.

팬지의 '걱정해야 할 건 당신 자신'이라는 메시지의 진짜 의미.

탄포포와 이야기할 때의 평소 이상으로 고압적이고 난폭한 말투.

말하자면 이 토쿠쇼 키타카제라는 남자는….

"내가 탄포포와 평범하게 대화할 수 있게 해 줘!!"

츤데레였다….

나를 좋아하는 건
너뿐이냐

나는 아마 하지 않았다

제 3 장

오늘은 도서실 멤버 플러스 두 명, 총 여덟 명으로 나가시 소면을 하는 날.

다소 귀찮은 일은 있어도 다들 화기애애하게 즐기는 날이었을 텐데….

오후 3시   키사라기 가   거실.

"난 그런 짓 안 했어."

"나, 나도, 안 했어!"

"나도 모른다고나 할까."

"저도 그렇습니다! 할 리가 없습니다!"

"나도 하지 않았다."

"무, 무무무, 물론 저도지요~! 우, 우훗! 우후후!"

자신들의 관여를 부정하는 여섯 명의 남녀. 이상할 정도로 찌릿찌릿한 분위기.

그런 상황에서 내 소꿉친구인 히마와리가 평소의 천진난만한 표정이 아니라 진지하고 날카로운 시선으로 여섯 명의 남녀를 노려보면서, 정면을 향해 손가락을 내미는 포즈를 취했다.

"살인범은 이 안에 있어! 할아버지의 이름을 걸고 찾아낼 테니까*!"

…왜 일이 이렇게 되었을까? 그건 다섯 시간 전으로 거슬러

※할아버지의 이름을 걸고~ : 만화 『소년탐정 김전일』에서 주인공의 입버릇.

올라가서….

내 방에 나타난 히마와리의 어느 행동에서 시작되었다….

※

오전 10시 키사라기 가 내 방.

"최근 왠지 츤데레랑 기묘한 인연으로 연결된 모양이라…."

내 방에서 혼자 나츠메 소세키의 『도련님』을 읽으면서 본심을 흘리는 나.

이런 소리를 하는 것은 어제 토쿠쇼 키타카제… 통칭 '후우'라고 불리는, 눈과 뇌가 살짝 맛이 간 나이스 가이에게 너무나도 뜻밖인 이야기를 들은 게 원인이겠지.

그 이외에도 또 한 명이 있는 듯, 없는 듯한 예감은 있는데…. 기분 탓이라고 믿고 싶다.

혹시 내 예상이 맞다면 질투에 미친 파파에게 죽든가, 빗나가면 청초한 야수에게 죽는다. 어느 쪽이든 배드 엔딩 직행이다.

또한 오늘은 다 함께 나가시소면을 하는 날인데, 현재 우리 집에 있는 것은 나와 누나뿐.

토요일이리 부모님은 둘이서 데이트를 나갔다.

자식이 고등학생인데도 러브러브한 부부라고 할까, 진기한 건지 아닌 건지 모르겠지만, 이혼의 위기를 맞을 일은 없을 것 같아서 안심이다.

"안녕! 죠로!"

…응? 히마와리 녀석, 일찍도 온다. 아직 집합 시간 두 시간 전인데.

왼손에는 여성용의 작은 노란색 백을. 오른손에는 편의점 비닐봉지를 들고 있군.

"아! 죠로, 깨어 있네! 안 자면 안 되잖아!"

왜 나는 만나자마자 이유 모를 클레임을 받아야만 하는 거지?

"그런 소릴 해도 말이지….”

"우우! 죠로 바보! 쿵 해 주고 싶었는데!"

응. 일어나 있길 잘했다.

히마와리의 쿵은 진짜로 '쿠웅!'이니까 신체적 대미지가 너무 크다.

"히마. 그렇게 서둘러서 아마츠유 방에 안 가도 되는데."

이어서 나타난 것은 누나. 현관에서 히마와리를 맞아들인 뒤 뒤따라 온 모양이다.

"다른 애들이 오는 건 12시인데, 왜 이리 일찍 왔니?"

"으응, 자스민하고 같이 이야기하고 싶었어! 대학생이 된 뒤로 별로 못 만나서 쓸쓸했으니까!"

"고마워~! 그럼 내 방에서 같이 이야기할까. 또 많이 가르쳐 줄게!"

아무래도 내 누나에게서 히마와리에게 새로운 bitch 기술의 전수가 이루어지는 모양이다.

"응! 아! 하지만 그 전에, 이거 죠로 방에 맡겨 둘게!"

그렇게 말하며 히마와리가 웃으며 책상 위에 놔둔 것은 오른손에 들고 있던 편의점 비닐봉지다. 사이즈를 보면 그리 큰 건 아닌 모양인데, 뭐가 들어 있지?

"히마와리. 그거 뭐야?"

"크림빵! 나가시소면 다음에 먹을 거야! 에헤헤! 아마오우* 크림빵이니까 달달해~! 죠로, 먹으면 안 돼!"

히마와리가 가져온 것은 이 녀석이 좋아하는 크림빵… 그중에서도 특히나 선호하는 '아마오우 크림빵'인 모양이었다.

이건 하나에 300엔 정도로 조금 비싼 수량 한정판, 히마와리가 가장 좋아하는 크림빵이다. 참고로 첫 등장은 코미컬라이즈 제1화야.

무료 만화 어플 '점프+'에서 읽을 수 있으니까, 흥미 있는 분은 잘 부탁합니다!

나는 이렇게 꼼꼼한 마케팅을 빼놓지 않는 타입이다.

"알았어. 그보다 나가시소면 다음에 먹을 거면 부엌에 두면 되지 않아?"

※아마오우 : 일본어의 '빨갛다(아카이). 둥글다(마루이). 크다(오오키이). 맛있다(우마이)'에서 첫 글자들을 따서 명명된, 후쿠오카 지방의 명물 딸기 이름을 패러디.

"안 돼! 아마오우 크림빵은 인기 많아! 언제 누가 굶주린 야수가 될지 모르니까! 죠로밖에 믿을 수 없어!"

그야 히마와리 한정으로 발동되는 마성의 힘이겠지만.

뭐, 본인이 나중에 먹을 거면 마음대로 두라고 하면 되려나.

"좋아! 크림빵도 죠로 방에 놔뒀고, 준비 OK야! 자스민의 방에 Let's dash!"

"응. Let's dash네."

히마와리는 누나의 방에 가는 모양이니, 나는 계속 독서를 하도록 할까.

오전 11시　키사라기 가　내 방.

경쾌하게 울리는 초인종 소리에 현관문을 열어 보니, 그곳에 서 있는 것은 한 남자.

집합 시간 한 시간 전에 와 주면 고맙겠다고 했더니, 정확히 한 시간 전에 오는 점에서 참 고지식한 녀석이다.

"여어, 후우. 오늘 와 줘서 고마워."

오늘도 여전히 무뚝뚝한 얼굴을 한 미남.

설마 했던 츤데레 자리(♂)를 메운 남자… 후우다.

"신경 쓰지 마라. 어제의 사례를 하러 왔을 뿐이다. 그리고 준비가 끝나는 대로 나는 바로 돌아가겠다."

"…그런가. 저기… 괜찮겠어? **그 녀석**도 있는데…."

오히려 그걸 목적으로 돕겠다는 말을 꺼낸 거 아냐?

"무슨 소리지? 오늘은 어디까지나 너를 도우러 왔으니까, 내 사정 따위 일일이 신경 쓸 필요 없다."

큭! 자기 욕망을 누르고 도우미로 와 주었다니!

남자인 내가 말하기도 그렇지만, 이런 멋진 남자가 그런 여자에게 반하다니 아깝다!

"…그리고 내 목적은 서서히 달성되고 있고."

이 인간은 만족스럽게 무슨 소릴 하는 거지?

달성되기는커녕 아직 시작되지도 않았을 텐데….

"알았어. 그럼 그 문제는 다음에 처리하는 걸로."

"음. …그래서 난 뭘 하면 되지?"

"어어, 이미 대나무를 잘라 놨으니까, 조립을 도와줄 수 있겠어?"

"알았다. …그러고 보면 나가시소면에 쓸 호스는 준비했나?"

윽! 딱히 다른 뜻은 없겠지만, 그 단어에 가슴이 조금 덜컹하는군.

"어, 어어…. 집에 있던 걸 쓸 생각이야."

"너는 바보인가? 쓰던 것으로는 위생상 문제가 있을 텐데."

말 자체는 까칠하지만, 이것이 후우의 표준이라는 것은 어제 충분히 이해했기에 딱히 짜증은 나지 않는다.

"그래. 그럼 준비가 끝나면 홈센터*에 새로 사러…."

"그거라면 문제없다. 만일을 위해 오는 길에 사 왔다."

이 배려의 프로는 뭐지? 입은 험하지만, 행동이 아주 자상한데?

"고마워. 음, 얼마나 했어?"

"사소한 액수다. 필요 없다."

"아니, 하지만…."

"끈질기군. 내가 문제없다고 했으니까 문제없다. 일일이 쪼잔한 소리 마라."

"안 돼. 나는 문제가 있다고 생각하니까 문제 있어. 애초에 너는 준비를 도우러 왔을 뿐이잖아. 쪼잔해도 좋으니까 돈 줄게."

"으음…. 알았다…."

이 녀석, 말은 고압적이지만, 설명을 하면 잘 전해지는구나. 솔직히 좀 재미있다.

"죠로, 누구 왔어~? …아! 토쿠쇼다! 오랜만이야!"

오, 히마와리가 왔나. 아마 초인종 소리를 듣고 보러 나온 거겠지.

"그 목소리는… 히나타 아오이인가. 오랜만이군."

"에헤헤! 기억해 줘서 고마워!"

"한 번 들은 목소리는 잊지 않도록 신경 쓰고 있으니까. 이 정

※홈센터 : 상품 분야별로 전문 매장을 특화해 상품을 판매하는 소매점의 일종으로, 주거 공간을 자기 손으로 꾸밀 수 있는 소재나 도구를 파는 상점을 말한다.

도는 별것 아니다."

한 사람을 제외하고 여자가 돌 인형으로 보이는 후우는 목소리로 누구인지 판단하는 모양입니다.

"응? 그쪽의 돌… 어흠. 여성은?"

지금 돌 인형이라고 말하려고 했지? 아니, 누나도 왔… 우옷!

완전히 사냥감을 노리는 야수의 눈이 되어 있어! 후우, 지금 당장 도망쳐.

"안녕. 나는 아마츠유의 누나인 키사라기 마리카라고 해. 나이는 19살이고 대학생. 취미는 재봉이나 요리 등 가사 전반. 특기 요리는 고기감자고, 좋아하는 음악은 최근이라면 클래식일까."

이상하네? 누나의 취미는 동생 괴롭히기와 게임이고, 특기 요리는 컵라면이고, 좋아하는 음악은 헤비메탈이었을 텐데?

"토쿠쇼 키타카제입니다. 토쇼부 고등학교의 야구부에 소속되어 있습니다. …잘 부탁드립니다."

"후후. 예의 바른 애네."

"토쿠쇼, 아주 강한 타자야! 장래에는 메이저리거가 될 거야!"

"아직 장래 희망은 정하지 않았지만, 그렇게 되도록 매일 노력하고 있지."

"헤에, 그렇구나. …아주 멋지고, 메이저리거라면 연봉도… 주르륵."

과연 외모에 주르륵일까, 연봉에 주르륵일까, 하다못해 전자

였으면 좋겠다.

"저기, 아마츠유. 물어보고 싶은 게 좀 있는데, 둘이서 이야기
할 수 없을까?"

이런. 일단 정보 수집부터 시작하려는 거고, 표적은 나였던 모
양이다.

"아니, 이제부터 나가시소면 준비를 할 거니까…."

"그래. 그럼 어쩔 수 없지. 응, 포기하고 히마랑 포엠 이야기
를…."

"후우, 미안한데 잠깐 거실에서 기다려 줄 수 있을까?"

이 망할 누나가아아아아아! 자기 욕망에 충실해 나를 협박하
냐!

"문제없다. 준비를 시작할 때 말해 줘."

"피치 못할 일이라서."

"괜찮다."

그 뒤에 나는 누나 방으로 연행돼서 후우의 정보를 낱낱이 털
어놓는 꼴이 되었다. 물론 **그 일**에 대해서는 끝까지 숨겼지만.

정오　키사라기 가　거실.

누나에게 정보를 제공한 뒤 나는 후우와 함께 마당으로 나가
서 나가시소면 준비를 했다. 처음에는 내 방에서 나가시소면을
한다는 말도 안 되는 소리도 있었지만, 아무리 그래도 여럿이서

154

내 방에서 하는 건 비현실적. 그래서 마당이라는 결론이 나왔다.

그리고 대충 준비가 끝난 후 마지막으로 소면이 잘 흘러가나 확인하기 위해 부엌에 소면을 가지러 가자, 그곳에는 이미 다른 참가자가 전원 모여 있었다.

"아스나로, 다 삶은 면을 소쿠리에 넣어 둘 테니까, 헹궈 줄 수 있을까?"

"네! 맡겨 주세요, 팬지! 준비는 다 되었으니 언제든지 괜찮습니다!"

"어느 정도 양으로 나누면 좋을까? 너무 많으면 흘려보내기 어렵겠고, 너무 적어도…. 으음… 좀 어렵네."

부엌에서는 오늘도 안경만 착용한 팬지가 소면을 삶는 담당, 아스나로가 소쿠리로 헹궈 식히는 담당, 코스모스가 양을 나누는 담당을 맡아서 각자 역할을 다하고 있었다.

"탄포포, 식기 준비를 부탁해도 돼? 젓가락이나 그릇을 사람 숫자만큼 준비해 줄 수 있을까."

"맡겨 주세요, 츠바키 님! 저는 식기 준비에 정평이 나 있답니다! 우후후후!"

"장국은 내가 집에서 가져온 거 쓰자! 엄마의 특제 장국이니까 아주 맛있어!"

거실에서는 츠바키와 부하가 식기 준비를, 히마와리가 장국 준비를 하고 있다.

다 같이 화기애애하게 대화를 나누고 있어서, 아주 화사한 풍경이다.

하지만… 총 여섯 명의 여자가 우리 집에 있는 것도 이거 참 대단하군.

"어라, 죠로. 무슨 일이지?"

어제 누나가 골라 준 옷을 입은 코스모스가 내가 온 것을 알아차리고 빙그레 미소를. 하얀 레이스가 달린 원피스에 7부 소매의 캐주얼한 청재킷을 입어서, 평소와 달리 소탈한 분위기를 자아내고 있다.

어제 누나가 보낸 사진으로 보았지만, 직접 보니 귀여움이 더하군.

그리고, …응. 은근슬쩍 재킷 아래쪽에 있구나. …게코리나.

"소면을 조금 받으러 왔는데요…."

"그거라면 다 삶은 게 여기에 있으니까 가져가도 돼."

"알겠습니다. 그럼 가져가겠습니다. …아, 그리고 코스모스 회장."

"응? 왜 그래, 죠로?"

실은 아까 누나에게 후우 정보를 제공할 때,

'너 저번에 옷 사러 갔을 때 코스모스에게 그렇게 심한 소리 했으니까, 오늘은 알고 있지? 설마 메시지로 내게 말하고 끝은 아니겠지? 그 애는 너한테 칭찬 듣고 싶어서, 서둘러 세탁하고

어제랑 같은 옷차림으로 왔으니까.'

라는 가벼운 협박을 받았기에 나는 코스모스에게 말해야만 할 게 있다.

분하지만, 솔직히 누나의 말이 맞고, 반성의 의미도 담아서 힘내 볼까….

"어, 어어…. 그 옷, 아주 잘 어울리네요. 평소와 인상이 달라서 멋집니다."

"정말이야? 후후후. 역시 직접 들으니 기쁨이 다르네. …고마워."

윽! 소녀틱하게 수줍어하는 거라면 이쪽도 냉정하게 있을 수 있지만, 살짝 미소를 보내 주니 더 쑥스러워지는군….

사실은 전에 누나가 골라 준 것도 아주 잘 어울렸지만, 그쪽은 자극이 너무 심해서… '꾸욱'.

"으갸아! 뭐 하는 거야, 팬지!"

"어머, 미안해. 죠로와 착각해서 죠로의 발을 밟았어."

"어느 쪽도 결과는 나잖아!"

기분 좋게 모두와 이야기하나 싶었는데 느닷없이 이거냐!

평소에는 히마와리나 코스모스를 칭찬해도 화내지 않으면서, 왜 오늘은 화내는데!

"그 얄팍한 가슴에 손을 얹고 잘 생각해 봐. 얼간이 죠로."

"내가 알겠냐! 그럼 난 마당에 갈 테니까!"

꼼꼼하게도 발끝을 골라 밟고…. 무진장 아팠다고….

부엌에서 마당으로 돌아오자, 완전히 전문가 포스를 풍기며 묵묵히 작업을 하는 남자가 있었다.

"후우, 기다리게 해서 미안. 소면 받아 왔어."

"그리 기다리지 않았으니까 일일이 사죄 같은 하찮은 짓 하지 마라. 그럴 틈이 있으면 얼른 소면이 잘 흘러가나 확인을 해."

아마 이 남자의 말을 해석하면 '사과하지 않아도 괜찮아! 얼른 소면을 흘려 보자, 키사라기!'라는 소리라고 생각한다. …사실은 탄포포랑 이야기하고 싶지 않나?

으음…. 여기서 타이밍 좋게 탄포포가 마당으로 나오는 일은….

"야호~☆ 열심히 하고 있어? 아마츠유, 토쿠쇼?"

당신 이야기가 아닙니다.

"왜 그래, 아마츠유? 그렇게 이상한 얼굴을 하고."

"…아무것도 아냐, 누나."

"그래. 아, 토쿠쇼. 이다음 일은 나랑 아마츠유가 할 테니까, 거실에서 좀 쉬고 와."

"하지만 나는 준비를 위해 온 거라…."

"준비를 위해 왔을 뿐이라도, 준비만 해야 된다는 건 아니잖아?"

"…알겠습니다. 호의에 감사드립니다."

그렇게 말하더니, 후우는 꾸벅 고개를 숙이고 마당에서 정원으로 돌아갔다.

복잡한 기분이다…. 거실에는 팬지가 있으니까, 최대한 후우랑 부킹시키지 않도록 하는 게 좋겠지만, 탄포포와 조금은 이야기를 시키고 싶다는 마음도 있다.

…하지만 그 두 가지보다 걱정해야 하는 게….

"하아아아~! 토쿠쇼, 합격! 완벽한 데스티니를 느꼈어~!"

이 누나의 상대를 하게 되는 게 나일 것 같다.

"창문으로 슬쩍 봤을 뿐이지만, 성실하게 준비를 하고 눈치도 빠르고, 게다가 미남이고…! 그 얼굴은 장래 연봉 2천만 엔 이상 확실해!"

그런 얼굴이 다 있나. 처음 알았네.

"아니, 진짜로 놀랐어. 아마츠유, 너 대체 뭐야? 미녀만이 아니라 저런 미남까지 공략하다니…."

"어이, 그 어폐 있는 말을 지금 당장 그만둬."

"아하하! 농담이야, 농담! 게다가 토쿠쇼는 아주 멋진 남자이긴 한데, 나한테는 무리야."

"어라? 의외로 포기가 빠르네."

삥소라면 아주 끈덕지게 굴 텐데, 싸우기 전부터 패배를 알아차린 느낌이다.

"토쿠쇼, 작업하면서 계속 다른 쪽에 신경을 쓰더란 말이지~!

…거실 쪽을. 그건 다시 말해 **그런 거**지?"

"글쎄. 나는 잘 모르겠어."

"…흐응. 그럼 친구의 비밀을 지키려는 마음 착한 동생을 봐서 그런 걸로 해 줄게! 그럼 준비를 해 볼까!"

"그래. 그럼 누나, 물을 흘려 보겠어?"

"OK! …하지만 다행이네! 올해는 집에 돌아오길 잘했어! 저런 미남과 만날 수 있고! 미남은 미남과 엮이는 일이 많고! 아마츠유, 나중에 사례할 테니까 기대하고 있어!"

"됐어, 그런 거."

"사양 안 해도 돼! 이번에는 진짜 제대로 된 사례니까 안심해! 그럼 이쪽은 끝났고, 나는 방에 돌아가서 너를 기쁘게 만들 준비를 하고 올게!"

그런데 누나의 발언에서 한 가지 신경 쓰이는 게 있으니까 물어보자.

"저기, 누나. 미남이 미남과 엮이는 일이 많다면, 나도 꽤나 미남이라는 소리는…… 아니, 벌써 사라졌어!"

벌써 어딘가 가 버렸잖아! 내 두근거림을 책임져!

오후 0시 30분   키사라기 가   현관.

그런고로 소면이 잘 흘러가는 것을 확인하고 누나는 자기 방으로 돌아갔으니 나는 다시 거실로. 모두가 담소하는 가운데 후

160

우만이 덩그러니 혼자 소파에 앉아 있는 게 인상적이었다. 하지만 표정이 꽤나 싱글벙글한 것을 보면 탄포포 곁에 있을 수 있어서 기뻤던 모양이다. 아마 제대로 이야기도 안 했겠지만….

"확인도 다 끝났으니까 슬슬 시작하자."

"와아! 나 배고파!"

"음. 탄포포, 모두의 그릇을 가지고 와 줄 수 있을까?"

"맡겨 주세요, 츠바키 님! 제가 반드시 모두에게 전달하지요!"

각자가 소면이나 식기류를 옮기는 가운데, 탄포포는 아무래도 그릇 담당인 모양이다.

멋질 만큼 츠바키의 부하가 되었군.

그리고 차례대로 신발을 신고 현관을 통해 마당으로 나가는 가운데….

"그럼 죠로. 오늘은 이만 물러가지."

후우만이 마당으로 가려고 하지 않고, 이만 돌아가려고 했다.

"어, 어어. …저기… 고마웠어."

"이 정도의 일로 일일이 그런 말 하지 마라. 애초에 고맙다고 해야 할 건 내 쪽이다."

'탄포포와 함께 있을 수 있어서 기뻤어! 고마워!'라고 이 사람은 말하고 있습니다.

으음…. 사실은 도움도 받았으니 참가시키고 싶은데… 후우는 조금 특수한 입장이니까~ 다른 녀석들도 복잡한 표정으로 말을 할지 말지 고민하고 있고.

이러니저러니 해도 다들 이전에 있었던 토쇼부 고등학교와 이 일을 신경 쓰는 거겠지.

…음? 팬지는 왜 저래? 갑자기 후우 쪽으로 가서….

"토쿠쇼. 모처럼이니까 당신도 참가하면 어때? 준비만 시키고 돌려보내는 것은 조금 내키지 않아."

진짜냐. 팬지가 후우에게 그런 말을 하다니….

아니, 이건 이 녀석 나름대로 우리에게 보내는 메시지겠지. '나는 정말로 토쿠쇼를 꺼리지 않으니까 걱정 안 해도 돼'라고, 말이 아니라 행동으로 보였다.

"산쇼쿠인, 나는 처음부터 그럴 생각이었으니까 신경 쓸 필요는 없다."

하지만 여자가 돌 인형으로 보이는 후우 씨는 진짜 모습의 팬지가 제안하더라도 거절. 한 번 결정한 일은 밀고 나간다, 뚝심이 엿보이는 순간이었다.

"에이~! 토쿠쇼도 같이 하자! 재미있어!"

"그래요! 나가시소면, 재미있어요!"

"나도 그렇게 생각하려나. 토쿠쇼, 같이 나가시소면 하자."

오! 팬지의 행동을 보고 여성진이 차례로 후우에게 말을 걸기 시작했다!

혹시 이거면….

"나는 올 예정이 아니었던 사람인 이상, 참가할 생각은 없다."

이거 틀렸군. 스토익함이 장난 아냐.

하아, 팬지가 괜찮다면 나도 붙잡을 생각이었는데, 이거 무리겠군….

"우후후! 나가시소면, 기대됩니다! …어라? 토쿠쇼 선배는 돌아가는 건가요?"

그러자 거기에 미묘하게 늦게 탄포포가 장국이 든 그릇이 담긴 쟁반을 들고 등장했다. 일부러 장국을 담아 오다니 눈치가 조금은 있군.

"…무, 무슨 불만이라도 있나?"

"아뇨, 딱히 없습니다! 돌아가는 거구나 생각했을 뿐이고요!"

"그럼 일일이 말을 붙이지 마라. 짜증난다."

"뭐라고요?! 제가 말을 붙였는데도 기뻐하지 않다니! 키사라기 선배를 보고 배우세요!"

탄포포, 후우의 오른손을 잘 봐라. V 사인을 하고 있다고.

즉, 꽤나 기뻐하는 거구나.

"하지만 분명 토쿠쇼 선배도 참가하는 줄 알고 그릇도 많이 가져왔습니다."

"뭐, 뭐?! 호, 흠… 참가 인원수를 파악하지 못하고 일부러 내 몫까지 가져오다니, 여전히 너는 어리석은 여자로군."

'탄포포가 내 몫까지! 이렇게 멋진 여자가!'라고 이 사람은 말하고 있습니다.

"토쿠쇼 선배가 참가 안 할 줄 알았으면 안 가져왔어요! 우후!"

"이전에 요우키의 가게에서 나는 일을 돕기만 하고 돌아간다고 말했을 텐데…."

탄포포, 잘했다. 너는 전혀 모르겠지만, 내가 마음의 찬사를 보내 주지.

이만하면, 조금만 더 밀면 이 남자는 함락된다!

"저기, 후우. 이대로 네가 돌아가면 탄포포가 준비해 온 장국이 쓸모없게 되니까 참가해 주지 않겠어?"

"…괘, 괜찮겠나? 나는 다른 학교 사람이고…."

"제가 준비한 그릇이 불만이라는 건가요? 토쿠쇼 선배는 너무해요!"

"너, 너무하다니! 그럴 생각은…."

탄포포, 너는 노리고 하는 짓은 족족 실패하는 주제에, 노리지 않았을 때는 정말 크게 활약하는 녀석이었구나! 견제가 아주 좋았어!

"그렇다면 탄포포에게 상처를 주지 않기 위해서라도 토쿠쇼도 같이 나가시소면을 먹자."

"그래요! 토쿠쇼도 꼭 참가해 주세요!"

"음. 나도 죠로에게 찬성일까."

"나도 찬성! 토쿠쇼도 같이 나가시소면 하자! 재미있어~!"

"자, 다들 이렇게 말하잖아. 다른 학교네 뭐네 하는 건 무시하고 참가해 줘. 모처럼 친해졌으니 나도 후우랑 더 이야기하고 싶으니까."

"그, 그렇게까지 말한다면 어쩔 수 없시! 탄포포가 일부러 그릇을 더 준비한 모양이니, 나도 참가하도록 하지! 후하하하하하!"

분위기의 상승 폭이 엄청나네~ 처음부터 얌전히 참가하고 싶다고 말하면 될 것을….

"…탄포포, 착각하지 마라! 나는 네가 준비한 그릇이 쓸모없게 되지 않도록 참가할 뿐이다. 어디까지나 그냥 그런 거니까."

"착각 같은 건 하나도 안 합니다!"

뭐지? 지금 후우의 대사…. 어디서 누가 말했던 것 같은데?

그건 분명히 사자… 으읔! 왠지 두통이! …응, 아마도 기분 탓이야.

오후 1시　키사라기 가　마당.

드디어 시작된 나가시소면.

각자가 자기 자리에서 대기하고, 내가 흘려보내는 소면을 잡으려고 분투한다.

"아하하! 아스나로, 소면 하나도 못 잡고 있어! 힘내!"

"으음~! 이거 어렵군요…. 의외로 소면이 빨라서…."

"요령이 있을까. 흘러오는 것을 집는 게 아니라, 장소를 예측해서 집으면 좋으려나."

아스나로는 의외로 이런 쪽으로 별로인가.

신문부라서 민첩한 이미지였기에 조금 의외다.

"죠로, 당신은 아까부터 계속 소면만 보내고 있잖아. 슬슬 교대하자."

"땡큐, 팬지. 하지만 괜찮아. 너는 얌전히 먹기나 해."

그보다 나는 전에 저지른 짓이 많으니까, 오늘은 이쪽 담당이면 돼.

"그럼 내가 배불러지면 교대해 줘. 난 소면을 흘려보내는 걸하고 싶었어."

"…알았어. 그럼 그때 부탁하지."

"그래. 맡겨 줘."

칫. 팬지 녀석…. 내가 거절하지 못하도록 말하고….

"저기, 저기, 아키노 선배! 전 당신에게 물어보고 싶은 게 있습니다!"

"응? 어떤 질문이야, 탄포포?"

어라, 어쩐 일이래. 탄포포가 코스모스에게 말을 붙이다니.

"아키노 선배는 아주 예쁜데, 지금까지 고백받은 경험이 몇 번이나 있나요? 참고로 저는 전부 다 해서 98번입니다! 우후후!"

그러고 보면 이 녀석은 히마와리와 코스모스를 라이벌로 보고 있어서, 학교에서 제일 인기 있는 여자가 되려고 꾸몄었지. 상대의 전력을 알고 싶은 건가….

"98번이라…. 훗…. 역시 내 눈은 틀리지 않았군."

틀렸어. 탄포포 이외의 여자가 돌 인형으로밖에 안 보이는 시점에서 완전히 틀려먹었어.

"고백받은 횟수 말이야? 으, 으음…."

"네! 꼭 가르쳐 주세요!"

"미안해. 사실대로 말하자면… 기억하질 못해…."

"기억을 못 한다? 그 말은 고백받은 경험이 너무 적어서… 우후! 우후후후! 이건 혹시 제게도 승기가…."

"너는 지금까지 먹은 쌀알 개수를 기억하고 있니?*"

밥 한 공기만 해도 이미 그건 몰라! 고백을 얼마나 받은 거야, 코스모스는?!

"효?! 싸, 쌀알?! 아뇨, 모르는데요…."

"그렇지? 그런 거야…. 게다가 호의 자체에는 감사하지만, 나는 내가 좋아하는 사람과 그런 관계가 되고 싶고…."

그만둬. 그렇게 반짝이는 눈으로 나를 보지 마.

"아, 압도적 전력 차입니다…. 역시 가슴이…."

절대로 그게 아니라고 생각하는데.

※너는 지금까지~ : '너는 지금까지 먹은 빵의 개수를 기억하고 있나?' 『죠죠의 기묘한 모험』 1부의 악역 디오의 명대사를 패러디.

"…전 잠깐 거실로 돌아가겠습니다…. 앞으로의 대책을 짜야만 해서…."

"그거라면 나도 같이 갈까. 소면이 바닥났으니 가지러 다녀올까."

"츠바키 님, 제가 상처 입은 것을 알고! 아아, 너무나도 멋진 분이에요!"

너무 자기 좋을 대로만 착각하는 거 아냐?

오후 2시 키사라기 가 마당.

시작한 지 한 시간. 슬슬 다들 배가 부르기 시작했는데, 여전히 씩씩하게 소면을 먹는 히마와리. 그리고 팬지와 교대한 나도 지금은 먹는 쪽이다.

더 말하자면 마당 구석에는 이미 배가 꽉 찬 탄포포가 후우와 무모한 논쟁을 벌이고 있지만, 아무도 건드리려 하지 않는다.

"으음! 소면, 맛있어! 난 더 먹을 수 있어~!"

"어이, 히마와리! 네가 위에서 전부 다 집어 가니까 제일 밑에 있는 내가…."

"괜찮아! 죠로도 열심히 하면 많이 먹을 수 있어!"

"아무리 애써도 네가 위에서 다 집어 가니까 먹을 수가 없잖아!"

"죠로, 재미있어?"

168

"또 내 몫이! …응? 음, 뭐, 재미있네. 교대해 줘서 고마워, 팬지."

"나도 소면 흘려보내는 게 재미있으니까 괜찮아."

항상 독설만 하는 주제에 때로는 자상하군, 이 녀석.

"그러고 보니 코스모스 선배. 모레 바다 가서 입을 수영복은 이미 준비했으려나?"

"물론이야, 츠바키! 후후후… 모두와 함께 가는 바다는 정말 기대하는 이벤트 중 하나니까!"

바다…. 도회지를 떠나서 개방적이 되는 멋진 장소!

게다가 이번에는 아직 그분을 소환하지 않았고, 기대가 이중주다!

우히히히…. 어디서 현현시킬지 지금부터 진득하게 숙고해야만 하겠군….

슬쩍 벗길까, 갈아입는 장면으로 할까…. 선크림을 바르는 걸로 할까…. 고민되는군.

"아마츠유, 기다렸지."

"…응? 누나, 무슨 일이야?"

그러고 보면 나가시소면 준비를 할 때, 내 덕분에 후우와 엮였으니까 그 사례를 히겠다고 하면서 방으로 돌아갔지.

그리고 그 준비가 끝나서 마당으로 나온 건가. 아니, 대체 무슨….

"후훗. 아까 말한 사례를 하러 왔어. 어때? 기쁘지?"

"……."

"아마츠유가 좋아하는 바니걸이야!"

전혀 기쁘지 않은데 말입니다아아아?!

왜 내가 친누나의 바니걸 코스프레를 보고 기뻐하리라고 생각한 거야?!

그런 건 여기에 있는, 가족을 제외한 누군가에게 입혀 줘!

왜 자기가 몸소 섹시 요원으로 행동하냐고, 이 누나는?!

"저, 저기… 누나, 난 딱히 그런 게에…."

"끝까지 말하지 않아도 괜찮아. 다 알고 있으니까!"

끝까지 말하게 해 줘. 너는 아무것도 몰라.

왜 한 손에 그릇, 한 손에 젓가락을 들고 다가오는 건데.

"주인님~☆ 나가시소면, 먹여 드릴게뿅☆ 자, 아~앙…."

아~앙! 친누나가 소면을 먹여 준다고 해도 기쁠 리 없잖아!

"누나, 진짜로 그만해! 난 진짜 하나도 안 기쁘니까!"

"어라? 분명히 아마츠유라면 엄청 기뻐할 줄 알았는데… 실패했나. 데헷☆"

왜 장난스러운 모습을 연출하는 건데…. 정말로 이 누나는 별로다….

"와아~! 자스민, 귀여워! 하지만 왜 그런 옷을 입고 있어?"

"아마츠유가 바니걸을 좋아하니, 깜짝 놀라게 해 줄까 싶어서.

방에 숨겨 놓았던 야한 책이 대부분 바니걸이었거든. 즉, 서프라이즈 프레젠트!"

내 비밀스러운 취미를 적나라하게 폭로하는 쪽이 서프라이즈 프레젠트야!

이 인간 뭐야?! 본인은 친절이랍시고 하는 게 더 안 좋아!

"주인님은 여전히 멋진 취미다뿅. 나 큰일이다뿅."

"시, 시끄러, 팬지! 왜 갑자기 그런 식으로 말하는데!"

"이상하네. 당신의 취미에 맞춘다고 그런 거였는데… 기쁘지 않았냐뿅?"

기쁘다고 생각할 리가 없잖아! 나는 팬지의 이런 점이 진짜 싫어!

"하지만 전에 왔을 때 이후로 새로운 게 늘어난 모양이니, 또 성욕에 젖은 우둔한 돼지 주인님의 방에 들어가야만 하게 되었다뿅."

게다가 내 방에 들어와서 새로운 컬렉션의 박멸까지 노리고 있어!

하아… 진짜 최악이다….

오후 2시 50분   키사라기 가   거실.

나가시소면을 만끽한 뒤에 뒷정리를 마친 우리는 각자 거실에서 쉬고 있었다.

"재미있었어! 또 하고 싶어, 코스모스 선배! 다음에는 썬도 같이 해야지! …와아! 페어 완성이야!"

"음, 그래. 꼭 또 하자! 썬이 참가한다면 많이 먹을 것 같고, 오늘보다 소면을 더 준비하는 편이 좋겠네! …아잇! 안 돼!"

"그럼 그때는 튀김꼬치도 준비할까. 썬은 튀김꼬치를 좋아하고. …아쉽네. 그럼 팬지 차례일까."

그렇지. 다음에는 꼭 썬도 참가시키고 싶다.

모처럼이니… 코시엔이 끝난 뒤에 다시 하는 것도 괜찮겠지. 모두의 일정을 조사해서 할 수 있을지 확인해 볼까.

…참고로 썬의 이야기와 동시 진행으로 다른 발언이 눈에 띄는 것은, 여자애들이 카드 게임을 하고 있기 때문이다. 참가하는 것은 나와 후우를 제외한 여자애들 전원.

다들 엄청난 열기로 카드 게임을 하고 있다. 마치 목숨을 건 싸움을 벌이는 듯이 필사적이라서, 구경하는 이쪽이 피가 마른다.

"…아까까지의 츠바키의 경향을 생각하면 여기에…. 좋아. 페어 완성이야! 자, 탄포포, 얼른 뽑아 줘."

테이블에 하트 4와 스페이드 4의 페어를 버리고 주먹을 불끈 쥐는 팬지.

의외로 어린애 같은 성격이라는 건 알았지만, 이렇게까지 카드 게임에 열중하다니….

"우후후후! 그럼 산쇼쿠인 선배에게 실례…. 호?! 왜 이 완벽한 제게 조커가?!"

탄포포, 그런 말을 하면 네 승리는 멀어질 뿐이다….

"하, 하네타치 선배! 이 카드를 추천하겠어요! 자, 사양 마시고…."

"알겠습니다! 그럼 그것 이외의 카드를 가져가겠습니다!"

"너, 너무해요! 제 패에서 조커가 사라지지 않습니다! 우후!"

아마도의 이야기지만 꼴찌는 탄포포일 것 같아…. 저 녀석, 엄청 약해….

참고로 누가 이길까 예상하자면… 내 예상으로는 팬지가 아니다.

팬지는 머리 회전도 빠르고, 나에 대해서는 이유 모를 에스퍼 능력을 가지고 있다.

그러니까 카드 게임에서도 꽤나 셀 것 같은 이미지지만, 그 이상으로 강한 녀석이 한 명 있다.

그것은….

"완성! 에헤헤! 이걸로 내가 일등!"

""""뭐!!""""

마지막 두 장의 페어를 테이블에 버리며 기뻐하는 것은 나의 소꿉친구인 히마와리.

놀라는 표정을 한 것은 팬지, 코스모스, 아스나로, 탄포포나.

역시 히마와리가 이겼나. 정말로 이 녀석은 이 게임에 엄청 강

하지.

나도 어렸을 적부터 몇 번이나 히마와리와 승부를 했지만, 한 번도 이긴 적이 없다.

아무래도 이 녀석은 본능으로 조커의 위치를 정확하게 간파하고 자기에게 필요한 카드를 뽑아 가는 능력에 능한 모양인지, 차례로 페어를 완성시켜서 승리를 움켜쥔다.

아무리 두뇌가 뛰어나도 야생의 본능을 이길 수 없는 거지.

또한 예상대로 꼴찌는 끝까지 조커를 철저하게 사수하는 모습을 보인 탄포포였다.

"우우우…. 왜 아무도 조커를 가져가지 않는 건가요? 이해 불가능입니다…. 이래서는 솜털바라기 후보생에게서 호감도가 팍팍 내려갑니다…."

"훗. 모두가 싫어하는 것을 나서서 떠맡는다…. 역시나 나의 밀로의 비너스다."

괜찮아, 탄포포. 대신 최강 솜털바라기의 호감도는 팍팍 벌었어.

"…아! 그렇지! 나 크림빵 가져올게! 아마오우 크림빵이야!"

그러고 보면 히마와리는 나가시소면이 끝나면 크림빵을 먹겠다고 그랬지.

카드 게임에서 1등이었던 것도 있어서 아주 기분 좋은 모습으로 머리를 흔들면서 거실을 나가 내 방으로 향했다.

…사실 컬렉션을 사수하기 위해 나도 같이 가야 했지만, 이미 제거되었다면 갈 이유가 없다. 어떤 의미로 아주 깨끗해진 내 방이다.

"쿄로, 오늘은 참가시켜 줘서 고맙다. 아주 충실하고 의미 있는 시간을 보냈다."

끝까지 탄포포와는 싸움만 했지만, 본인으로서는 만족한 모양이다.

"그래, 즐겁게 보냈다니 다행이야."

"우후후! 키사라기 선배도 즐거웠겠죠? 이렇게 천사 같은 저와 나가시소면을 함께 즐길 수 있었으니까! 아! 모레에 바다에 갈 때도 마음껏 저를 바라보셔도 괜찮으니까요!"

어느 틈에 탄포포가 바다에 오는 걸로 결정됐는지는 모르겠지만, 아무래도 따라올 생각이 가득한 모양이다. 왜 이 녀석은 일일이 내게 달라붙는 거지?

"탄포포, 너는 이 아이들과 함께 바다에 가나?"

"그런데요…. 뭐 문제라도 있나요, 토쿠쇼 선배?"

"딱히 없다."

후우, 무뚝뚝한 얼굴을 하고 당황하는 시선으로 나를 보는 건 그만둬라.

…어쩔 수 없지. 그 문제는 얼른 해결하고 싶고….

"시간 있으면 후우도 오겠어? 마침 나랑 썬뿐이라서 남자가 적다 싶었거든. 그러니까 와 준다면 고맙겠는데….”

“너는 신인가?”

아뇨, 인간입니다.

“흐, 흠…. 죠로가 그렇게까지 말한다면 어쩔 수 없지! 우연히 모레는 야구부 연습도 쉬고, 우연히 소금물의 섭취에 남다른 관심도 있었고! 우연히 참가하지 못할 것도 없지! 정말로 우연이지만! 후하하하하!”

새로운 우연의 사자가 탄생하는 순간이다. 맨 처음 것 말고는 절대로 우연이 아냐….

“어, 어어…. 그건, 다행….”

“아아아아아아아아아아아아아!!”

“우왓! 뭐, 뭐지?!”

갑자기 우리 집 전체에 울리는 듯한 비명. 이어서 허둥지둥 계단을 내려오는 소리.

“어떻게 된 거야?! 후욱! 후욱!”

쾅 하고 난폭한 소리를 내며 열리는 문.

그리고 왠지 머리끝까지 화가 나서 콧김 가쁜 히마와리가 나타났다.

“없어! 없어! 죠로! 없어졌어!”

“어어… 뭐가 없어졌다고?”

“내 크림빵! 아마오우 크림빵이 없어졌어!”

"오늘 아침에 내 방에 놔둔 거 말이야?"

"그래! 난 기대하고 있었는데! 먹으려고 죠로의 방에 갔더니 없어졌어! 죠로, 내 크림빵 먹었어?!"

"아니, 안 먹었는데…."

애초에 먹을 시간도 없었다. 나는 나가시소면이 시작된 뒤로 거의 거실과 마당에 있었고, 방에는 한 번도 들어가지 않았다.

"우우우우! 죠로, 거짓말하는 게 아니니까 안 먹었구나…. 그럼 다른 누가 먹은 거구나! 누구야?! 내 아마오우 크림빵을 먹은 건?"

평소에도 언짢아하는 일은 많지만, 이렇게까지 화난 히마와리를 보는 일은 드물어서 다들 어딘가 놀란 기색이었다.

"난 그런 짓 안 했어."

"나, 나도, 안 했어!"

"나도 모를까."

"저도 그렇습니다! 할 리가 없습니다!"

"나도 하지 않았다."

"무, 무무무, 물론 저도지요~! 우, 우훗! 우후후!"

그런고로 다들 오래 기다리셨습니다.

서두까지 간신히 도달할 수 있었습니다.

"살인범은 이 안에 있어! 할아버시의 이름을 길고 찾이낼 데니까!"

히마와리의 할아버지는 취미로 농사를 짓고 계시는데, 대체 뭐에 거는 거지?

…뭐, 결국은 이런 거다.

오늘 아침에 히마와리가 나가시소면 다음에 먹으려고 기대하며 내 방에 두었던 '아마오우 크림빵'이 모습을 감췄다. 용의자는 전부 다 해서 여섯 명. 팬지, 코스모스, 아스나로, 츠바키, 탄포포, 후우. 이 중의 누군가가 히마와리의 크림빵을 먹은 모양으로, 그 범인을 히마와리는 찾으려 하고 있다.

"죠로, 이건 틀림없어!"

"어어, 뭐가 틀림없는데?"

"크림빵 살인 사건이야!"

넥스트 히마와리's 히이이이인트!* '크림빵'.

"그런고로 수사 시작이야, 죠로슨 군!"

"하아… 그렇습니까….."

3분 뒤, 어디에선가 준비한 체크무늬 사냥 모자를 눌러쓴 명(冥)탐정 히마와리.

옆에는 거짓말을 하지 않았다는 단정을 받은 덕분에 용의에서 벗어난 탐정 조수 죠로슨 군.

※넥스트~ : 넥스트 코난's 힌트. 애니메이션 〈명탐정 코난〉에서 다음 회 예고용으로 사용하는 코너.

정면에는 범인으로 의심받는 여섯 명이 각자 소파나 방석에 앉아 있었다.

"이럴 때에 제일 의심스러운 것은 최초 발견자야! 처음에 발견한 건… 나였어!"

역시나 명탐정. 스스로 솔선해서 범인이 되고 싶다고 나섰다.

"난 안 했어! 죠로슨 군!"

알아. 그렇게 필사적으로 내 팔을 붙잡으며 무죄를 호소하는 의미가 없어.

애초에 네가 크림빵을 먹었으면 이런 소동이 나지 않았지.

"히마와리가 하지 않았다는 건 잘 알아. 그러니까 괜찮아."

"와아아! 믿어 줬다! 나 기뻐!"

기뻐하는 건 알았으니까 지금은 너무 달라붙지 마. 감귤계 샴푸 향기가 화악 감도는 건 멋지지만, 주위의 시선이 장난 아니게 아파.

"히, 히마와리, 떨어져 줘! 그럼 얼른 수사를 시작한다!"

"응! 같이 힘내자! 용의자들에게 심문이야!"

뭐, 거기서부터 시작이지. 어어, 그럼 일단은….

"왜 크림빵을 죽인(먹은) 거지? …탄포포."

"효?! 왜, 왜 저를 제일 먼저 의심하는 건가요?"

어차, 이런, 이런. 그만 딘징직이었군.

아니, 평소의 행동으로 단정 짓는 건 안 된다고 생각하면서도 본능에는 거스를 수 없어.

하지만 이 녀석만큼은 명백하게 수상한 말을 했고 행동도 수상쩍었으니까.

"전 안 죽였습니다! 애초에 히나타 선배가 크림빵을 가져온 것도 몰랐습니다! 우후!"

"솔직해져 봐. 자, 솔직히 말하면 화내지 않을 테니까."

"그거, 솔직히 말해도 화내는 거잖아요! 너무해요, 죠로슨 군 선배! 전 지금까지 다정하게 많이 이용해 줬는데! 은혜가 원수로 돌아왔습니다!"

나로서는 원수를 원수로 갚은 기분인데.

"죠로슨 군. 아마도 탄포포는 죽이지 않았다."

"어?"

거기서 변호가 들어왔다. 방구석의 방석 위에 얌전히 앉아 있는, 탄포포의 숨은 스토커 후우다.

그런데 모두가 나를 '죠로슨 군'이라고 부르는 것 좀 그만하면 안 돼?

"토쿠쇼 선배…. 항상 괴롭히기만 했는데 중요할 때는 잘해 주다니! 혹시 당신은 숨은 솜털바라기였습니까? 우후후! 어쩔 수 없네요~!"

"콧대 세우지 마! 네가 범인이 아니라고 단정하니까 진언할 뿐이다!"

"효?! 왠지 야단맞았습니다!"

후우, 정곡을 찔렸다고 소리치지 마.

"왜 탄포포는 범인이 아니지, 후우?"

"애초에 이번 크림빵은 이미 살해되었다. …하지만 탄포포의 하찮은 꿍꿍이는 이제까지 성공한 적이 없다. 확실하게 실패한다. 혹시 이 여자가 크림빵을 죽이려고 했다면, 오히려 살해되었을 가능성이 크겠지."

"그건… 분명히…."

"왜 제가 크림빵에게 죽어야만 하는 겁니까! 우후!"

나도 어떻게 죽는 건지는 모르겠지만, 너라면 그럴지도 모른다고 생각해.

"즉, 탄포포는 범인이 아니라는 소리네!"

뭐, 탄포포는 궁지에 몰리면 자기 무덤을 파는 쪽의 프로니까.

필사적으로 부정하는 이상, 아닐 가능성이 크겠지. …아마도 지만.

"우우~! 납득이 가지 않습니다만, 범인이 아니라는 걸 알아준다면 참겠습니다…. 아, 도와줘서 고맙습니다! 토쿠쇼 선배!"

"흐, 흥…. 인사 같은 하찮은 짓은 일부러 하지 마라냐."

어미가 이상하다.

"하지만 단포포가 범인이 아니라면…."

"괜찮아! 죠로슨 군, 나에게 명안이 있어!"

과연, 명(冥)안인가. 사건은 미궁에 빠질지도 모르겠군.

"이 중에 죠로슨 군의 방에 몰래 들어간 사람이 있어! 그 사람이 수상해!"

어라, 의외로 제대로 된 생각이었다.

분명히 원래부터 내 방에 있던 크림빵이다.

그걸 죽이려면 내 방에 들어가야만 한다.

자, 그건….

"팬지! 죠로슨 군의 방에 들어갔지?"

너무나도 설마 했던 인물이잖아! 아니, 하지만 팬지는 내 방에 들어갔다!

방금 전에 내 컬렉션을 소거한다고 했고…. 설마 그때 크림빵을?!

아니, 그럴 리는….

"그래…. 나는 죠로슨 군의 방에 들어갔어."

용의를 인정했다! 이 녀석이 그렇게 음식 욕심이 많았다니….

"팬지, 마음은 알아…. 아마오우 크림빵을 보면 사람은 이성을 지킬 수 없지…."

그건 히마와리 씨 한정입니다.

"드디어 사건이 해결됐어! 범인은 팬지로…."

"히마와리, 나는 죠로슨 군의 방에 들어갔지만, 크림빵을 죽이진 않았어."

"에에에에엑?! 그게 무슨 소리?!"

"간단해. 내가 방에 들어갔을 때, 크림빵은 이미 모습을 감췄어. 애초에 죠로슨 군의 방에 크림빵이 있었다는 사실 자체를 나는 당신의 발언으로 알았을 정도야."

"그랬구나! …하지만 분명히 죠로슨 군의 방에 들어갔을 때, 크림빵 냄새는 전혀 안 났어! 혹시 거기서 먹었다면 더 좋은 향기가 났을 터! 즉, 범인은 죠로슨 군의 방에서 먹지 않았어! 다른 장소로 이동해서 먹은 거야!"

후각만큼은 어지간한 명탐정보다 뛰어난 히마와리 씨다.

"팬지, 의심해서 미안…."

"신경 쓰지 않아도 돼. 알아줘서 기뻐."

히마와리 씨, 탐정이라면 더 의심하는 편이 좋지 않을까?

팬지는 절대로 거짓말을 하지 않지만, 말을 돌려 말하는 쪽으로 뛰어나서 사실을 감출 때는 있거든?

"하지만 그렇다면 팬지보다 먼저 방에 들어간 사람이 있다는 소리야! 다들, 죠로슨 군의 방에 들어갔어?!"

"나는 들어가지 않았으려나."

"저도 안 들어갔습니다!"

"나도 안 들어갔다."

"하하핫! 소생이 들어갈 리가 없지 말입니다!"

"우후! 저도 들어가지 않았습니다!"

좋아, 범인을 찾았다.

그러고 보면 후우가 돌아가려는 것을 붙잡았을 때, 그 자리에 없었던 사무라이가 한 명 있었지.

페이지를 되짚어… 어흠, 내 초인적인 기억력으로 떠올려 보았더니 틀림없다.

아마도지만, 그때다.

"…코스모스 회장. 당신은 내 방에 들어갔지요?"

"무슨 말씀을! 죠로슨 군 공! 소생, 그러한 짓은…."

"들어갔지요?"

"아, 아우…. 들어갔습니다…."

솔직해서 좋아.

"코스모스 선배… 왜, 그런 짓을…?"

"저기… 이전에 죠로슨 군의 집에 왔을 때, 그의 방에서 뒹굴거리지 못했으니까… 그만 마음에 마가 끼어서…. 방에서 뒹굴거렸어…."

사전 허가를 받으라고. 너는 혼자서 뭘 하는 거야?

"침대에서 뒹굴뒹굴하니까 죠로슨 군의 냄새가 나서… 그래서 꼬옥 안겨 있는 것 같아서… 부, 부끄러워! 부끄러워어~!"

소녀틱하게 몸을 꿈틀거릴 때냐. 지금 범인 최유력 후보라고, 너는.

"코스모스 선배, 그때 크림빵, 먹었어?"

"아냐! 나는 크림빵을 죽이지 않았어! 저기… 책상 위에 뭔가가 있기에 죠로슨 군의 물건인가 흥미가 생겨서 비닐봉지 안을 확인했을 뿐이야!"

그 시점에서 나로서는 죄를 벌하고 싶은 기분으로 한가득이다.

"그랬더니 아마오우 크림빵이었기에 바로 죠로슨 군의 것이 아니라 히마와리의 것이라는 걸 이해했고, 놓고 간 것이라고 판단하고 부엌에 가져다 놓았지만… 미안해. 나가시소면에 참가하는 게 늦어서 허둥대는 바람에 말하는 걸 잊었어…."

"그럼 코스모스 선배가 죠로슨 군의 방에서 부엌으로 가져왔고, 그다음에 누군가가 아마오우 크림빵을 먹었구나!"

이 증언만으로 코스모스가 용의자에서 벗어났다. 역시나 미궁에 빠질 느낌이 농후하다. 하지만 크림빵에 대해 부정할 때는 사무라이 말투가 아니었으니, 코스모스일 가능성도 꽤나 낮을 것 같다.

"아, 그러고 보면 내가 탄포포와 함께 새 소면을 가지러 갔을 때, 부엌에 편의점 비닐봉지가 있었달까."

"그, 그렇지, 츠바키? 응! 그게 내가 가져간 크림빵이야!"

예상 밖의 츠바키 서포트는 좋은데… 코스모스. 꽤나 자신만만한 태도인데, 내 방에서 말없이 뒹굴거린 죄, 무딘 사유물 확인 미수죄가 남아 있으니까 그걸 잊지 않도록.

"듣고 보니 그랬습니다! 저도 봤습니다! 그 뒤의 일도 확실히 기억해요!"

"그 뒤의 일이라고?! 탄포포, 그건 대체….."

"그때 저는 소면을 옮기려다가 비닐봉지를 바닥에 떨어뜨려서… 나중에 돌려놔야지 생각하다가 잊었습니다! 거기에 들어 있었던 거네요! 우후!"

그 결과 잊어버렸잖아. 중요한 정보가 나올 거라 생각했더니 이거냐.

"그래서 바닥에 떨어뜨린 걸 잊어버린 다음에는 어땠어, 탄포포?"

"물론 지금 떠올랐으니까 그다음은 모릅니다!"

역시 네가 범인이라고 생각하면 될까?

"어어, 몰랐다고 해도 바닥에 크림빵을 떨어뜨린 건 죄송합니다….."

"으음, 괜찮아! 아마오우 크림빵은 그 정도로는 쌩쌩해!"

지금 죽은 직후인데. …아니, 탄포포가 잊어버렸다면 츠바키와 탄포포가 거실에 갔다가 돌아온 뒤에 정원에 없었던 녀석이 의심스럽다는 소리인가.

그럼 다시 페이지를 되돌… 어흠. 내 초인적인 기억력으로 과거를 떠올려서….

"…그러면 오후 2시경… 아스나로가 정원에 없었지?"

"읏! 그, 그라나?"

사투리로 변했군. 너 너무 정직하잖아.

"아스나로, 오후 2시경, 너는 뭘 했지?"

"아, 아니~ 모두와 함께 있었던 것 같…."

"다시 한번 묻지. …뭐 했어?"

"…거실에, 있었습니다…."

코스모스도 그렇고, 아스나로도 그렇고, 두 번 물으면 대답하는 건 무슨 통례일까?

"아스나로, 거실에서 뭐 했어?"

"저, 저기…. 그건… 그게…."

"그게?"

"~~~~!"

뭐지? 아스나로가 얼굴을 붉히고 포니테일을 흔드는데….

"거, 거실에서, 자스민 언니와 이야기했사! 전에 왔을 때 아이들었던, 죠로슨 군이 옛날에 어떻게 누나한테 응석을 부렸는지를…."

네? 내가 옛날에 누나한테 어떤 식으로 응석을 부렸는지…라고요…?

"자스민 언니가 가르쳐 줬습니다…. 죠로슨 군이 어떤 식으로 응석을 부렸는지만이 아니라, 좋아하는 여자애라든가. 실마 그런 걸 좋아했다니…."

그 망할 누나가아아아! 내가 없는 곳에서 내 부끄러운 과거를 떠들지 말라고!

"나도 그거 몰라! 아스나로, 가르쳐 줘!"

"나도 자세히 듣고 싶어, 아스나로."

"나도! 나도 알고 싶어! 아스나로, 꼭 가르쳐 줘!"

너희는 거기 달라붙지 마아아아!

"어이! 그건 나중에 해! 지금은….."

"죠로슨 군, 범인 탐색을 위해서는 부끄러움을 숨겨선 안 돼! 참아!"

"조사를 위한 일. 죠로슨 군, 포기해 줘."

"그래, 죠로슨 군! 나도 부끄러웠지만, 아까 열심히 대답했잖아!"

내 조사를 해도 범인 찾기에 아무런 도움도 안 되는데!

"자, 아스나로! 그래서 죠로슨 군이 좋아하는 여자 타입은….."

"아스나로, 그때 크림빵을 봤어?"

"죠로슨 군! 왜 방해하는데!"

너희가 목적을 상실하니까 그렇지.

"어어, 그러니까 말이죠… 바닥에 크림빵이 든 비닐봉지가 떨어진 것을 봤기에, 거실의 테이블 위로 옮겨 놨습니다. 하지만 죽이지 않았거든요?! 애초에 저는 크림빵보다 죠로슨 군의 조사에 열중했고!"

"우우~! 또 범인이 아니었어!"

이쪽도 부정할 때는 사투리를 쓰지 않았군. 그럼 역시 가능성은 낮다고 보면 되겠지. 하지만 지금까지의 정보를 따라 용의자를 제외하면 팬지, 코스모스, 아스나로, 탄포포는 이미 범인이 아니라는 소리가 된다.

그렇다면 츠바키나 후우가 범인이라는 게 되는데….

"츠바키 님은 안 했습니다! 저와 거실에 갔을 때 이외에는 계속 마당에 있었습니다!"

"응. 탄포포, 고맙달까."

"아뇨, 이 정도는 당연한 일이지요, 츠바키 님!"

처음으로 제대로 된 알리바이가 나왔군. 츠바키는 내 초인적인 기억력으로 확인했지만…. 한 번 거실로 돌아갔을 때 이외에는 분명히 계속 마당에 있었지.

뭐, 나로서는 알리바이의 유무에 관계없이, 츠바키는 분명 아니라고 생각하지만.

츠바키가 그런 짓을 할 리 없는걸. …하지만 그렇게 되면 남은 용의자는….

"즉, 가장 의심스러운 것은 나라는 뜻이로군."

자기 입으로 말하네, 이 인간….

"토쿠쇼 선배, 외모아 달리 식탐이 많은 사람이네요~! 아~ 아쉽네요~! 그런 짓을 할 사람이 아니라고 생각했는데~! 우키

키키키!"

　아주 신이 난 원숭이가 한 마리 있군.

　"토쿠쇼, 내 크림빵, 먹었…어…?"

　"아니, 안 먹었다."

　"우후후후! 그럼 알리바이를 들어 볼까요! 알리바이가 없으면 범인으로 결정입니다! 이건 이미 절대! 알리바이! 알리바이!"

　이 녀석, 짜증난다….

　"알리바이…라…. 그건…."

　뭐, 사실을 말하자면 나는 후우가 범인이 아니라는 확신이 있지만.

　왜냐면 이 남자에게는 완벽한 알리바이가 존재한다.

　다만 본인은 성격상 말할 수 없을 테고… 여기선 내가 말할까.

　"어, 오후 2시에 크림빵은 거실에 있었지? 그렇다면 그 이후로 없어졌다고 생각되는데, 후우는 2시 이후부터 모두와 함께 뒷정리할 때까지 계속 마당에 있었지?"

　"그걸 증명할 수 있는 사람이 누가 있나요? 우후! 우후후!"

　"…너야, 탄포포."

　"효?! 저, 저 말인가요?!"

　"2시 이후로 너와 후우는 계속 둘이서 이야기했잖아."

　정확하게 말하자면, 무모한 싸움을 거듭했을 뿐이지만.

　"그러고 보니 그랬습니다! 전 토쿠쇼 선배와 이야기했습니다!

항상 괴롭히는데 가끔씩 따뜻한 말을 하기에 조금 감동했습니다!"

그런 감상은 아무래도 좋아.

"후… 흥. 그, 그러니까 말했다…. 내가 아니라고."

두 손이 더블 V를 그리고 있지만, 그건 아무래도 좋다.

"끄으으응…. 안타깝습니다…."

"우우~ 큰일이야…. 다들 범인이 아니었어…."

히마와리의 말처럼 지금까지의 수사로 용의자가 전원 누명을 벗었군.

내 초인적인 기억력으로 살펴봐도 이 이상의 수사는 어렵겠다.

"혹시 뒷정리할 때 누군가가…."

"츠바키, 무슨 소리?"

"응. 나가시소면을 할 때는 아무도 히마와리의 크림빵을 안 먹지 않았을까. 그럼 수상한 것은 나가시소면을 끝낸 다음일까."

역시나 츠바키. 오히려 히마와리보다 탐정에 잘 맞지 않나?

"그럼 모두에게 다시 물을게! 뒷정리할 때 다들 뭐 했어?"

"나는 식기류를 모아서 부엌에 가져다 뒀지."

"코스모스 회장과 같습니다! 둘이서 분담해서 식기를 탄포포 쪽에 전달했습니다!"

"나가시소면이 기재를 정리하고 있나. 힘 쓰는 일이 남자인 내게 제일 잘 맞으니까."

"나는 정원에서 쓰레기를 비닐봉지에 모으고 있었어."

"설거지를 하고 있었습니다! 설거지라면 저보다 뛰어난 사람이 없으니까요! 우후후!"

"나도 탄포포와 같으려나. 많이 있었지만, 그때는 크림빵을 보지 못했달까."

"나는 쓰레기를 버렸지. 팬지가 모은 쓰레기나 거실에 있던 비닐봉지를 모아서 휙 하고…."

…어라? 그러고 보면 나는 뒷정리할 때 쓰레기 버리는 담당이었지.

일단 구석에서 눈에 띈 비닐봉지를….

"죠로슨 군, 왜 그래?"

이런…. 혹시 뒷정리할 때 내가 실수로 크림빵을….

"아, 아니! 아무것도 아냐! 응! 아무것도 아냐!"

오른손 엄지와 검지를 비비면서 서둘러 히마와리에게 대답.

아, 이런! 이 흐름은….

"아! 죠로슨 군! 거짓말 한다! 아무것도 아닌 게 아냐!"

역시나 거짓말을 들켰다아아아! 히마와리, 나에 대해서만 탐정 능력이 너무 높잖아!

"혹시 죠로슨 군, 크림빵 먹었어?! 뒷정리할 때!"

"아, 아냐, 먹지는 않았어!"

"먹지**는**…이라고 했는데, 그 외에 뭔가 한 걸까?"

발언의 구멍을 정확하게 찌르는 코스모스 탐정, 등장이다.

역시나 학생회에서 매일 뜨거운 회의를 벌일 만하군….

"어, 어어…."

어쩌지? 내가 뒷정리할 때 다른 쓰레기와 함께 실수로 버렸을 가능성이 있다.

하지만 그걸 말하면….

"…그래. 죠로슨 군은 뒷정리할 때 실수로 다른 쓰레기와 함께 크림빵이 든 편의점 비닐봉지를 버렸을 가능성이 있는 모양이야. 히마와리."

생각을 멋지게 에스퍼하는 팬지 탐정, 등장이다.

내가 장래 뭔가 못된 짓을 하면 곧바로 이 녀석에게 들킬 테지….

"조수가 범인이라니! 예상을 뛰어넘는 반전이야!"

"자, 잠깐! 나는 쓰레기를 버렸을 뿐이야, 히마와리의 크림빵은…."

"죠로슨 군이 범인이라니…! 우우! 나는 아니라고 믿고 있었는데!"

코스모스! 네가 내 방에 불법 침입한 게 사건의 발단이잖아!

왜 모든 죄를 나한테 뒤집어씌우는데!

"죠루슨 군… 아니, 죠로. 다시 한번 물을게. 크림빵, 버렸어?"

크게 활약하지도 않은 히마와리 탐정이 꽤나 차분한 얼굴로 나를 보았다.

다른 사람들도 왠지 충격을 받은 얼굴로 내게 시선을 모으고… 제, 제길!

"…네. 제가 했습니다…."

"우우~! 너무해, 너무해, 너무해! 아마오우 크림빵을 버리다니, 만 리를 갈 만한 행위야!"

만 번 죽을, 이라고 해라. 그랬다간 아마오우 크림빵은 머나먼 길을 가게 되니까.

아니, 그런 생각을 할 때가 아냐….

히마와리는 화난 표정으로 내게 처억 손가락을 내밀고….

"아마오우 크림빵, 사 와! 바보야! 바보!"

"…알겠습니다…."

이렇게 슬픈 크림빵 살인 사건은 해결되었다….

오후 3시 40분　키사라기 가　거실

"죠로, 좀처럼 돌아오질 않네. 토쿠쇼만이 아니라 나도 같이 사러 가는 게 좋았을까?"

"츠바키 님이 그렇게까지 할 필요는 없습니다! 저를 처음에 의심해서 죄를 뒤집어씌우려고 한 키사라기 선배에게는 당연한 응보입니다! 우후."

"우우! 죠로, 아마오우 크림빵을 버리다니 너무해!"

"자, 자, 히마와리. 이렇게 사건도 해결되었고, 죠로도 새 크림빵을 사러 갔으니까 괜찮잖아."

"그러고 보면 다른 이야기입니다만, 놀랐습니다…. 설마 히마와리가 카드 게임에서 그렇게 압승을 하다니…."

"에헤헤! 난 그건 잘해! 누구에게도 진 적 없으니까! 이걸로 따라잡았네!"

"히마, 있어?"

"아! 자스민, 왜 그래?"

"그러고 보니 거실에 이게 있기에 누가 실수로 버리지 않도록 내 방에 가져다 놨어. 이거, 히마 거지? …자, 받아."

"어? 이건…."

"응. …아마오우 크림빵인데?"

"…어? 어어어어어?!"

"왜 그래, 히마? 그리고 다들 왜 그래? 그렇게 놀라고? 아, 없어진 줄 알고 난리 피웠구나? 미안해, 바로 말을 안 해서…."

"아니, 괜찮아. 하, 하지만… 어어… 죠로가…."

"어, 어쩌지…. 우리 때문에, 죠로가…."

"…일이 꼬였네…."

"큰일입니다! 분명히 죠로가 범인이라고 생각하고…."

"소, 솔직히 시괴하는 편이 좋다고 생각한날까! 죠로가 불쌍하달까!"

"아, 안 됩니다, 츠바키 님! 혹시 우리가 착각한 거라는 걸 알면 키사라기 선배가 무슨 요구를 해 올지…. 숨기죠! 그냥 입 다물고 있죠! 우후! 우후후!"

"으음…. 혹시 크림빵이 없어진 게 아마츠유 탓이라고 생각한 거야?"

"그래…. 죠로에게 새 거 사 오라고 했어…. 어쩌지, 자스민?! 난 사과해야 돼! 우우~ 죠로가 싫어힐 텐데…."

"후후. 그렇게 허둥대지 않아도 아마츠유는 그 정도로 히마를 싫어하지 않아. 게다가 사과할 거면 좋은 방법이 있으니까 괜찮아."

"정말?! 자스민, 어떻게 하면 돼?!"

"그럼 다들 내 방으로 와 주겠니?"

오후 4시　키사라기 가　현관.

힘들었다…. 역시나 수량 한정인 아마오우 크림빵.

이 시간이라도 남아 있는 가게는 한정되어서, 전부 다 해서 열세 군데를 돌아다닌 끝에 간신히 구입할 수 있었어…. 뭐, 전원의 몫을 사느라 금전적 지출은 크지만, 그래도 다행일 테지.

하지만… 정말로 내가 버렸나?

히마와리가 아끼는 것이고, 실수로 버리는 일은 없을 거라 생각하는데~

"후우, 같이 와 줘서 고마워. 분담해서 가게를 찾아서 그나마 쉽게 찾았어."

"이 정도는 네가 내게 베푼 은혜와 비교하면 대단한 것이 아니다. 설마… 설마 내가 탄포포와 바다에 갈 수 있다니! 이 세상에 태어나서 살아 있는 모든 것에 감사하고 싶은 기분이다!"

본인의 앞에서도 이렇게 솔직해질 수 있으면 더 잘 풀릴 것 같은데….

뭐, 됐어. 아무튼 집에 왔으니 얼른 모두에게 크림빵을….

"""""""주인님, 돌아오셨습니까뿅!"""""""

"……."

어? 이건 환상인가? 왜 우리 집에 바니걸이 대량으로 나타났지?

"오늘은 가장 파티라도 할 예정이었나? 돌 인형이 다섯이나 토끼 의상을 입고 있는데?"

아무래도 환각은 아닌 모양이다.

나와 같은 것을 보고 있을 텐데, 완전 다른 세계인 후우의 발언으로 현실을 인식.

하지만 탄포포만큼은 인간으로 인식할 수 있는 탓인지, 콧김이 장난 아니게 가쁘다.

"수고하셨습니다뿅, 주인님! 지, 안에서 느긋하게 쉬세요뿅!"

처음에 내 팔에 매달린 것은 히마와리 토끼.

천진난만한 미소지만, 어딘가 어색한 기색으로 내게 시선을 맞추려고 하지 않는다.

"어어, 주인님. 지치셨다면 마사지를 할게…뿅. 차, 창피해…뿅."

이어서 새빨간 얼굴로 내게 기쁜 소리를 해 주는 코스모스 토끼.

아무래도 왠지 전원이 바니걸 차림을 하고 나를 환영해 준다.

"…주, 주인님. 너무 이쪽을 보지 말아 줘뿅."

팬지 토끼도 아무래도 진짜 바니 코스튬은 창피한 모양이다.

가슴을 두 손으로 숨기고 머뭇거리고 있고. …하지만 그게 오히려 에로하다.

아마도지만 이렇게 된 주범은….

"아마츠유, 빚은 갚았어."

저 누나라는 사실은 틀림없겠지.

아마 자기가 바니걸 차림을 한 걸 내가 좋아하지 않았으니까, 대신 뭔가 구실을 만들어서 모두에게 바니걸 복장을 입힌 듯하다.

"우후후! 토쿠쇼 선배도 수고하셨습니다! 자, 얼른 안으로!"

"다가오지 마라, 이 값싼 여자가! 너를 라그 래빗 스튜로 만들어 버릴까!"

"히이이익! 왠지 엄청 무섭습니다! 토쿠쇼 선배가 귀신 같은 표정으로?!"

"탄포포, 그 이상 내게 다가오면 이 집에서 사망자가 나올 거다…."

"사, 사망자가?! 대, 대체 왜?!"

"당연히 심장이 터져서 그렇지!"

"무슨 소린가요!"

과연. 너무 두근거리는 바람에 후우의 심장이 못 견뎌서 죽는단 말이지.

이 인간을 바다에 데려가도 괜찮은 걸까…?

뭐, 됐어. 그보다 지금은….

"에헤헤! 주인님, 기운 내 달라뿅! 같이 크림빵 먹자뿅!"

이 바니걸 파라다이스를 만끽해 보실까!

이거 죽인다! 아니, 진짜로 죽여! 다들 엄청 귀여워!

"후후, 히마. 아침에 가르쳐 준 그거, 아마츠유에게 해 줘."

"응! 알았어뿅! 그럼… 히마와리 토끼, 다이브!"

오오! 히마와리가 내 목에 달라붙듯이 뛰어들었다!

이게 오늘 아침에 누나가 새로 전수한 bitch 기술인가!

아니, 하지만 전과 그리 다를 바 없는 듯… 하윽!

"…고마워, 쬬로♥"

귓가에 달콤하게 속삭였다! 아보보보보! 히마와리의 부드러운 숨결이 귀에 다이렉트로!

이, 이렇게 무서운 기술이…! 살아 있는 모든 것에 감사하고 싶다!

"…죠로, 기뻐뽕?"

"그, 그래! 엄청 기뻐!"

"정말?! 와아! 그럼 크림빵 같이 먹자! 사다 줘서 고마워! 그리고, 으음… 미안해!"

"음, 잘은 모르겠지만, 신경 쓰지 마! 딱히 화 안 났으니까! 자, 그보다 모두의 몫도 사 왔으니까, 얼른 먹자!"

"응! 그러자! 죠로랑 같이가 좋아! 에헤헤!"

고마워, 누나! 누나가 집에 돌아와서 정말 다행이야!

고생이 보상받는 순간이란 바로 이런 거로군!

【나는 조금 쓸쓸해한다】

오늘은 학생회 업무 도우미로 학생회실을 방문했다. 그렇긴 해도 그 일은 이미 다 끝났기에, 학생회 멤버는 모두 귀가했고, 아직 남아 있는 것은 나와 코스모스뿐이다.

"죠로, 오늘은 고마워. 네가 와 줘서 다행이야."

"아뇨, 그냥 서기로서의 노하우를 새 서기에게 전할 뿐이었고….."

"그렇더라도. 야마다도 오랜만에 너와 함께 학생회 일을 할 수 있어서 기쁜 모양이었고."

참고로 야마다란 회계다.

크게 중요하지도 않으니 소개는 간략하게 끝내지.

야마다 씨, 배경 캐릭터. 이상.

"2학기는 이벤트가 밀려들어서 학생회가 가장 바쁜 시기야. 체육제, 요란제, 그리고… 새 학생회장을 뽑는 학생회 총선거가."

최근에는 소녀틱한 면만 보였기에 이렇게 냉정하고 차분한 분위기의 코스모스와 접하는 것은 왠지 오랜만이라는 기분도 든다. 이 인간, 학생회에서는 차분하니까.

"일단 코앞으로 다가온 체육제 말인데, 그쪽 예정도 무사히 다

짰고, 이걸로 나도 안심하고 내일 바다에 참가할 수 있겠어."

그거 다행이다! 코스모스의 수영복을 볼 수 없으면 즐거움이 줄어드니까!

으음, 기대되네~ 모두의 수영복! 우히히….

"죠로, 얼굴이 살짝 이상해졌거든?"

"…헛! 죄송합니다! 그, 그만!"

"훗. 너의 그런 솔직한 면은 좋아하니까, 사과하지 않아도 돼."

큭! 평소라면 더 소녀틱하게 부끄러워할 텐데, 학생회장 모드이기 때문인지 꽤나 여유작작한 태도다. 저번 게코리나와 이 인간은 정말로 동일인물일까?

"정말로 네게는 감사하고 있어. 죠로 덕분에 얼마 전의 나라면 생각할 수 없을 정도로 친한 친구가 많이 생겼어. 덕분에 매일 즐겁게 보내고 있어."

"아뇨, 그건 피차 마찬가지고, 저기… 나는 모두에게…."

"분명히 저번 지역 대회 결승전에서 네가 한 대답은 좀 짜증나는 것이었지."

"윽!"

그렇지요~! 너무 지당해서 아무런 반론도 할 수 없어….

"하지만 한심한 이야기지만…. 조금 안도한 면도 있었어. 내가 보상을 받든 아니든 누군가에게 싱처 주는 것은 아주 복잡한 심경이니까…. 게다가 그런 형태라고 해도 네게 '좋아한다'는 말을 들은 것은 놀랍긴 해도 아주 기뻤어."

"그건… 다행이네요…."

"물론 계속 이대로인 것은 싫지만, 그건 네가 어떻게 해 주리라고 믿어."

"…선처하겠습니다."

"음. 지금은 그 대답으로 용서해 주지."

지금 우리의 관계는 커다란 문제에서 눈을 돌리고 구성된, 말하자면 '미적지근한 물' 같은 상태다. 그러니까 언젠가는 해결해야만 한다.

뒤로 미루려면 미룰 수 있지만, 2학기 중에는 끝을 낼 생각이다.

"그렇긴 해도 사이가 좋으면 좋을수록 모두가 부러워지네…."

"네?"

"솔직히 말해 보자면…. 사실 나는 히마와리, 아스나로, 츠바키, 그리고 팬지에 대해 콤플렉스를 느끼고 있어."

"콤플렉스? 코스모스 회장이?"

아니, 그렇게 느낄 필요가 어디에 있지?

코스모스는 공부도 잘하고 요리도 잘하고 성격도 좋다.

어떤 의미로 우리 중에서 누구보다도 결점이 없는 여자라고 해도 좋을 정도다.

"1년이라는 벽은 고등학생에게 좀 너무 두꺼운 것 같아…."

"아…."

그런가. 그런 건가…. 듣고 보니 그렇다. 우리 중에서 코스모스만이 3학년.

즉, 올해가 마지막 고교 생활이고, 우리들 중 제일 먼저 졸업한다….

"머지않아 나는 이 학교를 졸업해. 하지만 다른 사람들은 내년이 있지. 역시 부러워…. 내게는 별로 시간이 남아 있지 않아."

"……."

"특히나 쓸쓸한 건 수학여행일까. 모두가 삿포로를 즐기고 있는 동안, 나만 학교에서 기다리게 되는 건… 말이지."

애용하는 코스모스 노트를 팔락팔락 넘기면서 그런 말을 하는 코스모스.

그렇지…. 우리는 계속 함께 있을 수 없다.

물론 고등학교를 졸업해도 관계를 계속 유지할 수는 있지만, 그래도 성인이 되면 될수록 만날 기회는 줄어들겠지. 상상으로밖에 모르지만, 대학생이 되면 새로운 생활이 기다리는 이상 그쪽에 집중할 필요도 있을 것이다.

"다만 그렇기에 남은 시간을 최대한 즐길 생각이긴 하지만!"

탁 하고 노트를 덮으며 고개를 든 코스모스가 밝게 미소 지었다.

"시간이 적다는 소리는 결코 시간이 없다는 게 아니잖아? 그러니까 한정된 시간 속에서 최대한 노력할 생각이야! 우정도…
사랑도!"

"그, 그렇습니까…."

"그런고로 죠로! 오늘은 여름 방학 중에 유일하게 나와 너의
단둘인 시간인데, 사실 도시락을 준비해 왔어! 시간은 어중간하
지만, 같이 먹지 않겠어?"

얼굴을 붉히면서도 평소의 소녀틱 모드를 열심히 숨기고, 코
스모스가 어른스럽게 내게 말했다.

일부러 나를 위해 만들어 온 도시락이다. 당연히 먹어야지.

"네, 잘 먹겠습니다."

"네, 잘 드세요."

익숙해진 코스모스의 말버릇을 들은 뒤에 나는 준비된 도시락
을 먹었다.

여전히… 아니, 오늘은 평소보다 더 맛있군.

특히나 이 쑥갓 무침이 말이다. 일부러 나를 위해 만들어 준
것이라고 생각하니, 그것만으로 본래보다 맛이 한층 깊어졌다.

"어라? 죠로, 뺨에 밥풀이 묻어 있네?"

"아, 진짜다. 알려 줘서 고맙습니다, 코스모스 회장."

"어, 어흠! 어, 어쩔 수 없네. 좋~아! 여기선 내가…."

나는 뺨에 묻은 밥풀을 휙 떼어서 입에 넣었다.

"아!"

"어?"

"아, 아, 아아~…."

응? 왠지 코스모스가 입을 뻐끔거리면서 풀 죽은 표정을 짓는데….

"저기, 코스모스 회장, 왜 그러나요?"

"아무것도 아냐. 다음에는 사전에 말하지 않도록 하기로 지금 결의했어."

"으음… 그렇습니까…."

"죠로. 너는 남의 마음에 예리하지만, 자신을 향한 마음에는 다소 둔감하지 않아? 다음부터는 조심하도록 해."

"죄송합니다…."

아니, 지금 그건 예리하네 둔하네, 그런 거랑은 관계없지 않나.

"정말이지…. 다음에는 내가 뗄 테니까! 그리고 내 뺨에 밥풀이 묻었을 때는 떼 주도록! 학생회장으로서 명령이야!"

직권 남용도 정도가 있지…. 하지만 이 공간을 즐길 수 있는 것은 올해까지다.

조금만 더… 내년이 되면… 코스모스는 없어진다.

말도 안 되는 학습 방법, 맛있는 도시락, 허둥대는 소녀틱한 모습, 사실은 제멋대로고 어린애 같고… 그리고 든든한 학생회장으로서의 코스모스가 없어진다….

그것을 상상하니, 가슴에 뻥 구멍이 뚫리는 듯한 착각에 사로

잡혀서 괜히 쓸쓸해졌다….

우리의 포크볼

제 **4** 장

디어 내가 기대하고 기대하던 날이 왔다!

현재 위치는 어느 역. 아름답게 빛나는 태양이 세상을 비추고, 시원한 바람이 내 코에 소금 냄새를 전해 준다. …그렇다! 오늘은 여름 방학 전에 내가 어떻게든 밀어붙였던 약속의 날!

염원하던, 다 같이 바다에 가는 날이다!

"좋은 날씨로군, 죠로! 그야말로 바다를 즐기기에 최고의 날씨야! 오늘은 내 단련된 육체미를 보여 줄 테니까 기대해! 비치 플래그(beach flags)*를 하자고! 비치 플래그!"

"음, 그래! 썬!"

게다가 저번 나가시소면과 달리 오늘은 썬도 확실히 참가!

연습으로 바쁜 몸이지만, 귀중한 휴일을 할애해 주는 것이니까 고맙다!

"우후후후! 이 빛나는 태양이 저의 아름다운 육체를 한층 빛나게 해 주겠지요! 키사라기 선배, 제 수영복 차림이 기대되는 건 알겠지만, 너무 흥분하면 안 된답니다!"

"안심해, 탄포포. 거기에 대해서는 틀림없이 괜찮을 자신이 있어."

※비치 플래그 : 주력(走力)과 반사 신경을 겨루는 운동으로, 모래사장에 선수 수보다 하나 적은 깃발을 꽂고 출발선에 엎드려 있다 달려가 깃발을 잡는다. 마지막 한 사람이 남을 때까지 반복되며, 남은 사람이 승자.

오히려 나보다 가볍게 100배는 네 수영복을 기대하는 녀석이 있으니까, 지금 발언은 그 녀석에게 해 줘. 자, 마침 내 뒤에….

"드디어 여기까지 왔나…. 과연 나는 살아남을 수 있을까?"

전쟁터에 임하는 얼굴을 한 녀석이 있잖아? 이 녀석이 분명 기뻐할 거야. 어쩌면 죽을지도.

"바다는 기대되지만, 조금 우울하달까. 나는 저기, 별로 가슴이…."

"이해합니다, 츠바키! 저도 그 기분은 저~~~엄말로! 잘 이해합니다!"

"괜찮아, 츠바키, 아스나로! 우리는 아직 성장기야!"

전방에서 **어느 부분**의 발육에 자신이 없는 세 사람이 후우와는 다른 의미로 전쟁터에 임하는 얼굴을 하고 있다. 하지만 마지막 한 명만큼은 아직 희망을 버리지 않은 모양이다.

"후후후. 기대되네~! 비치발리볼에 수박 깨기…. 아아! 오늘 하루 동안에 다 할 수 있을까!"

"그렇게 걱정하지 않아도 괜찮아요, 코스모스 회장. 시간은 많이 있으니까요."

"그럴까? …응! 그래! 고마워, 팬지!"

한편 **어느 부분**의 발육이 너무 좋은 두 사람은 여유작작한 기색.

바다에서 뭘 하고 놀지를 놓고 둘이서 즐겁게 이야기하고 있다.

뭐, 사람이 많으니까 정리를 하자면… 바다에 온 멤버는 남자가 나, 썬, 후우. 여자가 팬지, 코스모스, 히마와리, 아스나로, 츠바키, 탄포포라는, 남녀 합쳐서 총 아홉 명의 멤버로 구성되어 있다.

물론 내 목적은 수영복을 입은 모두와 꺄아꺄아우후후…였지만, 사실 오늘은 또 하나의 은밀한 목적이 존재한다.

이전에 후우가 이야기했던 '탄포포와 평범하게 대화할 수 있게 되고 싶다'라는 바람.

그것을 오늘 어떻게든 이뤄 줄 예정이다! 문제는 일찌감치 해결하는 게 최고니까!

지난번 같은 장기 트러블을 피하기 위해서라도 이번에는 조기 해결을 꾀한다!

그리고 후련한 마음으로 남은 여름 방학을 만끽하는 것이다!

"오늘의 목표는 50… 100명의 솜털바라기 증가입니다! 오오가 선배는 오늘 중에 틀림없이 솜털바라기가 될 테고… 우후! 우후후! 아주 기대되네요!"

"탄포포, 네 뇌에는 겸허라는 말이 없나? 보나마나 하찮은 꿍꿍이 따윈 실패할 테니까 얌전히 바다를 만끽해라."

"토쿠쇼 선배랑은 상관없잖아요! 우후!"

훗. 두 분, 싸울 수 있는 것도 지금뿐일걸?

이 해수욕이 끝날 때면 사이좋은 관계로 만들어 줄 테니까!

그 뒤 역에서 10분 정도 걸어간 곳에 있는 바다에 도착한 우리는 모래사장에 거점을 확보하기 전에 옷을 갈아입기 위해 근처에 있는 탈의실로 향했다.

"그럼 죠로. 다 갈아입으면 썬, 토쿠쇼와 함께 우리 자리 확보를 부탁해도 괜찮을까?"

"네, 맡겨 주세요, 코스모스 회장. 남자인 우리가 준비도 일찍 끝날 테니까."

"후후. 든든하네. 그럼 부탁할게."

애초에 우리는 안에 수영복을 입고 여기까지 왔으니 벗기만 하면 된다.

실제로 일부러 탈의실까지 들어갈 필요조차 없는 레벨이다.

"죠로. 우리가 갈아입는 거 엿보면 안 돼."

"흥! 팬지, 엿볼 리가 없잖아."

"그럴까? 당신 인체의 80퍼센트는 성욕으로 이루어져 있으니까 아주 수상한데?"

물의 비율로 성욕이라니, 그게 무슨 소리냐.

…히지만 떡밥을 잘 뿌려 주는군. 이거 그분의 등장도 머지않았어….

"괜찮다고 말했잖아. 애초에 우리 말고도 손님이 있는데, 그런 수상한 짓을 하면 바로 들킬 테고."

"그래, 맞는 말이네."

"그렇지? 그러니까 안심해도 문제없어."

"…그럼 만일을 위해 말해 두겠는데, 아무쪼록 **괜한 생각은 하지 않기를** 추천할게."

아니, 팬지는 무슨 소리를 하는 거지?

한 발 삐끗하면 범죄가 될 짓을 하지 않아도 문제는 일체 없다!

내게는 위대하고 위대하신 아군이 있으니까!

그런고로 남자용 탈의실에 들어간 우리는 묵묵히 옷을 벗고 정신 통일을 개시.

바다에 와서 이제부터 모두의 수영복 차림을 만끽하기 전에 탈의 신을 빼놓을 순 없지!

지금쯤 여자들은 여자 탈의실에 들어가 있겠지….

그건 즉! 실오라기 하나 없는 모습으로 있을 게 틀림없다!

이렇게 되었으니… 재빨리 가 볼까? 가자, 가자!

서론이 길어도 좀 그럴 테니까, 그럼 얼른 내게 붙어 있는, 망상을 구현화해 주는 위대하신 신을 소환하도록 하지요!

이이이이야아앗호오오오! 친애하는 이 세계의 지배자(일러스트레이터)… 신(브리키)이시여! 제게 힘을….

"오! 토쿠쇼, 너 몸 좋잖아! 역시 타자는 복근과 배근이지! 크으~! 쩌는데! 그 스윙은 이 근육에서 나오는 거였군!"

"홋…. 오오가의 상완삼두근도 상당한데. 그 근육이 없으면 그런 구속(球速)은 나올 수 없지. 역시나 나의 라이벌이다."

이, 이런! 뇌에 괜한 노이즈가!!

잠깐 기다려, 신! 지금 당신의 힘을 쓰면….

끼야아아아아아아아아! 눈과 뇌가 동시에 맛이 갔다아아아!

눈을 감아도 강제로 비전이 새겨진다아아아!

으그그그… 설마 팬지 녀석, 여기까지 꿰뚫어 보고 아까 그런 발언을 했나?

그 녀석은 에스퍼 능력이 대체 얼마나… 풀썩.

※

그 뒤, 신의 징벌을 받은 나는 완전 힘 빠진 표정으로 바다로 가서 자리를 확보.

양동이와 삽을 가지고 모래 장난 하는 아이들을 보고 마음의 위안을 얻었다.

내게도 저렇게 천진난만하던 시절이 있었지~ 지금은 여러 의미로 오염되었지만.

"죠로, 왜 그래? 얼굴이 창백한데?"

아이들의 장난을 지켜보는데, 스포츠로 단련된 불끈불끈한 몸을 피로하는 나의 베프가 옆에 착석. 조사병단*에 있어도 이상하지 않을 정도로 좋은 몸이다.

"신경 쓰지 마, 썬. 좀 기가 살았다가 벌을 받았을 뿐이야. 아니, 내가 이 자리를 지키고 있을 테니까, 바다에 좀 들어갔다 오도록 해."

"무슨 소리야! 죠로가 기다릴 거면 나도 같이 기다려야지! 그리고 나중에 비치 플래그 하자! 깃발도 다 준비해 왔어!"

그렇게 말하며 썬이 뜨겁게 웃으며 파란색 깃발을 내게 보여주었다. …응, 나중에 하자.

"…기다렸지, 죠로, 썬. 자리 잡아 줘서 고마워."

"어, 팬지인가. 생각보다 빨… 아앗!!"

이런! 안 돼, 팬지! 그 모습은 안 돼!

분명히 수수한 수영복으로 올 줄 알았는데, 진짜 모습에 홀터넥 비키니잖아!

게다가 허리에 감은 파레오에서 넓적다리가 흘낏흘낏 보여서… 이건 너무 에로하잖아!

이런! 여름 방학 중에는 학교 이외의 곳에서 매번 진짜 모습을 보았다고 해도 이 모습은…!

※조사병단 : 만화 『진격의 거인』에 등장하는 병단. 벽 밖에서 활약한다.

"오! 팬지, 수영복도 잘 어울리잖아! …아니, 왜 그래, 죠로?
슈퍼히어로 착지 같은 포즈를 하고…."

"시, 신경 쓰지 말아 줘…."

슈퍼히어로 착지란 상체를 굽히고 오른손과 오른무릎을 지면
에 대는 식으로 높은 곳에서 착지하는 방법으로, 아메리칸 히어
로의 전매특허 포즈다. 누구의 말에 따르자면 '무릎에 안 좋다'
라는 모양이다.

왜 내가 그런 포즈를 했는지는 상상에 맡기겠다.

"죠로… 후후. 당신은 뭘 하고 있는 걸까?"

그만둬어어어! 그렇게 다리를 껴안는 듯한 포즈로 내 눈앞에
앉지 마!

분명히 확신범이다, 이거! …이런, 기대하고 있긴 했는데, 똑
바로 쳐다볼 수가 없어….

"기다리게 했군. 오오가, 죠로, 비치파라솔을 빌려 왔다."

"오! 땡큐, 토쿠쇼! 어이, 팬지. 다른 애들은 어떻게 됐어?"

"조금 있으면 올 거야. 나는 준비가 일찍 끝나서 먼저 왔어."

"흐음. 그 목소리는 산쇼쿠인가. …정말이지 바다란 건 귀찮
군. 돌 인형이 너무 많아서 누가 누군지 판별이 너무 어려워."

"그건 당신뿐이라고 생각해."

역시나 돌 인형 남자. 이런 팬지를 봐도 전혀 흥미가 생기지
않는 모양이다.

"…그런데 죠로. 너는 뭘 하고 있지?"

"괜찮아. 너도 조금 있으면 알아…."

"무슨 뚱딴지같은 소리를 하는 거지? 그런 꼴이 될 이유가…."

"우후후후! 기다리셨습니다아! 탄포포, 눈부시게 빛나는 비키니 차림으로 등장이에요오!"

실없는 웃음과 함께 흰색과 황색 무늬의 비키니를 착용하고 나타난 탄포포.

그 모습을 본 순간 후우는,

"뭐?! …흠!"

"어이어이. 토쿠쇼까지 슈퍼히어로 착지 같은 포즈를 하고 왜 그래?"

역시 이렇게 됐나….

아무래도 남자들 중 제대로 움직일 수 있는 건 썬뿐인 모양이다.

"이해했다. …확실히 이건 이렇게 될 수밖에 없군…."

"그렇지?"

"당신들은 앞으로 바다를 정말로 만끽할 수 있을까? …어머, 다른 사람들도 온 모양이야."

둘이서 사이좋게 멋진 포즈를 취하고 있자, 속속 나타나는 수영복 차림의 멤버들.

역시나 미인 일색이기에 해변에 있는 사람들의 시선을 잔뜩

모았다.

"다들! 기다렸지! 그럼 뭘 할까? 수박 깨기는… 아직 이르고, 나는 비치발리볼을 하고 싶어!"

평소와 달리 포니테일이 된 코스모스가 에로틱한 뒷덜미를 보이면서 연한 핑크색 비키니를 입고 신이 나서 그런 발언을. 내 포즈가 한층 굳어졌다.

"날씨가 좋아서 좋네요! 해님이 따뜻해서 기분 좋습니다!"

파란 비키니의 아스나로가 두 팔을 펼치며 즐겁게 미소 지었다.

다소 실례지만, 팬지와 코스모스 다음에 그 모습을 본 덕에 마음이 진정되었다.

아니, 아주 귀여운데. 역시 그거 사이즈가 있잖아?

"…죠로와 토쿠쇼의 낌새가 이상한데… 뭐, 상관없나."

츠바키가 빨간 원피스형 수영복을 보며 그런 말을 했다.

왜 우리가 이렇게 됐는지 들키지 않으면 다행이다.

"다들 처음에는 여자들끼리 놀고 와도 돼! 우리는 여기서 토쿠쇼가 빌려 온 비치파라솔을 설치하고 있을 테니까!"

"에이~! 나도 거들게! 그게 끝나면 썬도 같이 놀자! 난, 썬하고 놀고 싶어!"

노란색 탱키니*를 입은 히마와리가 썬에게 웃어 보이며 같이 놀자고 한다.

그 모습으로 평소처럼 bitch한 짓을 하면 아마 꽤 위험하겠는데….

"하핫! 안심해, 히마와리! 같이 안 놀겠다는 건 아냐! 나중에 합류해서 나의 뜨거운 모습을 보여 줄 테니까 각오해!"

"우우~… 그래? 그럼 그럴게!"

"음! 그러도록 해 줘!"

"그럼 코스모스 회장이 말했던 비치발리볼을 할까요! 후후후! 지난번 카드 게임에서는 대패했습니다만, 오늘은 확실히 이기도록 하겠습니다!"

"나도 안 질 거야, 아스나로."

"그럼 팀을 나눠서 비치발리볼 승부를 하자! 후후후. 재미있겠네~"

아아, 비치발리볼…. 나도 참가하고 싶었다….

하지만 이 상태면 제대로 할 수 있을 리 없고, 지금은 썬에게 감사하도록 하지.

그 뒤에 여자들이 사라지면서 간신히 평상시 포즈가 된 나와 후우.

하지만 흥분이 식지 않은 후우는 머리를 식히고 오겠다며 바다로 떠나갔다.

※탱키니 : 짧은 민소매 상의에 비키니형 하의가 한 벌로 된 수영복.

그러니 현재는 썬과 둘이서 비치파라솔을 조립한 뒤에 비닐 시트 위에서 쉬고 있다.

자… 간신히 진정되었으니 슬슬 이번 문제에 대해 생각하기로 할까.

'후우가 탄포포와 평범하게 대화할 수 있도록 한다.'

두 사람의 성격 문제로 이걸 달성하기란 꽤나 어렵겠지.

하지만 그건 큰 오해다.

사실을 말하자면, 어떤 조건을 만족시키면 이 목표는 간단히 달성된다고 나는 보고 있다.

그건 즉… '탄포포가 후우에게 반하게 만든다'다!

탄포포는 본능에 충실한 야생 동물이다. 그러니까 후우에게 반하게만 만들면 아무리 심한 소리를 들어도 질리지 않고 곁에 달라붙겠지.

그러면 언젠가는 후우도 익숙해져서 평범하게 말할 수 있게 될 가능성이 크다.

후우의 츤데레를 치료하는 수단도 생각했지만, 츤데레는 불치병.

고로 얼른 서로 좋아하는 관계로 만들어서 츤을 끝내고 데레로 돌입시키는 것 외에 해결 수단은 없다.

…하지만 이 작전에는 한 가지 커다란 문제가 있다.

그것은 탄포포를 후우에게 반하게 만드는 수단이다. 평소라면 항상 하던 미션 싱킹을 하겠지만, 이번에는 별로 떠오르질 않는구나~ 어떻게 하지….

"어이, 죠로. …그래서 어쩔 생각이야?"

주위에 우리밖에 없어진 타이밍에 썬이 뜨거운 웃음으로 그런 소리를.

그렇지~ 후우를 돕는 일도 하겠지만, 그것만 해선 너무 재미없고….

"우선 썬이 말했던 비치 플래그라도 하고 놀까?"

"아, 그게 아냐! …토쿠쇼를 어떻게 해서 탄포포랑 친하게 만들 거냐는 이야기라고!"

"어? …뭐어어어어?!"

잠깐 기다려! 어떻게 썬이 그걸 알고 있지?!

"어이어이…. 그런 놀란 얼굴을 할 건 없잖아? 토쿠쇼는 그걸 노리고 바다에 온 거잖아?"

"…썬. 눈치채고 있었어?"

"하핫! 뭐, 하루 이틀 익힌 눈치가 아니지! 난 그런 걸 꽤 잘 알거든! 토쿠쇼, 저번에 츠바키네 가게에서 탄포포와 이야기했을 때 아주 즐거워 보였잖아! 그러니까 바로 알았지!"

그걸로 알아차리다니, 이 사람 기가 막힌다….

"토쿠쇼는 탄포포랑 친해지고 싶은 거지? 그리고 죠로가 그걸 돕는 거 아닌가? 그럼 죠로의 베프로서 나도 협력하지!"

"괜찮겠어? 모처럼 다 함께 놀러 온 소중한 휴일인데…."

"괜찮아! 휴일을 즐기는 방법이야 저마다 다르잖아? 나는 모두와 함께 뭔가 할 수 있으면 그걸로 충분히 즐거우니까! 장소가 아니라 누구와 있느냐가 중요한 거지!"

너무 착한 마음에 눈물이 다 난다! 정말로 나는 이 사람하고 친구라서 다행이야!

"그래서 죠로, 어쩔 생각이야? 작전은 생각해 뒀겠지?"

"그래. 그거 말인데, 나로서는…."

그 뒤에 썬에게 나는 내 생각을 전했다.

탄포포가 후우에게 반하면 이번 일은 어떻게든 되지 않겠냐고.

"분명히 그게 제일 좋을지도! 토쿠쇼의 성격을 쉽게 고칠 수는 없을 테고, 탄포포의 마음을 바꾸는 편이 좋겠지!"

썬, 간접적으로 탄포포의 마음을 바꾸는 건 간단하다고 말하는군.

역시나 야구부에서 나름 교우를 돈독히 다졌던 모양이네…. 나도 동감이지만.

"하지만 말이야, 죠로. 어떻게 탄포포를 그렇게 만들지?"

"그거 말이지~ 솔직히 나도 남자고… 여자 마음을 잘 모른다고…. 썬은 어때?"

"나도 그건 자신 없군! 여자 마음은 모를 때가 많지!"

뭐, 뒤집어 보면 여자도 남자 마음을 모르는 일이 많겠지만.

"하지만… 그걸 알 방법이 하나 있지!"

"어? 그런 방법이… 아니, 썬. 설마…."

"헤헷! 역시나 나의 베프! 잘 알고 있잖아! 그래! 남자인 우리가 모른다면…."

아니, 하지만, 그 녀석들은….

"여자애들에게 가르쳐 달라고 하자고!"

내가 제일 묻기 힘든 상대라고!

※

…큰일이다. 이건 정말로 큰일이다….

썬이 발안한 '여자애들에게 남자에게 두근거리는 순간을 가르쳐 달라고 한다' 작전.

다른 생각이 떠오르지 않는 이상, 아주 좋은 아이디어라고 생각한다.

하지만, 하지만 말이야! 아무리 그래도 나와 이 여자애들의 관계는 대단히 복잡한 상태다.

그런 가운데 내가 그런 걸 물었다간 괜한 오해를 살 가능성이 있다.

다행스럽게도 썬이 '물으러 가기 전에 모두의 음료를 사 오지!'라면서 음료를 사러 가 주었기에 마음의 준비를 할 시간은 생겼다…고 하지만, 그 귀중한 시간을 낭비하는 게 현 상황이다.

"어떻게 하지~…."

아직 각오가 되지 않은 나는 멍하니 하늘을 보았다.

하아~…. 누가 내 대신 애들한테 좀 물어 줘….

"어머나~? 이런 곳에 키사라기가 있네요! 우연이로군요!"

"네? …에에에에에엣?!"

갑작스럽게 뒤에서 들려온 아가씨풍의 목소리. 이름을 부르는 바람에 돌아보자, 거기에 서 있는 것은 한 여성. 어딘가의 부인을 연상시키는 롤빵 머리. 꽤나 긴 속눈썹에 저게 몇 캐럿? 이라고 묻고 싶어지는 반짝이는 눈동자.

이, 이 사람은….

"…보, 본야리코 선배!"

니시키즈타 고등학교 3학년. 치어리딩부 부장… 너무나도 개성적인 이름의 다이센 본야리코 선배다.

참고로 성이 '다이센'이고 이름이 '본야리코'다. 다들 착각하지 않도록.

아니, 잠깐 기다려! 왜 이 인간이 치어리더 복장으로 바다에 있지?!

또 이런 단시간 만에 괜한 설정을 집어넣고!

"농농농! 키사라기, 호칭이 틀렸어요! 경애를 담아서 '거베라'라고 불러 주세요! 오호호호호!"

오호호호호! 절대로 애칭으로 안 불러….

"어어… 선배. …그 모습은 대체?"

"오~호호호홋! 저는 치어리더니까요!"

그런 건 이유가 안 돼. 전국의 치어리더가 바다에서 그런 차림이면 기가 막히겠다.

"그, 그렇습니까….."

"어라? 키사라기, 그 얼굴… 뭔가 고민이 있는 것 아닌가요?"

"네, 뭐….."

"어쩔 수 없군요! 치어 소매만 스쳐도 전생의 인연이라고 하고….."

그만해라. 이 이상 이상한 캐릭터 설정을 집어넣지 마. 그런 속담, 들어 본 적도 없으니까.

"키사라기의 고민은 제가 해결해 드리지요!"

"네?! 선배가 뭔가 해 주는 겁니까?!"

"오브코오오오오스! 당연한 말이지요! 치어리더로서 당연한 소양이랍니다!"

최근 치어리더 대단하다! 설마 이런 행운이 굴러들어 오다니!

즉, 내 대신 본야리코 선배가 여자애들에게 물어 준다는 거로군!

"감사합니다! 그러면 바로… "

"네! 전력으로 응원해 드리겠어요! 키사라기, 준비는 됐나요?"

"…네?"

"파이팅! 파이팅! 키사라기! 확실히 물어서 단방에 해결!"

"어어… 선배?"

"파이팅! 파이팅! 떨리는 하트가 불타 버릴 정도로… 뭔가요~?"

"선배는 뭘 해 주는 건가요?"

"물론 응원해 주고 있지 않나요~! 저는 치어리더니까요!"

응원뿐이냐아아아아! 전혀 도움이 안 되잖아!

"자, 키사라기! 저의 선라이트 옐로 치어 드라이브*로 당신에게는 이미 충분한 응너지가 주입되었어요! 이걸로 다 해결될 거랍니다!"

응너지라는 건 뭔데? 응원 에너지의 줄임말이냐?

"어~이! 죠로, 기다렸지! 음료, 딱 맞춰 사 왔다!"

"어, 썬. …아니, 본야리코 선배가 없어!"

잠깐 눈을 뗀 사이에 없어졌다! 주위를 둘러봐도, 어디에도 없잖아!

"왜 그래, 죠로? 그렇게 놀란 얼굴을 하고?"

"아, 아니… 방금 전까지 여기에 나 말고 본야리코 선배가…."

"어? 그래? 나는 죠로밖에 안 보이던데…."

이게 어떻게 된 거지?

※선라이트 옐로 치어 드라이브 : 만화 『죠죠의 기묘한 모험』 1부의 주인공인 죠나단 죠스타의 필살기인 '선라이트 옐로 오버 드라이브'의 패러디.

별로 도움이 되지 않는 응녀지가 충전된 나는 돌아온 썬과 합류해, 여자애들이 비치발리볼을 하는 곳으로 향했다.

"오오! 다들 신나게 놀고 있군!"

"그래. 시합이 끝난 뒤에 물어보도록 할까."

시합을 하고 있는 것은 코스모스, 아스나로 팀과 히마와리, 팬지 팀.

탄포포와 츠바키가 네트 부근에 서서 심판을 보는 가운데, 뜨거운 배틀을 펼치고 있었다.

"코스모스 회장, 부탁합니다!"

"그래, 맡겨 줘! 아스나로! …에잇!"

"……윽!"

"와아! 성공했다!"

코스모스 혼신의 어택을 팬지가 다이빙 리시브하려고 했지만 실패.

코스모스·아스나로 팀에게 포인트가 들어갔다.

"이걸로 코스모스 선배와 아스나로의 승리일까."

"와자아아아아! 아스나로, 나이스 토스였어! 고마워!"

"후후훗! 문화부에 소속된 저입니다만, 취재를 위해 하반신을 민첩하게 단련한 보람이 있었네요! 선언한 대로 대승리입니다!"

"우우~! 져 버렸어! 분해~~!"

"미안해, 히마와리. 방해만 해서…."

"아니, 괜찮아. 팬지, 열심히 했어. 저 두 사람이 대단했어…."

기뻐하는 코스모스와 아스나로와는 대조적으로 노도와 같은 기세로 기가 죽는 팬지와 히마와리.

그렇게까지 풀 죽지 않아도 될 텐데…. 그렇게 비치발리볼에서 이기고 싶었어?

그렇긴 해도 팬지가 전력을 다해 운동을 하다니, 꽤나 신기한 걸 봤군.

"그럼 시합도 끝났으니 조금 휴식을 취할까. …아, 죠로랑 썬."

심판을 보던 츠바키가 내 존재를 알아차리고 빙그레 다정한 웃음을 보냈다.

"수고했어! 음료 사 왔어! 다 같이 마셔!"

"응, 고마워, 썬. 그럼 마셔 볼까."

자, 휴식이라면 이야기를 듣기에 절호의 기회지만, 그 전에 한 가지 해결해야만 하는 것이 있군.

어떻게든지….

"어라? 키사라기 선배, 그렇게 흥분한 시선을 제게 보내다니 무슨 일인가요? …아! 너무나도 아름다운 제 수영복 차림에 참을 수 없어졌군요! 우후! 우후후후!"

이 멍청이를 어디로 떼어 놔야….

"어이, 탄포포. 난 말이지, 솜털솜털댄스에 좀 흥미가 있는데,

저쪽에서 좀 가르쳐 주겠어? 제대로 연습도 하고 싶고!"

"오오! 설마 오오가 선배가 그런 멋진 말을 해 주다니! 이게 수영복 효과란 겁니까! 어쩔 수 없네요~! 특별히 가르쳐 주지요~! 우후후후!"

썬, 나이스! 멋지게 탄포포를 모두에게서 떼어 놓았구나!

그럼 나도… 솔직히 묻기가 진짜 그렇긴 한데….

"저기, 모두에게 좀 물어보고 싶은 게 있는데, 괜찮을까?"

"우리에게? 뭔데?"

"으음….".

에잇! 하기로 마음먹었으면 하는 게 나의 모토다! 단숨에 물어 버려!

"저기, 남자에게 두근거리는 순간을 좀 가르쳐 줄 수 있을까?"

"후에?! 어, 어어… 왜 그런 걸?"

"와! 와와와와! 엄청난 질문을 받았어!"

"호오. 그건 또 꽤나 재미있는 질문을 해 왔네요~!"

"흐음…. 그런 건가….".

"이해했어."

코스모스와 히마와리는 새빨간 얼굴로 허둥거리고, 아스나로는 히죽거리는 얼굴로 나를 보고, 츠바키와 팬지는 뭔가 알아차렸다는 기색이다.

"조금 참고로 삼고 싶어서. 그러니까, 가르쳐 줄 수 있을까?"

당황하지 마. 여기서 나까지 부끄러워하는 모습을 보이면 더욱 오해가 가속된다.

여기서는 '딱히 대단한 것도 아니라는 느낌'을 연출해 정보를 얻어 낸다!

"그, 그래⋯. 나는 같이 놀아 준다면 그것만으로 기뻐. 저기⋯ 원하는 게 뭐냐고 묻는다면, 그 사람의 시간을 원해⋯."

"나도 코스모스 선배랑 마찬가지! 같이 있어 주면 돼! 그것뿐이면 돼!"

윽! 두 사람 다 기쁜 소리를 해 주잖아⋯.

"그래. 어어⋯ 가르쳐 줘서 고맙습니다."

히마와리와 코스모스에게서 얻어 낸 대답은 '함께 같은 체험을 해 주는 것'인가.

이건 어딘가에서 시험할 수 있겠군. 기회를 엿볼까⋯.

"나는 모르는 곳에서 조용히 배려해 준 것을 알았을 때일까."

"제 경우 말인데, 위기에 빠졌을 때 도와주면 두근거립니다! 조금 부끄럽습니다만, 왠지 공주님이 된 기분이 들어서 행복합니다!"

"그래⋯. 고마워. 츠바키, 아스나로."

으음⋯. 츠바키의 '모르는 곳에서 조용히 배려해 준 것을 안다'는 그렇다 치더라도, 아스나로의 '위기에 빠졌을 때 도와준다'는 조금 어렵겠군⋯.

트러블로 몸이 구성되어 있다고 해도 과언이 아닌 탄포포지만, 그렇게 간단히 위기에 빠질 일은 없을 테고. 뭐, 그런 기회가 운 좋게 생긴다면 시도해 볼까.

"이번 케이스의 경우, 솔직하게 호의를 전하는 게 좋지 않을까? 그녀의 성격이라면 분명 그것만으로도 아주 친해질 수 있을 거라 생각해."

"오, 오오…. 고마워, 팬지."

팬지의 작전은 '호의를 직접 전한다'인가.

분명히 탄포포라면 솜털바라기 증가를 꾀하고 있으니 그것만으로 기뻐할 것 같다.

게다가 기막히게 간단한 여자니까, '토쿠쇼 선배는 숨은 솜털바라기였습니까~! 그래서 제게 괜히 심술을 부렸던 거네요~! 우후후후'라면서 기가 살아서 후우와 친해질 가능성은 있다.

"다들 이것저것 가르쳐 줘서 고마워. …그럼 나는 잠깐 썬에게 갔다 올 테니까 이따 봐."

"알았어! 좋아! 그럼 다음은 다 같이 수박 깨기를 할까!"

"코스모스 선배, 저는 잠깐 매점에 다녀오겠습니다. 그러니까 신경 쓰지 말고 수박 깨기를 즐겨 주세요."

"그래? 그럼 그러도록 할게!"

완전히 바다를 만끽하는 기세의 여자애들이시지만… 한 명에게 다소 문제가 있군.

"어이, 팬지."

"왜?"

혼자서 터벅터벅 매점으로 걸어가는 팬지에게 뒤에서 말을 붙이자, 머리카락을 가볍게 나부끼면서 이쪽을 돌아보았다. 그것만 해도 꽤 그림이 되는 움직임이다.

"나도 갈 일이 있으니까 같이 갈게."

"어머? 당신은 썬에게 가는 거 아니었어?"

어쩐 일로 놀란 표정을 하며 팬지가 나를 보았다.

참나 평소에는 이상하게 눈치가 빠른 주제에⋯ 왜 이런 간단한 것도 모르는 걸까.

"혼자서 행동하지 마. 항상 누군가와 함께 있어. ⋯그러니까 네가 혼자 매점에 갈 거면 내가 따라가 주지."

"⋯⋯! 후훗. 그거라면 항상 당신과 함께 있도록 해야 할까?"

"그래도 좋아. 아무튼 혼자서 행동하지 마라?"

"알았어. 그럼 같이 가 줄 수 있을까?"

"그래. 그리고⋯ 뺨에 모래 묻었다."

아마도 아까 비치발리볼에서 다이빙 리시브를 할 때에 묻었겠지.

왼쪽 뺨에 모래가 딱 붙어 있다.

"그래. 그러면 안 되겠네."

그렇게 말하면서도 팬지는 자기 뺨에 묻은 모래를 털려고 하지 않았다.

그저 아름다운 눈동자로 담담히 나를 바라볼 뿐이다.

"…안 돼?"

"아니. …자, 뗐다."

가만히 오른손으로 뺨에 묻은 모래를 털자, 팬지가 기쁜 듯이 미소 지었다.

"고마워, 죠로. 아주 기뻐."

"그러십니까."

쳇. 평소에도 귀찮지만, 이 모습의 이 녀석은 한층 더하군….

"그래서 당신은 어느 방안부터 실행할 생각이야? 토쿠쇼에게 부탁받은 거지?"

역시나 사정을 전부 망라하는 에스퍼로구만….

"음, 그래…. 일단 쉽게 할 수 있는 네 방안부터 할까 해."

"그럼 나도 따라갈게. 내 아이디어니까 어떻게 될지 지켜보고 싶어."

팬지가 빙그레 웃으며 나를 향해 손을 내밀었다.

"알았어. …하지만 손은 안 잡아."

"…너무해."

그런고로 처음은 팬지 발안의 '호의를 직접 전한다'부터 시작이다.

그러니 매점에 갔다 온 뒤에 후우를 찾는데… 안 보이는군….

바다에서 머리를 식히고 오겠다고 했는데, 사람이 많다 보니까 어디에 있는지 전혀 모르겠다.

"팬지, 후우가 어디에 있는지 알겠어?"

"저기 아닐까?"

"응? 으음…. 분명히 그럴듯하네…."

다들 화기애애하게 바다에서 노는 가운데, 엄청난 물보라가 이는 곳이 하나.

아마 전력으로 헤엄치며 번뇌를 없애려는 거겠지. 저걸 어떻게 불러낸다?

아, 마침 이쪽으로 돌아왔다.

"허억…. 허억…. 이걸로 괜한 생각은 씻어 냈다…."

헐떡이는 게 장난 아니네…. 혹시 그 뒤로 계속 헤엄쳤나?

"음? 쥬로 아닌가. 게다가 그 수영복 형태는… 산쇼쿠인이로군."

"응, 그래. 잘 아네, 토쿠쇼."

"훗. 남의 옷차림은 최대한 기억하도록 하고 있으니까. 이 정도는 일도 아니다."

후우의 기억력과 돌 인형 안구, 어느 쪽이 대단한지 판단하기 어려운 발언이다.

"그래서 무슨 일이지? 나라면 계속 수영을 하고 있을 테니까 신경 안 써도 괜찮다."

대단하군. 그러면 당초의 목적을 달성할 수 없지만.

"아니, 실은 여자애들한테서 탄포포와 친해질 방법을 들어 왔으니까, 그걸 후우에게 전하고 싶은데…."

"무엇이뭐라고?! 그, 그걸 내게 가르쳐 준다는 건가?!"

진정해, 후우. '무엇이라고'와 '뭐라고'가 섞였어.

"그래. 그걸 위해 여기에 왔어."

"킄! 나는 죠로와 친구가 된 것을 하늘에 감사하고 싶은 마음으로 넘쳐 나고 있다!"

"그런 건 넘쳐 나지 않아도 되니까, 목적을 달성해 보자고. 그래서 이런저런 이야기를 들어 왔으니까 하나씩 시험해 보자. 그런고로 일단 팬지에게 들은 걸 전할게."

"알았다! 측두엽에 새겨 넣도록 하지!"

측두엽은 기억과도 관련 있지만, 메인은 청각이었던 것 같은데…. 뭐, 됐어.

"솔직하게 호의를 전하는 거래. 그러면 친해질 수 있을 거라고. …그렇지, 팬지?"

"응, 그래. 그저 솔직하게 호의를 전하면 될 뿐. 간단하지만, 의외로 그게 가능한 사람은 적어. 그러니까 할 수만 있다면 상대방 여자는 아주 기뻐할 거야."

왜 팬지는 안절부절못하는 기색으로 후우에게 설명을 하지?

이럴 때의 팬지는 좋지 않은 꿍꿍이를 꾸밀 때가 많은데….

"…어렵군. 호의를 전한다고 해도 뭘 하면 좋을지…."

"미안해. 말이 부족했네. …하지만 안심해, 토쿠쇼. 지금부터 죠로가 시범 삼아 나에게 말해 줄 테니까, 그걸 참고하면 돼."

그거 보라고! 역시나 돼먹지 않은 꿍꿍이를 꾸미고 있었어!

"자, 죠로. 나에게 최대한의 호의를 전해 줘."

"나는 그런 짓을 한다고는 한마디도 안 했을 텐데?"

"아무 말 없어도 잘할 수 있는 사람이 사회적으로 평가를 받는다고 생각해."

"그 마음은 확실히 이해했어. …하지만 지금은 그런 소리를 들어 버렸으니까 될 것 같지 않은데."

"안심해. 아무것도 안 하기보다는 하는 편이 평가가 오르는 법이니까. 즉, 절멸 추천종인 당신에게는 큰 기회야."

"그런 종은 들어 본 적도 없어! 왜 절멸을 추천하는 건데!"

"인류에게 해를 끼치는 존재인 이상 어쩔 수 없어…."

"너는 내 정신에 마구 해를 끼치는 존재인데! 절대로 안 할 거니까!"

"그래. 말하자면 혼자서 하는 게 부끄럽다는 거네. …그럼 스팅어와 그 친구에게도 도와 달라고 할까?"

"뭐? …우오오!"

알고 보니 어느 틈에 내 양쪽 어깨에 곤충이 한 마리씩 스탠바이하고 있는데?!

한 마리는 팬지의 친구 겸 펫인 긴톱날집게사슴벌레 스팅어인데, 또 한 마리는 뭐지?! 검은 광택이 엄청나다. 하늘을 찌를 듯한 기세의 멋진 뿔.

이 녀석은….

"헤라클레스장수풍뎅이인 코웬이야. 최근 사오토메 씨라는 할아버지 댁에 자주 놀러 가서 친해진 모양이야."

세계 최후의 날은 가까울지도 모르겠군….[※]

"자, 죠로. 이걸로 걱정할 것 없어졌지?"

그래. 안 하면 내가 절멸당할 뿐이야.

왜 이 녀석은 좋아하는 남자를 사정없이 위협하는 거지?

"하아…. 알았어…."

진절머리 내듯이 말을 하면서 심호흡을 한 번. 그 뒤에 각오를 하고 눈앞의 팬지를 보니, 진주처럼 반짝이는 눈이 내 심장을 움켜쥐는 듯한 착각에 빠졌다.

"팬지. 지기… 너와 함께 있으면 두근두근해."

"후후후. …그래서?"

으극! 그렇게 기쁜 듯이 두 손으로 내 손을 감싸지 마!

이걸로 당연히 끝….

※세계 최후의~ : 사오토메 박사. 스팅어, 코웬은 애니메이션 〈진 겟타 로보 세계 최후의 날〉에 등장하는 악역들.

"이 정도로 해 주다니! 죠로, 진심으로 네게 감사한다! 그래서 그다음은?!"

제기라아아알! 알았어! 계속하면 되잖아, 계속하면!

"…큭! 그래서 계속 곁에 있어 주었으면 한달까…. 웃어 주었으면 한달까. 네가 기쁘면 나도 기뻐! 아, 아하하하…. 그러니까, 저기…. 이제 됐지! 자! 여기까지!"

으으! 진짜로 창피했다! 무진장 얼굴이 뜨거워!

"어쩔 수 없네. 지금은 그걸로 참아 줄게. …뭐, 이런 느낌이야, 토쿠쇼. 알았을까?"

"음! 크게 도움이 되었다! 고맙다, 산쇼쿠인, 죠로! 얼른 도전해 보지!"

"바로 그 마음이야. 열심히 해 봐. 포기하지만 않으면 어떻게든 될 때는 자주 있어."

아까 할 수 없었던 '손을 잡는다'를 체념하지 않고 강제적으로 실현시킨 녀석의 말은 무게가 다르군.

내 손을 잡은 채로 절대 놔주질 않아, 이 녀석….

팬지의 설명과 내 몸을 통한 실제 사례를 이해한 후우는 탄포포에게로.

아무래도 탄포포가 썬을 따라간 장소는 우리가 비치파라솔을 설치한 장소였던 모양이다. 그리고 거기에는….

"알겠나요, 오오가 선배?! 일단은 여기서 솜털입니다! 또 네 번 비틀기를 넣은 뒤에 솜털합니다! 그리고 마지막에 저를 마음으로 그리면서 멋지게 솜털해 주세요! 어떤가요?! 솜털했나요?!"

아주 솜털솜털하는 탄포포와 그걸 웃으며 지켜보는 썬이 있었다.

아마도지만, 저게 솜털솜털댄스겠지….

"음! 확실히 알았어! 그럼 얼른 연습하고 올 테니까, 잠깐 기다려 줘!"

"우후후후! 제게 연습을 보여 주는 게 부끄럽다니, 오오가 선배도 그런 구석이 있었네요~!"

탄포포, 아쉽게도 틀렸다. 썬은 네 뒤로 후우가 다가오는 것을 확인하고 그 자리를 뜬 것뿐이야.

…좋아, 후우의 학습 성과를 보일 때가 왔군.

나는 팬지와 함께 그걸 확인할 예정인데….

"어이, 그만 손 놔. 팬지."

"무슨 소리일까? 당신이 혼자서 행동하지 말라고 했잖아? 그러니까 이렇게 어쩔 수 없이 손을 잡고 있는 거야."

"딱히 손을 안 잡아도 같이 있을 수 있잖아!"

"어머. 그렇게 나랑 같이 있고 싶어 하다니, 여전히 외로움을 많이 탄다니까."

"그딴 소리 한 적 없는데!"

"슬슬 시작될 것 같으니 조용히 하는 편이 좋겠어."

그럼 이제 그만 손을 놔! 후우 쪽 일이 끝나면 반드시 뿌리칠 거다!

"우후후. 비닐 시트에 엎드린 저…. 이건 두근거리지 않고 배길 수 없겠죠! …아, 번뜩였습니다. 나중에 키사라기 선배를 카메라맨으로 이용해서 브로마이드 종류를 늘리면 좋을지도 모르겠습니다! 오오가 선배노 서를 좋아하게 만들어서… 우후후후!"

왜 녀석의 꿍꿍이는 100퍼센트 정도로 나를 이용하는 것을 전제로 삼은 거지?

"탄포포, 네게 할 말이 있다."

"어라? 무슨 일인가요, 토쿠쇼 선배?"

흠. 퍼스트 콘택트는 제법 괜찮잖아.

평소라면 곧바로 싸움이 일어날 텐데 지극히 평범한 대화로 시작했다.

"네게 조금 전하고 싶은 게 있어서…."

"음? 그 표정은… 우후! 우후후! 서~얼~마~ 우후후후!"

"탄포포가 벌써부터 기세가 오르기 시작했는데…."

"어쩔 수 없어. 그게 그녀의 통상 운전인걸. 그보다 중요한 건 다음에 할 토쿠쇼의 말이야. 뭐, 어지간한 일이 없는 한 잘 풀리겠지만."

"우후후후! 토쿠쇼 선배는 제게 뭘 전하고 싶은 걸까요?"

평소라면 착각으로 기가 살았다고 할 수 있겠지만, 이번만큼은 착각이 아닌 게 오히려 귀찮다. 왠지 모르지만 무진장 짜증난다.

"저기… 나는… 나는…!"

"긴장했네요~! 하지만 괜찮아요! 저는 아주 마음 착한 천사처럼….'

"너와 있으면 심장을 터뜨리고 싶어진다!"

"효?! 왜, 왜, 심장을?!"

아, 괜한 짓을 저질렀군. 이거 틀려먹은 패턴이야.

"그리고 너를 영원히 감금하고 싶다. 표정을 최대한으로 일그러뜨려 주지. 너의 표정이 변하면 변할수록 나는 행복을 느끼니까. 크크큭….'

"…왜 저 사람은 저렇게까지 말을 기막히게 개찬할 수 있는 걸까?"

"우연이로군. 나도 같은 의견이야."

정말이지 아까 나의 혼신의 노력이 순식간에 무(無)로 돌아갔어.

덤으로 무진장 무서운 미소까지 짓고 있고….

"사, 사디스트입니다! 토쿠쇼 선배는 사디즘의 화신이 틀림없습니다! 무섭습니다! 누가 도와주세요! 히이이익!'

"뭐?! 왜 도망치지?! 기다려! 이 뒤에 힘껏 네 손을 붙잡고….'

"왜 제 손을 잡아 으스러뜨리는 건가요! 싫어요! 절대로 안 기다릴 거예요!"

그야 도망치겠지. 나도 얼굴을 맞대고 그런 소리를 들으면 전력으로 도망칠 거야.

"…이거 꽤나 중증이네."

"또다시 우연이로군. 나도 같은 의견이야."

팬지가 발안한 '호의를 직접 전한다' 작전.

후우의 발언 개찬이 발생.

따라서 실패.

※

다음 작전은 코스모스, 히마와리 발안의 '함께 같은 체험을 해 주는 것'.

후우는 입을 열면 아주 기막히게 발언을 개찬하여 상황을 악화시킨다.

따라서 말이 아니라 행동으로, 탄포포의 포인트를 따는 편이 좋겠지.

마침 여자애들의 수박 깨기도 끝나고, 지금은 전원이 비치파라솔 밑에 집합해서 수박을 먹고 있다. 그러니까 다음에 뭘 할지에 따라서… 작전의 실행은 용이할 것이다.

"왜지…? 왜 도망치는 거지? 확실히 잘 풀린다는 느낌이었는데…."

"어느 쪽으로 생각해도 그건 아니야."

"큭! 그랬나…. 여심이란 어렵군…."

네 성격 쪽이 훨씬 어려워. 정말로 왜 그렇게 된 거지….

"뭐, 일단 수박 먹고 기운 내."

"…미안. 하아…. 스스로가 한심하다."

미남이 풀 죽어서 찔끔찔끔 수박을 먹는 모습은 그림이 된다고 생각하니, 애수가 마구 떠돌아서 위험하다. 뭐, 여자애들이 수박을 가져와서 다행이야.

탄포포 녀석, 그렇게 전력으로 도망친 주제에 수박 향기에 낚여서 순식간에 돌아왔으니까.

"우후후! 수박, 맛있네요! 산쇼쿠인 선배!"

"그래. 바다에서 먹는 일은 거의 없으니까 아주 귀중한 경험이야."

게다가 방금 전까지의 일은 깨끗하게 잊어버린 모양이고.

정말로 이 녀석이 바보라서 다행이다.

"그래서 코스모스 회장, 다음은 뭘 할 겁니까?"

"그래, 아스나로. 다 같이 바다에 들어갈까?"

"음. 나이스 아이디어일찌. 난 친성이려나."

"그렇게 말해 주니 기뻐! 실은 어떤 것을 준비해 왔거든! 바다에서는 꼭 그걸 써서 함께 놀자!"

"썬, 다음에는 같이 놀자~! 바다에서 수영하는 거 재미있어~!"

"좋아, 히마와리! 나의 뜨거운 수영을 보여 주지!"

호오, 다 같이 바다에서 수영이라…. 이거 타이밍이 좋군.

그럼 어떻게든지 후우와 탄포포를 함께 있게 만들자!

수박을 다 먹은 우리는 함께 바다로 향했다.

자, 어떻게 탄포포와 후우에게 같은 체험을 하게 만들까….

"키사라기 선배!"

"…응? 왜 그래, 탄포포?"

무슨 일인지 탄포포는 활짝 웃으며 내게 다가왔다.

게다가 두 손에 뭔가 커다란 돌고래 모양 튜브를 껴안고 있었다.

"우후후후! 여기에 돌고래 튜브가 있습니다! 그리고 귀엽고 귀여운 제가 있습니다! …그다음은 알겠죠?"

"내가 돌고래 튜브에 타면 탄포포가 마차 말처럼 밀어 주는 거로군!"

"그런 거죠~! 제가 마차 말처럼 첨벙첨벙…이 아니에요! 제가 타고 키사라기 선배가 헤엄치는 거라고요! 종자로서의 자각이 부족하네요! 우후!"

널 따를 생각이 요만큼도 없으니까.

"싫어. 튜브에 타고 싶으면 알아서······ 아."

아니, 잠깐만. 이 멍청이의 제안을 이용하면···.

"키사라기 선배, 그 얼굴은··· 부끄러우니까 거절하려고 했지만, 역시 탄포포와 함께 있을 수 있으니까 받아들이려는 얼굴이네요! 어머나~! 어쩔 수 없네요~!"

정답과는 거리가 먼 멍청이 발언은 넘어가고, 좋은 아이디어잖아!

이거라면 탄포포의 희망을 이루면서 작전을 실행할 수 있겠어!

"아니, 나는 안 해. 그러니까··· 후우. 미안한데 탄포포가 탄돌고래 튜브를 뒤에서 밀면서 헤엄쳐 주겠어?"

"내, 내가?! 하지만 그건···."

"토쿠쇼 선배가?! 시, 싫어요! 토쿠쇼 선배, 무서워요!"

···칫. 까맣게 잊어버린 줄 알았는데, 방금 일을 기억하고 있나.

큰일인데. 어떻게든 이 두 사람을 같이 있게 하고 싶은데, 탄포포가 후우를 무서워하고 있어. 게다가 내 앞에 와서 돌고래 튜브를 안겨 주려고 하는 게 너무 짜증난다.

"자, 키사라기 선배! 삐치지 말고 저랑 헤엄쳐요! 자, 얼른 솔직해져서!"

내가 좀 삐딱하다는 자각은 있지만, 이번만큼은 전력으로 솔직한 건데.

"그러니까 나는 안 한다고···."

248

"탄포포, 나도 토쿠쇼 쪽이 좋을 거라 생각해! 토쇼부 고등학교의 4번 타자니까! 체력이 다르지!"

오오! 역시나 나의 베프! 정론을 섞은 멋진 원호 사격이다!

후우와 나는 운동 능력에서 압도적인 차이가 있지! 그걸 이용한 멋진 말이다!

하지만 탄포포는 납득이 가지 않는지, 돌고래 튜브를 꼭 껴안고서 불만스러운 태도였다. …왜지?

"…저는 체력이 뛰어난 사람이라든가 그런 거랑 관계없이 키사라기 선배가 좋아요…. 저기… 모처럼 같이 바다에 왔으니까요. 그러니까…."

윽! 풀 죽은 모습으로 그렇게까지 나한테 매달리면….

"키사라기 선배가 허억허억첨벙첨벙 하면서 한심하게 헤엄치는 모습을 지켜보면서, 저는 돌고래에 탄 채로 우아하게 보내고 싶을 뿐이에요…."

그렇지! 너는 그런 녀석이야! 조금이나마 두근거렸던 내가 바보였다!

"그거라면 역시 토쿠쇼 쪽이 좋잖아! 아까 토쿠쇼에게 당한 걸 갚아 줄 찬스야!"

"헛! 듣고 보니!"

인간이 기법디니끼~ 또 한심한 속셈을 줄줄 흘리는 얼굴을 하고 있어.

"토쿠쇼 선배, 모처럼이니까 제가 탄 돌고래를 뒤에서 밀면서 헤엄치겠나요? 우후후!"

"호, 호오…. 그렇게까지 말한다면 어쩔 수 없지! 모처럼 바다에 왔으니 몸을 단련하고 싶으니까! 특별히 밀면서 헤엄치지! 탄포포, 착각하지 마라? 어디까지나 하는 김에 겸사겸사다."

만일을 위해 후우에게는 탄포포와 같은 체험을 하면서 같이 즐기라고 확실히 충고하는 편이 좋겠군.

"후우, 바다에서 탄포포랑 사이좋게 잘 놀아. 그러면 잘될 가능성이 있어."

"뭐라고?! 바다에는 그런 마성의 힘이 숨겨져 있었나…!"

바다에 그런 힘은 없지만.

둘이서 헤엄치며 즐겁게 놀면 친해질 수 있지 않을까 하는 이야기인데.

"자, 토쿠쇼 선배! 얼른 가요! 그리고 제 보복을… 우후후후!"

왜일까? 작전은 잘 풀리고 있을 텐데, 저 여자에게서 풍기는 사망 플래그는?

안 좋은 예감밖에 안 들어….

"자, 토쿠쇼 선배! 준비는 됐나요?"

"잠깐 기다려. 지금 정신 통일을 하고 있다."

바다에 들어가 돌고래 튜브에 올라타서 기뻐하는 탄포포와 그 뒤에서 바다에 잠겨 튜브에 손을 대는 후우.

구태여 문제를 꼽자면 가까이에서 탄포포의 수영복 차림을 봐서 심장이 위험한 건지 후우가 눈을 감고 있는 정도인데, 그 정도야 사소한 일이겠지.

그보다도 바로 지금 최대의 문제는….

"죠로, 조금 더 힘내 봐."

"음. 죠로는 아까부터 완전히 딴짓만 하고 있을까."

"하아~! 바다에서 둥실둥실… 재미있네~!"

"틀렸네요, 죠로! 다른 두 사람을 보고 배우세요!"

"…허억허억첨벙첨벙."

비닐 보트를 필사적으로 밀며 헤엄치는 고로 체력의 한계가 가까운 나 자신이겠지.

아까 코스모스가 슬쩍 말했던 '어떤 것'. 그것은 거대한 비닐 보트였다.

다만 아무래도 사람이 한둘이 아니다. 거대하다고 해도 비닐 보트에 탈 수 있는 건 네 명까지.

그리고 가위바위보 배틀 결과, 거기에 타게 된 것은 코스모스, 츠바키, 팬지, 아스나로고, 그걸 미는 것이 가위바위보에서 패한 내 담당이다.

이럴 줄 알았으면 얌전히 탄포포의 돌고래를 미는 편이 나았을지도 모르겠군….

물론 비닐 보트가 이 정도로 크니까 나 혼자 밀고 있는 건 아니다.

썬과 히마와리도 밀면서 헤엄치는데….

"하핫! 죠로, 기합이 부족해!"

"죠로, 힘내! 자, 더 다리를 움직여!"

전혀 피로한 모습을 보이지 않으며 기쁘게 비닐 보트를 밀고 있다.

과연 가위바위보 배틀에 참가하지 않고, 이걸 밀겠다고 자청할 만해.

나도 나름 체력이 있을 텐데, 역시 진짜에게는 못 이긴다는 걸 깨달았다.

후우는… 아직도 시작하지 않았군. 눈을 감고 정신 통일을 하는 상태다.

"으음! 토쿠쇼 선배, 얼른 해 주세요! 저도 저쪽처럼 둥실둥실하고 싶어요!"

"흥…. 좋아."

아, 드디어 시작하려는 모양이다.

돌고래의 꼬리를 덥석 붙잡고 드디어 후우가 스탠바이.

자, 이번에야말로 친해진다면 좋겠는데….

"…간다. 탄포포."

"우후후후! 이걸로 토쿠쇼 선배는 체력을 다 써서 정말로 한심

한… 효오?!"

"하아아아아아!!"

폭발음처럼 펑 하는 소리와 함께 후우가 충격.

그대로 엄청난 스피드로 돌고래가 헤엄치기 시작했다.

"효오오오오! 빨라! 빨라요! 무서워요! 토쿠쇼 선배, 일단 멈추세요! 부탁이니까, 멈춰요오오오오오오!"

"그만둘 수 없다! 멈출 수 없다!"

네가 무슨 캇파에o 센*이냐.

그렇긴 해도 엄청 빠르군. 순식간에 우리의 비닐 보트를 추월했어.

"기야아아아아아아아!!"

그건 여자가 내도 되는 비명이 아냐.

마치 모터스포츠의 '휴우우우웅'처럼 들린다고, 네 비명이.

어쩌면 인디500*에서 우승할 수 있을지도 모르겠군….

그런 모습을 보면서 옆에서 비닐 보트를 미는 친구에게,

"…썬, 어떻게 생각해?"

"어어… 나였다면 재미있겠지만, 탄포포에게는 안 좋겠지~"

그렇겠지. 나도 그렇게 생각해.

※캇파에o 센 : 캇파에비센. 한국의 과자 '새우깡'과 거의 똑같은 일본의 과자. CM의 문구로 '그만둘 수 없다, 멈출 수 없다'라는 말을 사용한 적이 있다.
※인디500 : 인디애나폴리스 500마일레이스. 미국 인디애나주 인디애나폴리스 자동차 경주장에서 열리는 자동차 경주. 우승을 하면 우유를 마시는 전통이 있다.

"일단 돌아오는 것을 기다릴까. 아마 조만간 돌아올 테고."

"그렇지! 아무래도 저걸 쫓아가는 건 나한테도 무리일 거야!"

"키사라기 선배, 도와줘요오오오오오!!"

미안. 물리적으로 무리. 나중에 우유 먹여 줄 테니까 힘내.

그 후, 후우 덕분에 스피드라는 공포가 몸에 새겨진 사토탄포포*가 귀환.

돌고래 튜브를 꼬옥 껴안으면서 반울상을 하고 있었다.

"훌쩍! 훌쩍! 왜, 이렇게 되는 건가요? 저는 그저 토쿠쇼 선배에게 앙갚음을 하고 싶었을 뿐인데…."

자업자득인지 아닌지, 대단히 미묘한 라인이다.

일단 말을 걸어 볼… 아니, 왠지 탄포포가 이쪽으로 오는군.

"어어… 탄포포, 왜 그래?"

"에에에에엥! 키사라기 선배, 무서웠어요오오오오~!"

켁! 돌고래를 내던지고 나한테 안겨 들었다!

"우왓! 나한테 달라붙지 마!"

"위로해 주세요! 쓰다듬어 주세요오오오~!"

그러니까 왜 이 녀석은 일일이 나한테 달라붙는 거야!

에잇, 짜증나! 얼른 떨어져!

※사토탄포포 : 미국의 SF드라마 〈스타트렉〉에 나오는 캐릭터 호시 사토를 패러디. 귀가 이상하게 좋기 때문에 엔터프라이즈호의 속도를 무서워한다.

"서, 설마, 나는 또 뭔가 잘못을 저질렀나?! 나도 나름대로 전력을 다해 즐겁게 친해지려고 한 건데…."

그래. 근본적으로 바다를 즐기는 법이 틀려먹었겠지.

히마와리, 코스모스가 발안한 '함께 같은 체험을 해 준다' 작전.

후우가 그만둘 수 없다, 멈출 수 없다.

따라서 실패.

※

이번 작전은 아스나로 발안의 '위기일 때 구해 준다'인데…. 이건 인위적으로 일으키기 대단히 어려운 작전이다. 게다가 여성진은 현재 모래성을 만드는 데에 열중.

아무리 생각해도 위기가 일어날 리가 없다.

그러니 작전의 실행보다도 일단 후우를 격려하는 쪽으로 방향을 전환했다.

남자 셋이서 모래사장에 앉은 것도 제법 그림이 되지만, 그건 넘어가자.

"도중부터 혹시나… 싶었는데, 역시 그건 안 되는 거였나…."

"그래. 그건 친하게 노는 게 아니라 그냥 위협한 거였어."

풀 죽은 정도가 아니라 완전히 어두침침한 모습으로 랭크 업해서, 바다를 바라보며 쭈그리고 앉은 후우.

외모가 받쳐 주는 만큼 왠지 안타까움이 앞선다.

"미안, 죠로. 나는 네 도움을 제대로 살리지 못하고 있어서…."

"기죽지 마. 아직 시간은 있잖아. 다만 투아웃이야."

"오! 죠로, 좋은 말이었어! 그럼 나도 한마디 해 보지! …토쿠쇼, 야구란 건 아무리 적어도 타자에게 한 시합당 타석이 세 번 돌아오잖아? 그러니까 그중 한 번만 잘 치면 번듯한 3할 타자다!"

"죠로, 오오가…. 그래! 아직 찬스는 남아 있다! 지역 대회 결승전에서는 홈런을 치지 못했지만, 이번에야말로 치고 말겠어!"

"음! 좋은 마음가짐이야!"

좋아, 좋아. 간신히 후우가 기운을 되찾았군.

하지만 작전의 실행이 어렵군.

탄포포가 어떻게든 위기에 빠져 준다면 좋겠는데….

"죠로! 지금 모래성이 완성됐으니까 다 함께 사진을 찍지 않겠습니까? 또 가능하면 저랑 둘이서도 사진을 찍으면 기쁘겠습니다!"

"음. 나도 모두와 함께 사진을 찍고 싶달까."

내가 끙끙거리는데, 다가온 것은 아스나로와 츠바키였다.

방금 전까지 모래성을 만들었기 때문이겠지만, 몸 여기저기에 모래가 묻어 있다.

"좋아. 그거라면 누군가 사진을 찍어 줄 사람을 찾아볼까….'"

뭐, 좋아. 위기란 건 우발적으로 일어나는 것이고, 아무리 멍청한 탄포포라도 위기에 빠져서 혹시나 하는 사태… 같은 건 없는 편이 낫지.

이 작전에 대해서는 잊어버리고 카메라맨이라도 찾아보자.

그리고 또 다른 작전을….

"저기, 너 말이야, 어디서 왔어?"

"음? 저 말인가요?"

와아! 편의주의의 발생이다! 고마워요, 러브 코미디의 신!

탄포포는 정말이지 멋진 타이밍으로 헌팅을 당하는구나!

참으로 기막히게도 두 명의 대학생 정도로 보이는 금발 형들에게 붙잡혔잖아~!

볕에 탄 몸과 금발이 멋지게 어울리는, 완벽하게 경박한 헌팅남의 등장이시다!

으음~! 바다에서의 위기라고 하면 역시나 이거지! 응! 이 위기라면 세이프!

"그래! 괜찮으면 우리랑 안 놀래? 저기 가게에서 밥이라도 사 줄 테니까!"

"우리는 이 바다에 대해 잘 아니까 재미있는 곳에 안내해 줄게!"

우와아…. 우와아….

저렇게까지 완벽하게 전형적인 문구를 말하는 사람…. 나 처음 봤어.

고맙다, 헌팅남 A씨, B씨. 당신들 덕분에 위기의 연출이 완성될 것 같습니다.

구태여 말하자면 탄포포가 기세가 살아서 헌팅남들의 기세를 죽여 버릴 듯한 예감이 드는 정도인데….

"뭐, 뭔가요, 당신들?! 제가 너무 귀엽다고 가볍게 말을 걸다니 너무 비상식 아닌가요! 우르르르르…."

위협하고 있구만…. 그러고 보니 전에 후우가 말했지.

탄포포는 경계하는 상대에게는 위협하고 도망친댔나….

하지만 됐어. 딱 좋게 헌팅남들을 자극하고 있어!

여기서 헌팅남이 괜히 화를 내고, 위기에 빠진 탄포포를 후우가 구하면….

"어, 어라? 그렇게 싫었어? 그냥 같이 놀고 싶었을 뿐인데…."

"이런. 말을 걸면 안 되는 타입이었나…. 기분 상했나 보네…."

어? 잠깐 기다려! 헌팅남들이 비교적 상식적인 인간인가 봐!

모처럼 이렇게까지 연출을 잘 깔아 주었으니까, 여기선 비상식적으로 탄포포를 욕할 줄 알았는데?

"싫습니다! 아주아주아주 싫습니다! 저는 앞으로 선배들이나 노예하고 방금 전에 완성한 모래성에서 같이 사진을 찍을 거라고요! 그러니까 함부로 말 걸지 마세요! 우후!"

어이, 노예란 건 누구 이야기야?

"응…. 그래. …OK, 그럼 얌전히 물러나지. …미안해."

깔끔하게 철수냐아아아! 좀 애처럼 질질 끌어 달라고!

"…아, 괜히 폐 끼친 거 같으니까 사과의 표시로 이거 줄게. 괜찮으면 친구들하고 마셔!"

"뭔가요, 사과라니! 저는 그렇게 간단히… 와아아아! 주스네요! 주스를 받았습니다! 고맙습니다!"

가볍구나~ 너무 쉽게 용서하고 있어….

아니, 혹시 이게 숙련된 헌팅남의 수법일지도 몰라! 이걸로 마음을 허락하게 해서….

"이 정도는 별거 아냐. 괜히 기분 상하게 했으니까!"

의심해서 죄송했습니다! 뭐지, 저 마음씨 착한 형들은!

"아, 그러고 보니 너, 친구들하고 사진 찍는댔지? 괜찮으면 내가 찍어 줄까?"

"괜찮나요?! 고맙습니다!"

혼자서 다 해결해 버리더니 카메라맨까지 확보했다!

그래…. 헌팅하려다가 거절당하면 얌전히 물러나는 게 보통이지….

거기서 트러블이 일어나도 득을 볼 건 하나도 없고….

"우후후후! 이야기 좀 했더니 주스를 주고 사진까지 찍어 준다니, 역시 제가 평소에 착하게 살았기 때문이군요! …어라? 왜 그러나요, 키사라기 선배?"

"…아무것도 아냐."

"그런가요. 아, 이거 보세요! 마음씨 착한 오빠들이 주스를 줬어요! 또 사진도 찍어 준다고 그래요!"

"…죠로, 잠깐 여기를 뜨마. …저쪽 사람들에게 음료와 사진의 사례를 하고 오지."

모르는 곳에서 헌팅남들에게 잘해 줘도 호감도는 오르지 않아….

아스나로가 발안한 '위기일 때 구해 준다' 작전.

헌팅남 둘이 마음 착한 상식인이었다.

따라서 실패.

"그러면 다들 웃어~! 자, 치즈!"

그 뒤에 무진장 착한 사람들이었던 헌팅남들의 도움으로 사진을 찍은 우리.

모래성의 퀄리티가 기가 막혀서, 역시나라고밖에 할 수 없었다.

"""""""""""""고맙습니다!!"""""""""""""

"하하, 별말씀을. 그럼 우리는 갈게."

감사의 인사를 하자, 구릿빛으로 볕에 탄 피부를 빛내면서 쾌활하게 떠나가는 형들.

처음부터 끝까지 계속 좋은 사람이었으니까, 아직 이 세상도 버릴 건 아니다.

저 사람들의 헌팅에 걸린 여자들도 분명 즐거운 시간을 보낼 수 있겠지….

다만… 도저히 후우와 탄포포가 친해지지 않는구나….

"죠로, 다음에는 나랑 둘이서 사진을 찍어요! 바다를 배경으로!"

"음, 알았어, 아스나로."

"고맙습니다! …그리고 보니 죠로. 하나 물어볼 것이 있습니다!"

"응? 뭔데?"

"저, 저기… 제 수영복은 어떤가요? 역시 코스모스 회장이나 팬지처럼 몸매 좋은 쪽과 비교하면…."

"신경 쓸 것 없잖아. 아스나로는 아스나로야. 귀여워."

"정말인가요! 그렇다면 이날을 위해 다이어트를 한 보람이 있었습니다!"

여름이 되면 여자는 그런 걸 신경 쓴다고 들었는데, 진짜로군.

저번의 나가시소면 때는 아무렇지 않게 평소처럼 먹어서 전혀 몰랐다.

"…나도 열심히 했는데…."

아니, 팬지도 충분히 어울린다고. 오히려 너무 어울려서 칭찬하기 어려울 뿐이야.

"제길! 졌나~!"

"훗. 지역 대회 결승전의 빚은 이걸로 갚았다."

사진을 다 찍은 우리는 썬이 염원하는 비치 플래그를.

사람이 많아서 토너먼트제로 승부를 냈고, 결승전은 예상대로 두 사람.

썬 VS 후우였다. …그리고 최종적인 우승자는 후우.

달음박질로 썬을 능가하다니…. 알고는 있었지만 역시 이 녀석도 괴물이었다.

참고로 여자만으로 순위를 보자면 1위는 당연히 히마와리. 역시나 테니스부의 에이스다.

그러고 보니 여자들은 츠바키를 제외하면 다들 '무슨 일이 있어도 질까 보냐!'라며 기백이 들어가서 대단했지. 히마와리와 승부를 벌인 아스나로를 봐도, 팬지를 봐도, 솔직히 이길 것 같지 않은데 끝까지 포기하지 않고 전력질주를 했고.

…어? 나? 1회전에서 츠바키에서 져서 풀 죽어 있어….

"후우…. 나는 지쳤으니까 조금 쉬고 올게. …후우, 같이 쉴까?"

"알았다. 그럼 나도 잠시 쉬도록 하지."

아무튼 체력을 소모한 나는 일단 휴식.

후우를 데려간 이유는 물론 작전을 위해서다.

"아아! 즐거웠다! 다 같이 물에 들어가자! 나 물총 가져왔어! 많이 있으니까 같이 놀자~!"

"바다에서 물총! 전부터 해 보고 싶었어! 응, 가자! 히마와리!"

"팬지, 안 힘들어? 괜찮을까?"

"괜찮아, 츠바키. 나도 갈게."

"오늘만으로 '바다를 만끽하는 법'이라는 기사를 쓸 수 있겠군요! 아주 즐겁습니다!"

여자들은 또 바다에 가나. …체력 엄청나군.

나는 이미 완전히 지쳤는데….

"우후후후! 그럼 저도 물총에…."

"저기, 탄포포."

"음? 왜 그러나요, 오오가 선배?"

"나랑 같이 매점에 야키소바를 먹으러 가지 않겠어?"

"야키소바! 저도 먹고 싶어요! 꼭 갈게요!"

…흠. 썬이 탄포포를 야키소바로 꾀어냈나.

그럼 나도 행동을 개시하기로 할까.

이제까지의 작전은 모두 불발이었지만, 아직 끝은 아냐.

아직 마지막 한 수가 남아 있으니까, 그걸 하도록 하지.

썬과 탄포포가 재킷을 입고 매점으로 가는 모습을 보면서, 나와 후우는 비닐 시트 위에 착석.

내친김에 나도 지참했던 재킷을 걸치고 주머니에 손을 넣었다.

"죠로, 오늘은 데려와 줘서 감사한다. 아주 충실한 하루였다."

후우도 욕심은 있겠지만, 그게 이상하게 작단 말이야.

아직 탄포포와 제대로 이야기하지 못하는데도 만족스럽게 말을 하고 있어….

"그렇게 말해 주니 기쁘지만, 아직 네 부탁을 다 못 이뤘고…."

"그거라면 됐다."

"뭐? 아니! 아직 시간도 있으니까 그렇게 쉽게 포기할 거 없잖아?"

그보다 이렇게까지 하고 실패로 끝이라니 분하잖아.

"끝까지 해 볼 테니까. 포기하지 말고 할 수 있는 데까지 하자! …응?"

게다가 여기서 후우가 포기하게 되면, 마지막으로 준비한 것이 쓸모없어진다.

어떻게든 의욕을 다시 불태우게 해야….

"아니, 나는 그만두지. …그 말이 아닌가. 이미 도전할 필요가 없어졌다고 하는 게 좋을지도 모르겠군."

"…무슨 말이야?"

"이미 내 목적은 달성된 거나 마찬가지라서 말이야."

이 남자는 대체 무슨 소리를 하는 거지?

여전히 얼굴만 맞대면 싸움을 벌이는데, 달성이라니 무슨 소리야?

큰일인데…. 잘은 모르겠지만 후우가 완전히 체념 모드에 들어갔어.

앞으로 의욕을 회복시키기는 꽤나 어려울 것 같다.

…하지만 이 상황이라면….

"저기, 후우는 왜 그 녀석하고 평범하게 이야기하고 싶었던 거야?"

"음…. 말하지 않았나?"

사실을 말하자면 나는 한 가지 의문을 가지고 있었다.

후우는 처음에 내게 이야기할 때 '탄포포를 좋아한다'고 말했고, 그다음에 '평범하게 이야기할 수 있게 되고 싶다'고 말했다.

당시에는 너무나도 놀랐기에 그냥 납득했지만, 냉정하게 생각해 보니 묘하다.

혹시 연인이 되고 싶다면 '평범하게 이야기할 수 있게 되고 싶다' 같은 어중간한 부탁이 아니라 '연인이 되고 싶다'고 말하면 된다. 그런데 후우는 그렇게 말하지 않았다.

"저기… 연인이 되고 싶다든가, 그런 거라고만 생각했는데…."

"나는 역시 말이 부족하군. 쿄로에게 오해를 하게 만들었던 건가. …미안하다."

역시 그렇군. 후우는 탄포포와 연인이 되고 싶은 게 아니야.

"아니, 사과할 일은 아냐. …하지만 그럼 왜?"

"작년 지역 대회 결승전 이후로 내 감정을 제어할 수 없어서 녀석에게 묘하게 난폭한 말을 하게 돼서 말이지. 그걸 해결해서 내 목적을 달성하고 싶었으니까."

"그건… 즉, 후우가 하고 싶은 일이란 건 지역 대회 결승전보다 전부터 있었다는 소리? 예를 들자면 중학교 때부터라든가…."

"네 말이 맞다. 너는 역시나 날카롭군."

후우가 만족스러운 눈치로, 부드럽게 미소 지으면서 내게 그렇게 말했다.

"이렇게 된 거, 들려줄 수 있겠어? 그 중학교 때 이야기를."

"조금 긴 이야기가 될 텐데… 괜찮나?"

"그래, 부탁해."

후우가 살짝 숨을 내뱉더니, 평소의 무뚝뚝한 얼굴에서는 상상도 할 수 없는 부드러운 표정을 띠었다.

분명 자기에게 아주 소중한 뭔가를 그리고 있는 거겠지.

"중학교 시절, 탄포포는 우리와 함께 있을 때 어딘가 항상 신경질적인 구석이 있었다."

"탄포포가 신경질적?"

그렇게 낙천적인 녀석을 난 달리 모르는데. 솔직히 히마와리를 능가하는 레벨이다.

"그래, 우리와 있을 때 이 탄포포는 순수하게 그 공간을 즐기지 못했다…라고 해도 좋을까? 아무튼 어딘가 재미없다는 듯이, 항상 찌릿찌릿 팽팽한 분위기였지."

…과연. 그거라면 짚이는 구석이 하나 있지.

아마도 호스를 향한 마음이 원인일 거다. 열심히 어필해도 알아주질 않고, 항상 라이벌인 츠키미나 체리가 함께 있으니 마음도 편하지 않았겠지.

"그리고 그 상태는 우리가 고등학생이 돼서 오랜만에 만났을 때도 변함없었다. 항상 뭔가를 경계하고 두려워하는 기색이었지."

"…그런가."

"그러니까 하다못해 내가 있을 때만이라도 탄포포가 부담 없이 있을 수 있는 환경을 만들어 주고 싶었다. 녀석이 우리와 있을 때의 괴로운 기색이 아무래도 마음에 걸려서…."

그런 건가. 중학생 때 항상 긴장하는 탄포포를 걱정한 후우는 자기 나름대로 탄포포를 편하게 해 주려고 노력했군.

"중학생 때는 나름 잘되었을 텐데…. 고등학생이 되고 탄포포에 대한 마음을 자각한 뒤로는 아무래도 틀렸어. 정말이지… 평소부터 말재주가 없는 내가 더 말이 서툴러져서… 한심한 이야기다."

그러고 보면 전에 탄포포가 말했지. '중학생 때의 토쿠쇼 선배는 다정했다'라고.

하지만 탄포포에 대한 연심을 자각한 이래로 그럴 수 없어졌다.

그리고 그것을 후우는 해결하고 싶었다. 탄포포를 즐겁게 해주기 위해서….

"하지만 그건 이미 필요 없다는 걸 이해했다."

"왜지?"

"너… 아니, 너희 덕분이다."

"우리?"

"저번 튀김꼬치 가게, 나가시소면, 그리고 오늘 바다. 하나같이 탄포포는 진심으로 즐거워하고 있다. 그렇게 즐거워하는 탄포포를 보는 건 처음이었지."

"…그런가."

"대단해. 내가 몇 년이 걸려도 달성할 수 없었던 것을 고작 반년 만에 해내다니. 특히나 죠로, 너다. 탄포포가 그렇게 즐거워하는 건 네 존재가 가장 크다."

그건 과연 기뻐해도 좋은 건지 안 좋은 건지, 상당히 고민스러운 말이군.

"사실은 얼마 전부터 이해하고 있었지만…. 욕심이 좀 나서 죠로의 호의에 기댔군. 폐를 끼친 것 같아서 미안하다."

"됐어, 그런 것 아냐. 나도 즐거웠고…. 하지만 정말로 괜찮아?"

"됐다. 나에게 행복은 탄포포의 행복이다. 딱히 헌신적으로 그렇게 생각하는 건 아니거든? 호의를 가진 상대가 웃고 있으면 그것만으로 나 역시 행복해진다는 거지.”

“괜찮아. …그 마음은 잘 알아.”

“훗. 그렇게 말해 준다니 다행이군.”

나도 그 녀석이 웃으면 그것만으로 행복한 기분이 되니까.

“뭐, 그런 거다. 내가 탄포포와 평범하게 이야기하게 되지 않더라도, 녀석은 충분히 즐겁게 지내고 있다. 오히려 내가 없는 편이 낫지. 금방 싸움만 벌이는 남자는 필요 없겠지?”

어딘가 쓸쓸한 듯이 후우가 웃더니 그렇게 말했다.

목적은 달성했지만, 그걸 자기 힘으로 달성할 수 없었기에 복잡했겠지.

“오늘만 봐도 죠로나 오오가… 그리고 탄포포에게 큰 폐를 끼쳤으니까. 이 이상 괜한 부담을 주지 않기 위해서라도… 나는… 포기하지…. 이제, 충분하다….”

“뭐, 그걸로 네가 만족한다면 그럴지도.”

“그래. 나는 탄포포가 즐겁게 웃고 있다면 그걸로 만족한다. 그러니까 나는 필요 없다. 오늘이 끝이다. 결코 탄포포에게 접근하는 일은 없을 거다.”

“…일단 확인하겠는데, 탄포포를 좋아하지 않게 된 건 아니지?”

“당연하다. 나는….”

후우가 거기서 일단 말을 끊고 주먹을 움켜쥐더니 다시 입을 열었다.

"탄포포를 좋아한다."

"…그래."

그렇게 대답하면서 나는 내가 입고 있던 재킷의 주머니를 뒤졌다.

그리고….

"…그렇다네. 잘 들렸을까? …탄포포."

꺼낸 스마트폰을 향해 그렇게 말했다.

"죠로, 왜 스마트폰을 꺼내지?"

놀란 표정을 하는 후우를 보며 나는 히죽 웃었다.

"슬슬 돌아올 테니까 밝힌 거지. 네가 제일 중요한 말도 했으니까."

"돌아온다? 밝힌다? 중요한 말? 무슨 소리를…."

"헤헷! 토쿠쇼, 세 번째 타석에서는 확실히 홈런을 친 모양이군!"

"오오가! 그리고… 탄포포?!"

후우가 뒤를 돌아보자, 거기에는 뜨거운 미소와 함께 서 있는 썬이 있었다.

…뭐, 말하자면 이런 거다.

이 녀석들은 얼굴을 맞대면 후우가 고집을 피우는 바람에 분명 싸움을 벌인다.

그러면 얼굴을 맞대지 않는 상황을 만들고 가르쳐 주면 된다.

후우가 얼마나 탄포포를 소중히 여기는지를 말이다.

그걸 위해서 내가 후우에게 붙고, 썬이 탄포포에게 붙어서, 둘을 떼어 놓았다.

서로의 재킷에 숨긴 스마트폰을 통화 상태로 놓고서.

야키소바를 먹으러 간다는 것은 처음부터 거짓말.

탄포포는 썬을 따라서 조금 떨어진 장소에 숨어 있었을 뿐이야.

"여어, 사령관. 잘 들렸습니까, 오버?"

"드, 들렸습니다…. 오버…."

부끄러운지 썬의 뒤에 모습을 숨기면서 힐끗 이쪽을 보는 탄포포.

그 손에 쥐어져 있는 것은 새빨간 커버를 씌운 썬의 스마트폰이다.

"아, 아니! 저기, 이건 말이지!"

정신없이 손을 흔들면서 뭔가 얼버무리려는 후우.

하지만 그건 마음대로 되지 않았다.

"토쿠쇼 선배… 저를, 계속 걱정해 주었나요?"

평소부터 감정의 기복이 심한 탄포포지만, 이런 식으로 얼굴을 붉히고 부끄러워하는 모습을 보는 건 처음이다. 의외로 귀여운 태도도 할 수 있잖아.

"조, 조금이다! 조금 걱정되었으니까, 가능하다면 해결할까 했을 뿐이다! 너도 문제가 있으면 해결하고 싶다고 생각하겠지! 그, 그것뿐이다!"

후우, 그 변명은 사정을 전부 다 들은 뒤에는 통용되지 않아.

"하지만 아까 이야기를 들으면… 조금이 아니었던 거네요."

"킥! 죠로, 오오가…. 이렇게 나왔나…."

"몰랐어? 우리는 사람을 속이는 못된 녀석들이거든?"

"그런 거지! 협력하는 건 사실. 하지만 전부 다 가르쳐 주는 건 아냐. …뭐, 오늘 한정의 포크볼이라고 할까? 하핫! 자, 탄포포! 토쿠쇼 옆에 앉아!"

"그래, 대신 내가 일어서지."

내가 후우의 옆에서 일어서자, 빈자리에 탄포포가 얌전히 앉았다.

다만 부끄러운 건지 살짝 몸을 웅크리고, 후우 쪽을 보려고 하지 않았다.

"탄포포, 너무 가까이 붙지 마라! 짜증난다!"

"어어… 저기…. 고맙습니다. 걱정해 주셔서 …."

"대, 대단한 건 아냐! 우연이다! 우연!"

고개를 숙이며 고맙다고 말하는 탄포포. 후우의 얼굴은 재미있을 정도로 새빨개졌다.

"죠로, 잘됐군!"

"당연하잖아? 우리가 손을 잡으면 어떤 일이든 할 수 있으니까."

"하하! 그렇지! 나도 그렇게 생각해!"

그린 두 사람을 지켜보면서 나와 썬은 서로의 주먹을 맞부딪쳤다.

츠바키가 발안한 '모르는 곳에서 조용히 배려해 준 것을 안다' 작전.

후우의 진의를 탄포포에게 전할 수 있었다.

따라서 성공…일까?

"……."

자기 무릎에 이마를 콩 하고 부딪치며 표정을 숨기는 탄포포가 그대로 몸을 떨었다.

"탄포포, 왜 그러지?"

탄포포도 의외로 소녀다운 구석이 있었군.

이거 어쩌면 이대로 두 사람이 맺어지는 전개도….

"토쿠쇼 선배는 숨은 솜털바라기였습니까~! 그래서 제게 괜히 심술을 부렸던 거네요~! 우후후후!"

있을 거라 생각한 내가 바보였다….

벌떡 일어난 그 바보의 표정은 꽤나 심각했다. 완전히 기세가 하늘을 찌르는 표정을 하고 있어서, 이다음에 제대로 되어먹은 전개가 있을 턱이 없다.

설마 내가 팬지에게 의논했을 때, '후우의 호의를 알았을 때 이 녀석이라면 이런 말을 하지 않을까?'라고 생각했던 말을 한 구절도 틀림없이 말하다니….

"게·다·가! 저를 위해 키사라기 선배와 오오가 선배가 이렇게까지 해 준 걸 보면 즉… 우후후후! 하아~! 설마 했던 사각관계네요! 역시 너무 사랑스러운 존재란 죄네요…. 탄포포, 반성합니다…."

"아니, 탄포포. 나와 죠로는 딱히…."

"오오가 선배, 부끄러워하지 않아도 괜찮아요~! 저는 다 알고 있으니까요!"

여전히 우리의 마음을 하나도 몰라주는 모양이다.

"우효! 우효효! 특별히 세 분에게는 솜털솜털댄스를 추며 저를 숭배하게 해 드리죠! 자, 마음껏 추서도 괜찮아요!"

안 춰.

"탄포포…."

"어라? 왜 그러나요, 토쿠쇼 선배? 그렇게 참지 않아도 괜찮아요! 지금 당장 솔직하게! 마음껏! 지금까지 키워 온 모든 것을 구사해서 저를 사랑해 보세요!"

탄포포, 아주 기가 살아서 표정을 전혀 안 보고 있는데, 후우의 얼굴을 잘 봐라.

뭐라고 할까, 한마디로 해서…… 인왕상인가.

"멋대로 굴지 마라, 이 쓰레기가!!"

"효?!"

"너처럼 속이 얕고 뇌세포가 사멸한 여자를 사랑할 리가 없잖아! 어떻게 전부 자기 좋을 대로 해석하고 개변할 수 있는 거지?!"

"또 심한 소리를 들었습니다! 평소랑 태도가 좀 달라졌다 싶었는데 바로 원래대로 돌아와서! 가끔은 겸허함을 보여야 합니다!"

그 말, 그대로 너에게 돌려주고 싶다.

"그 말, 그대로 너에게 돌려주마!"

아, 나 대신 말해 준 후우, 고마워.

"애초에 토쿠쇼 선배가 걱정 안 해도 저는 모두에게 사랑받고 있으니까, 즐거운 매일을 보낼 수 있어요! 키사라기 선배라는 편리한 사람이 있으니까요!"

거기에 내 이름을 들먹이는 짓 좀 안 하면 안 될까?

"흥! 너 따위는 이미 티끌만큼도 걱정하지 않아! 보나마나 어리석은 매일을 거듭하면서 하찮은 고등학교 생활을 보내고 있겠지! 후하하하하!"

"뭐라고요?! 그러니까 토쿠쇼 선배는 싫어요! 진짜로 싫어요!

우후!"

"흐, 흥! …그, 그게 어쨌단 말이냐냐냐냐!"

다리에 꽤 타격이 간 것 같은데. 후우가 갓 태어난 사슴 같은 포즈를 취했다.

하지만 용케 이렇게까지 허튼 말싸움을 계속할 수 있군.

"…저기, 썬."

"왜 그래, 죠로."

"여기는 이 녀석들에게 맡기고, 우리는 놀러나 갈까?"

"나이스 아이디어야! 그럼 모래사장에서 술래잡기라도 할까?"

"그건 오해를 부르니까, 여자애들이랑 같이 물총 놀이나 하자."

응, 뭐… 아마 이거면 됐겠지!

입이 험한 상태이긴 해도 두 사람은 평범하게 대화를 하고 있고!

그럼 의뢰는 이것으로 끝을 내고, 다음은 여름 방학을 얌전히 만끽하자~!

으음, 여름 방학의 벤치는 꽤나 순순한 편이었어!

평소랑 비교하면 완전 OK였어!

이걸로 한 건 낙착! 더 이상 귀찮은 일이 일어날 리가 없어!

【나는 얼른 끝을 낸다】

바다에서 무사히(?) 후우의 의뢰를 달성한 나.

다음 날은 일단 휴식…일 리는 당연히 없음.

오늘은 이전에 히미와리와 약속했던, 히나타 가의 대청소를 거들게 되었다.

"뽀득뽀득! 뽀득뽀득! 반짝반짝하게 만들자~!"

즐겁게 유리창을 닦으면서 고개를 흔드는 히마와리. 이 녀석은 정말 항상 즐거워 보이는군.

"있잖아! 죠로, 내일 여름 축제 기대돼!"

"음, 그래."

여름 방학의 남은 이벤트도 이젠 거의 끝. 내일 여름 축제가 끝나면 거의 다 소화한다.

여러모로 힘들었지만, 고생보다 즐거움 쪽이 훨씬 앞섰으니 다행이라고 치자.

"그래! 우리 말이지, 여름 축제에서 이것저것 승부하기로 했어!"

"승부?"

"그래! 금붕어 낚시랑 모의 사격이랑 고리 던지기! 그걸로 누가 1등인지 정하는 거야!"

무슨 승부인지는 모르겠지만, 이 녀석들은 그런 걸 할 생각일까.

"나 열심히 할게! 모두에게 지기 싫으니까!"

천진난만한 미소를 짓는 히마와리. 함께 있기만 해도 왠지 기분이 고양되는 건 누구보다도 솔직하게 감정을 표현하는 이 녀석의 특권이겠지.

"그래. 잘은 모르겠지만 열심히 해."

"응! 그리고 마지막에 불꽃 퍼엉이야!"

여름 축제 최대의 풍물시라면 그거지.

"그러고 보면 그 축제에 가는 것도 꽤 오랜만이군."

중학생이 된 이후로는 괜한 프라이드를 갖기 시작해서 '애 같다'면서 안 갔지. 히마와리는 그런 걸 신경 쓰지 않고 가족이나 친구와 함께 갔지만.

생각해 보니 젊었구나⋯. 아니, 지금도 충분히 젊지만.

"그래! 죠로랑 마지막으로 간 건 초등학교 6학년 때였어! 그립네~ 초등학생 때는 곧잘 셋이서 같이 갔는데!"

"그, 그렇지⋯. 그런데 히마와리. 창문 다 닦았는데 다음에는 뭐 하면 돼?"

"저기, 물건 정리! 내 방에서 필요 없는 걸 정리하는 거야! 죠로는 그쪽 옷장 부탁해!"

"알았⋯ 아니, 옷장은 안 되잖아?"

"어? 왜?"

고개를 갸웃거리는 히마와리. 본인은 깨닫지 못한 모양이니 솔직히 말해 줄까.

"아니, 옷장이면 옷이 들어 있잖아? 그러면, 그게⋯."

"와! 와와와왓!"

간신히 이해한 모양이다. 역시나 무자각 bitch라도 자기 속옷을 내게 직접 보여 주는 건 창피한 모양이다. 새빨간 얼굴로 무슨 날갯짓이라도 하듯이 팔을 흔들었다.

"죠로 저질! 그런 건 아직 일러!"

아직이라니⋯. 장래에 OK가 되는 플랜이라도 짰냐.

"그러니까 하기 전에 말했잖아⋯."

"말로 하지 말고 눈치를 줘! 섬세함이 없어!"

"말도 안 되는 소리 마. 네가 조금 생각하고 말하면 되는 거였잖아⋯."

"아우! 우우~⋯. 그, 래⋯."

어라? 평소라면 반항하더라도 무조건 클레임을 거는 주제에 오늘은 얌전한 태도가 됐네?

"내가 생각 없는 게 잘못이야⋯."

"히마와리, 왜 그래?"

감정의 기복이 심하다는 건 알고 있지만, 이 마이너스 스위치는 잘 모르겠다.

다만 이유를 모른다고 해서 방치할 수도 없고….

"…죠로도, 역시 머리 좋은 애가 좋아?"

"왜 그래, 갑자기?"

"저기, 으음… 나, 알고 있어. 팬지, 코스모스 선배, 아스나로, 츠바키랑 비교해서, 나는 완전 바보라고. 그러니까 죠로를 고생시키는 게 아닐까 하고…."

"뭐?"

"사실은, 더 생각해야 될 것 같아. 하지만, 아무래도 잘 안 돼. 그때 생각했어. …역시 난 모두랑 달리 바보라고."

풀이 죽어서 트레이드마크인 바보털을 늘어뜨리며 말을 하는 히마와리.

언뜻 보면 아무 생각이 없는 것처럼 보이지만, 이 녀석도 여러모로 생각을 하는구나.

"히마와리는 그래도 좋지 않을까?"

"좋지 않아! 난 더 똑똑해지고 싶어!"

"왜?"

"그러면 죠로가 곤란할 때 도와줄 수 있잖아?"

대수롭지 않게 기쁜 말을 해 주는군. 하지만 이 발언은 틀렸다.

"아니, 히마와리는 충분히 나를 도와주고 있잖아?"

"어? 그, 그래?"

"그래. 내가 모두와의 사이에서 붕 떴을 때, 화무전 때, 책을 사려고 했을 때, 도서관이 폐쇄되려고 했을 때, 호스와의 승부 때. 항상 너는 나를 도와줬잖아. 고맙고, 너랑 소꿉친구라서 다행이고 몇 번이나 생각했어."

"에헤헤⋯. 그, 그래?"

"그래."

대놓고 칭찬을 듣는 것에는 익숙하지 않은지 고개를 숙이고 안절부절못하는 모습.

히마와리가 부끄러워하는 포인트는 의외로 알기 쉽다.

"그러니까 문제없어. 오히려 도움만 받는 내 쪽이 문제지. 히마와리가 곤란할 때에 전혀 도와주지⋯."

"그렇지 않아!"

내 말을 히마와리의 외침이 가로막았다.

"죠로, 나를 많이 도와줬어! 많이, 많이 도와줬어! 그러니까 괜찮아! 죠로, 자신 가져도 돼!"

순식간에 부활해서 왠지 나를 격려하기 시작하는 히마와리.

방금 전까지 풀 죽었다고는 전혀 느껴지지 않는 표정이다.

"아니, 근본적으로 내 이야기가 아니라 네 이야기였는데⋯."

"죠로는 금방 풀 죽어도 노력하잖아! 칭찬해 줄게!"

어이, 무리하게 발돋움해서 내 머리를 쓰다듬으려고 하지 마.

키가 작은 주제에 무리하는 바람에 얼굴이 꽤나 가까워졌는데 모르는 거냐?

"죠로, 안 돼! 얼른 숙여!"

"알았어. …자, 이러면 되냐?"

"응! 그러면 돼!"

만족스럽게 미소 짓는 히마와리가 내 머리를 쓰다듬었다.

내가 위로할 터였는데 어느 틈에 입장이 역전되었군.

정말이지 히마와리 이론은 이해하기 어려울 때가 많다.

하지만….

"에헤헤! 죠로, 기뻐?"

"그래, 기쁘다."

뭐, 그게 이 녀석이니까 좋은 걸로 치자.

역시 히마와리와 소꿉친구라서 정말 다행이야.

나를 좋아하는 건
너뿐이냐

나는 확실히 말하지 않았다

제 5 장

오늘은 모두와 여름 축제에 가는 날. 집합 시간은 오후 5시. 장소는 역 앞.

나는 거기에 조금 이른 4시 45분에 와서 다른 멤버의 도착을 기다리고 있다.

그렇긴 해도 이미 합류한 녀석들도 있지만.

"다들 아직인가~ 얼른 축제 가고 싶어!"

"아직 집합 시간도 아니고, 너무 서두르면 안 된달까. 히마와리."

먼저 합류해서 나와 함께 역 앞으로 온 것은 히마와리와 츠바키.

왜 이 두 사람이 먼저 나와 합류했느냐 하면 간단. 가장 가까운 역이 같았기 때문이다.

처음에 히마와리와 집 앞에서. 그다음에 츠바키와 가게 앞에서.

그리고 또 다른 멤버와 합류하는 게 오늘 흐름이다.

다만 오늘만큼은 여름 방학 도중에 슬쩍슬쩍 모습을 보였던 누나, 후우, 탄포포… 그리고 썬은 없다.

누나는 고등학교 친구들과 동창회.

탄포포, 썬은 코시엔을 위한 라스트 스퍼트다.

"히마와리, 오늘 유카타는 노란색이 아니네. 조금 의외였을까."

"응! 나도 이제 곧 성인 레이디야!"

히마와리는 평소에 노란색을 즐겨 입지만, 유카타만큼은 '어른스럽게 보이고 싶어!'라는 이유 모를 고집이 발생했기 때문에 오렌지색 유카타. 과연 오렌지가 어른스러운 인상을 주는지는 의문이지만, 어울리니까 좋은 걸로 치자.

"츠바키의 유카타, 굉장해! 왠지 멋스러워!"

"고마워, 기쁜달까. 유카타가 있냐고 아버지에게 물었더니 꺼내 주셨어. 어머니가 예전에 입으셨던 거라나."

츠바키는 빨간 바탕에 하얀 꽃무늬가 있는, 왠지 이미지 그대로인 유카타.

아르바이트할 때 외에는 항상 달고 있는 머리 장식도 잘 어울린다.

참고로 나는 지난번에 누나가 사 준 셔츠에 청바지다.

"다들, 기다렸군요! 어라? 팬지와 코스모스 회장은 아직입니까?"

역 앞에 도착한 지 10분, 연한 하늘색 유카타에 빨간색 띠를 맨 아스나로가 나타났다.

포니테일은 평소와 같지만, 유카타 효과인지 왠지 묘하게 섹시한 모습이다.

"음, 아까 연락이 왔는데, 그 녀석들은 같이 온다나 봐."

"그렇습니까 하지만 두 사람은 서로 다른 역에서 전철을 탈 텐데요? 왜 같이 오죠?"

"잘 모르겠는데, 코스모스 회장이 유카타와 관련해서 팬지에게 부탁하고 싶은 게 있다나 봐. 그러니까 둘이서 온대. 유카타라면 남자인 나보다는 여자인 너희가 짚이는 게 있지 않을까?"

"여자인 우리 말인가요. 서, 설마…!"

"우우~…. 혹시나, 혹시나!"

"왠지 좀 알 것 같을지도 모른달까…."

어라? 왜지? 세 사람이 꽤나 경계하는 표정을 지었다.

"팬지! 정말 고마워! 네 덕분에 살았어!"

"도움이 되었다니 다행이네요, 코스모스 선배."

내가 고개를 갸웃거리는데, 마침 문제의 두 사람. 팬지와 코스모스가 나타났다.

팬지는 연보라색 바탕에 흰색이나 황색의 꽃무늬가 들어간 기품 있는 유카타.

평소와 달리 머리를 뒤에서 묶어서 쪽을 진 것이 인상적이다.

그리고 코스모스는 연한 핑크색의 귀여운 유카타.

히마와리와는 대조적으로 어른스러운 인상에서 조금이라도 벗어나기 위해 조금 나이가 어려 보이는 디자인을 고른 모양이다. 게코리나는… 없군. 세이프!

그리고 왜 코스모스가 팬지에게 그런 말을 했는가?

"하아~! 이걸로 나도 유카타나 기모노 때 고민하던 문제에서 해방되었어!"

"힘들었죠. 그 마음은 잘 이해해요."

팬지는 절절한 눈치로 고개를 끄덕이는데, 대체 뭐지?

유카타나 기모노 때 왜 코스모스가 고민을 하지?

"다들 기다렸지! 자, 그럼 축제를 즐기러 갈까!"

"아, 죄송합니다. 코스모스 회장. 그 전에 질문 하나 해도 될까요?"

"왜 그러지, 죠로?"

"왜 코스모스 회장은 팬지에게 고맙다고 말했나요?"

"아! 그, 그거 말이야? 그건 말이지… 어어…."

왠지 말이 시원스럽지 못한데. 내가 그렇게 문제 되는 질문을 했나?

"죠로, 성희롱이야."

"대체 왜?! 딱히 이상한 의미로 물은 것도 아닌데!"

"하아…. 무지는 죄라는 말이 지금만큼 잘 어울리는 상황은 없어."

"팬지, 됐어! 저기… 죠로에게라면 가르쳐 줘도 좋다고 생각하고…."

코스모스가 왠지 내게 기쁜 말을 해 주었다.

이런 대수롭지 않은 한마디는 가슴에 잘 스며든다.

"실은 말이지…. 나는 펜지에게 어떤 걸 하나 받았어. 그게… 평소에 팬지가 가슴에 두르는 무명천을…."

"어? 무, 무명천?"

그래서 셋이 경계하는 표정을 지은 거였나!

그런가…. 여기 세 사람에게 없고, 코스모스와 팬지에게 있는 것을 말하자면 그거다!

바다에 갔을 때도 비슷한 대화를 하지 않았던가!

"부끄럽긴 하지만, 내 체형은 유카타나 기모노를 입는 쪽에 맞지 않아. 하, 하지만 말이지! 팬지의 무명천 덕분에 그 고민이 해결되었어!"

"어어, 왜 팬지의 무명천? 그냥 아무 데서나 파는 거면 되지 않…."

"죠로, 너는 아무것도 몰라! 보통 무명천이면 압박에도 한계가 있어! 간신히 누를 수 있는 아슬아슬한 범위가 D까지! 그것도 작은 D야!"

즉, 코스모스는 큰 D 이상이었냐. 많이도 폭로하고 있는데 괜찮은가?

"정말로 지금까지 힘들었어! 완만한 체형으로 만들기 위해 가슴을 무명천으로 압박했지만 부족해서, 배에 타월을 몇 개나 두르며 속였던 나날! 덕분에 유카타나 기모노를 입으면, 다소 통통한 인상을 줘서…. 하지만 팬지의 무명천 덕분에 전부 해결되었어! 배에 타월을 고작 두 장만 감으면 되게 되었어!"

미안. 고작 두 장이라고 해도 나로서는 기준을 모르겠어.

아무튼 안 것은 팬지가 평소에 두르던 무명천은 큰 D 이상이든 뭐든 확실하게 납작가슴으로 만드는 무명천이었다는 것뿐이다.

　"저기, 팬지. 그 무명천은 보통 것과 뭐가 달라?"

　"간단해. 보통 무명천보다… 굉장해."

　"아니, 그러니까 어떻게 굉장한지를…."

　"아무튼… 굉장해."

　자세하게는 신경 쓰면 안 되는 모양입니다.

　팬지의 무명천은 굉장하다고만 생각해 두자.

　"괘, 괜찮아! 난, 아직 성장기! 난, 아직 성장기!"

　"훗. 그렇지요…. 어차피 우리는…."

　"나에게는 다음 생까지도 인연이 없는 이야기일까."

　"아앗! 세 사람 다 그렇게 신경 쓰지 말아 줘! 저기… 있어도 곤란하잖아? 티셔츠가 늘어나기 쉽고, 엎드릴 수 없고, 벨트를 찰 때 안 보이기도 하고…."

　코스모스, 그 왕가슴 화제는 그만둬라. 말하면 할수록 세 사람의 가슴에 상처가 나니까.

　"하아…. 히마와리와 아스나로는 괜찮을까. 그런대로 나보다는 있고…."

　이런! 츠바키가 장난 아니게 상처 입었다!

　애초에 원인은 나한테 있으니 어떻게든 기운을 회복시켜야!

"어, 어어… 괜찮잖아! 있든 없든 츠바키는 충분히 귀엽고! 그 유카타도 아주 잘 어울리고!"

"응, 고마워."

조금은 기운이 났나?

그렇다면 기쁘겠는데… 응? 왠지 팬지가 다가오는데 왜지?

"죠로, 나는 지금 아주 풀이 죽었어. …그럼 할 말은 알겠지?"

"미안한데 요만큼도 모르겠다."

"하아…. 죠로, 당신 최근 한층 둔감해진 거 알아?"

오히려 너의 민감 허들이 높아졌다고 생각합니다.

※

그 뒤에 간신히 기운을 되찾은 세 사람을 데리고 축제 장소로 가자, 거기는 이미 대성황.

많은 노점이 줄을 잇고, 주인들이 열심히 장사를 하고 있었다.

오랜만에 오는 축제라서 옛날 생각이 나는구나~

타코야키, 야키소바, 버터감자, 사과엿, 빙수, 솜사탕… 뭘 먹을까?

사실 나는 솜사탕을 좋아하는데, 고등학생이나 된 남자가 혼자 사 먹는 것도 좀 창피하다. 누가 산 걸 나눠 달랄까… 그것도 창피하군….

그렇긴 해도 사람 참 많다. 이거 함께 행동하지 않으면 인파에 휩쓸려서 순식간에 잃어버리겠군.

"저기, 다들. 사람도 많으니까 떨어지지 않게 뭉쳐서…."

"실례합니다! 금붕어 낚시, 넷이서 하게 해 주세요!"

코스모스, 너 행동이 너무 빠르다니까! 저번 쇼핑몰에서 그랬듯이, 이런 장소에 올 기회가 지금까지 없어서 완전히 신이 났구만!

"네! 어서 옵쇼! 아가씨들, 귀엽네!"

"고맙습니다! 그럼 시작할까!"

"응! 힘낼게!"

"후후훗! 축제의 공주라고 불렸던 제 실력을 보여 주지요!"

"…나 절대로 안 져."

내 이야기 따윈 귓등으로도 안 듣고 바로 시작된 금붕어 낚시 승부.

제각각 아저씨에게 그릇과 뜰채를 받더니, 아까까지의 즐거운 표정에서 일변, 진지한 표정으로 표적을 정하고 있다.

"아! 찢어졌어…. 한 마리도 못 잡았어…."

시작과 동시에 탈락한 것은 히마와리. 저 녀석, 이런 섬세한 재주가 필요한 일은 서투니까. …뭐, 그렇게 풀 죽지 마라. 사람에게는 맞는 게 있고 안 맞는 게 있다.

"좋아! 이걸로 셋… 아앗! 이럴 수가!"

이어서 탈락한 것은 코스모스. 그릇에 금붕어 두 마리를 넣은 것까지는 성공했지만, 그걸로 끝.

커다란 구멍이 뻥 뚫린 뜰채를 보고 슬픈 표정을 지었다.

"팬지, 제법 하네요…."

"여기서 이기지 않으면 나는…."

남은 아스나로와 팬지가 투지를 담은 눈으로 서로를 순간 보았다.

양쪽 다 필사적인 게 전해져 오는데, 왠지 팬지는 궁지에 몰린 느낌이다.

저 녀석이 이렇게까지 절박한 태도를 보이는 것은 드문 일이다.

"에잇! 에잇! 계속 갑니다~!"

"……! ……큭!"

그다음에도 계속해서 금붕어를 떠내는 아스나로와 팬지.

양쪽 모두 뜰채는 찢어지지 않았기에 호각으로 보였지만 그건 착각이었다.

왜냐면….

"이걸로… 서른 마리입니다!"

"큭!"

그렇다. 근본적으로 떠낸 금붕어의 숫자가 다르다.

아스나로는 민첩한 움직임으로 차례로 금붕어를 떠내지만, 팬지는 익숙하지 않은 건지 아주 신중. 고로 떠낸 금붕어 숫자는 아직 열 마리 정도.

그것도 충분히 대단하다고 생각하지만, 압도적인 차이가 벌어지고 말았다.

"…앗!"

그리고 드디어 승부에 결판이 났다.

차이를 좁히려고 팬지가 다급해진 순간, 그 손에 쥐어진 뜰채가 무참하게도 찢어진 것이다.

아니, 상대가 안 좋았어…. 아스나로가 너무 잘하잖아. 동시에 세 마리나 잡아내다니.

"어떤가요! 이게 축제의 공주의 실력입니다!"

아직 찢어지지 않은 뜰채를 드높게 쳐들고 승리 선언을 하는 아스나로.

그 자리에서 폴짝폴짝 뛰면서 좋아하고 있다.

"아스나로, 대단해…."

"설마 금붕어 낚시를 이 정도로 잘하다니, 몰랐어…."

"…와, 완패야…."

패배한 세 사람의 표정은 참으로 어둡네. 특히나 아까까지 귀기 넘치는 표정을 짓던 팬지는.

어지간히 지기 싫었나 보군. 고작 게임인데 많이 풀 죽었어….

"저기… 분위기 좋은 상황에 미안한데, 일행을 놓치시 않세…."

"죠로. 우리는 여러 노점들을 돌아보며 승부를 할까 해."

"어, 어어…. 뭐, 그건 좋은데. 아무튼….”

"팬지 말이 맞아! 그러니까 나중에 합류하자!”

"…뭐? 아니, 코스모스 회장. 그러면 나도 따라….”

"좋아! 다음은 모의 사격이야! 그럼 다 같이, …Let's dash!”

"어이! 나도 따라가겠다니까! …이런, 놓쳐 버렸다!”

뭐지, 저 녀석들?! 순식간에 인파 사이로 사라졌는데?!

축제를 얼마나 기대했던 거야!

"하아…. 저 녀석들, 멋대로 가 버리고…. 나는 어쩌라고… 음?”

누군가가 셔츠 자락을 꾹꾹 잡아당기고 있군.

"죠로는 나랑 같이 가게를 돌자. 솜사탕 먹고 싶달까.”

"어라? 츠바키는 같이 안 가는 거야?”

그러고 보면 아까 금붕어 낚시도 츠바키만 하지 않았지.

"응. 나는 참가 안 한달까. 다들 엄청 진지한데 내가 끼어들면 찬물을 끼얹는 꼴이 되니까, 모두가 신경 써 준 걸지도. …그러니까 이 기회에 그 호의를 받아들여서 죠로랑 축제를 돌고 싶네.”

찬물을 끼얹었다니… 딱히 그렇게까지 신경 쓸 건 없잖아.

오히려 그러느라 츠바키만 여자들 사이에서 따돌림당하는 게 문제야.

"다 같이 왔는데 우리만 별도 행동이라니….”

"괜찮아. 불꽃놀이 시간이 되면 집합할 예정이니까 죠로의 걱정은 필요 없달까."

아, 그러십니까. 또 멋대로 결정되었던 거로군요….

"나한테 비밀로 이런저런 예정을 짜는 시스템에 슬슬 불평을 하고 싶은 기분인데."

"죠로가 모두에게 비밀로 이것저것 하지 않게 되면 불평해도 되려나."

그런 말을 들으니 반론의 여지가 없어져서 큰일이다.

"알았어. 그럼 모두와 합류할 때까지 우리끼리 축제를 보고 다닐까."

"응. 남자랑 둘이서 축제 구경이라니, 첫 경험 10일까. 죠로, 재미있는 시간 보내자."

"음, 그래. 사람이 꽤 많으니까, 떨어지지 않게 조심하자."

"그럼 손잡을까?"

츠바키가 슬쩍 나를 향해 손을 내밀었기에 무심코 눈을 동그랗게 떴다.

"뭐?! 아니, 그, 그건…. 어…."

내가 안절부절못하자, 츠바키가 가볍게 웃으며 손을 거두었다.

왠지 아쉬워하는 소리를 내는 스스로가 정말이지 한심했다.

"후후후. 농담이랄까. 죠로, 얼굴 새빨갛거든?"

"…사람이 많아서 너우니까 그렇지."

"특별히 그런 걸로 해 줄까."

왠지 손바닥 위에서 놀아나는 기분인데.

어디, 그럼 츠바키랑 둘이서 적당히 가게들을….

"사잔카, 있어! 죠로가 있어!"

음? 왠지 축제에 어울리지 않는 카리스마틱한 목소리가 들린 듯한데….

"흐, 흐응…. 저 녀석도 왔네…. 따, 딱히 아무래도 좋지만! 뭐, 얼굴을 마주치면 인사 정도야 해 주지 못할 것도 없지만!"

"역시 왔구나! 응! 내 정보가 정확했어!"

"잘됐네, 사잔카! 이날을 위해 산 유카타, 죠로한테 보여 줄 수 있어!"

"사잔카의 유카타 차림 귀여우니까, 분명 죠로도 기뻐할 거야!"

"그, 그래? 나 귀여워? 그, 그럼 애써서… 헛! 무슨 소리야!"

어디, 그러면 츠바키랑 둘이서 적당히 가게들을 돌아보도록 할까!

으음! 우리 학교 근처에서 하는 축제니까, 혹시 지인과 만날지도 모르지만, 그때는 적당히 인사라도 하면 되겠지! 응! 그러기만 하면 돼!

…너희도 왔구나.

시끌시끌한 축제 행사장을 츠바키와 둘이서 걷는 나.

츠바키의 한 손에는 솜사탕이 쥐여져 있고, 그걸 맛있게 먹고 있다.

솜사탕은 신기하지. 여자가 들기만 해도 그림이 되니까.

나도 조금 먹고 싶다….

"…쵸로도 먹을래?"

"응?! 괘, 괜찮아?"

"응. 난 이렇게 많이는 못 먹으니까 도와줬으면 한달까."

혹시 이상한 눈으로 바라보고 있었나?

츠바키도 꽤나 예리하니까. 왠지 나를 신경 써 주는 것 같아서 좀 미안하다.

"그럼…."

츠바키가 내민 솜사탕을 먹자, 입 안에 단맛이 화악 퍼졌다.

하아~! 맛있다! 그래, 그래! 이거야, 이거!

"땡큐, …츠바키."

"별말씀을."

"사잔카, 위기야! 얼른 말 걸어야지!"

"따, 딱히 대단한 것도 아니고! 나도 솜사탕 정도는 그 녀석의 입 안에 간단히 쑤셔 넣을 수 있어! 말을 걸 필요 없어!"

잘은 모르겠지만, 말을 걸 필요가 없다면 이쪽에서 걸지 않아도 되겠지.

말을 섣었다간 내 입에 솜사탕을 쑤셔 넣을 것만 같고….

"그러고 보니 이렇게 쵸로와 둘이서 걸으니 전학 온 첫날 같달까."

"듣고 보니 그러네."

항상 다른 여자애들이 기운 좋게 떠드니까 잊기 쉽지만, 사실 나는 츠바키와 함께 있을 때가 가장 많지.

학교에서는 같은 반이고, 여름 방학 동안에도 시간이 남는 날은 물론이고, 아닌 날은 아르바이트를 하니까 반드시 함께다. 솔직히 말해서 최근만 봐선 가족보다도 함께 있는 시간이 많다.

하지만 이렇게 단둘이 될 타이밍은 별로 없지.

학교도 아르바이트도 우리 이외에 누군가가 있고.

지금도 등 뒤에 다섯 명 정도, 어디서 본 적이 있는 카리스마한 사람들이 있지만….

"죠로는 이번 여름 방학을 즐겁게 보냈을까?"

"여러모로 예상 밖의 일이 많아서 충실함이 장난 아니었지…."

누나가 돌아온 것뿐이라면 모르겠는데, 아침부터 여자애들이 습격해서 쇼핑에 끌려가게 되었지, 듣기 싫은 내 흑역사까지 누나가 폭로했지, 평화롭게 아르바이트로 보내려고 했더니 후우에게서 말도 안 되는 부탁을 받았지, 나가시소면 때는 크림빵 살인 사건이 발생해서 범인이 되었지, 바다에서는 후우의 희망을 들어주기 위해 이것저것 도전했다가 실패했지.

정말이지… 멀쩡한 추억이 없구만….

"혹시 재미없었을까?"

"…아니, 즐거웠어. 아마 평생 잊을 수 없는 여름 방학일 거야."

"응. 그럼 문제없을까."

축제의 분위기도 있었지만, 부드럽게 웃는 츠바키가 꽤나 매력적으로 보인다.

보통은 교복이나 가게 유니폼만 보았던 것도 이유에 포함될지 모르겠다.

"…츠바키는 어땠어?"

"나도 이렇게 즐거운 여름 방학은 처음이었달까. 지금까지 전학이 잦아서 친한 친구가 적었고."

"그래? 하지만 가게를 새로 여는 것 외에는 전학 갈 이유가 없었을 것 같은데?"

"아버지가 자기 가게를 가진 건 3년 전이었으니까. 그때까지는 여러 가게에서 일했달까."

헤에~ 튀김꼬치 가게에도 여러 사정이 있군.

말하자면 아버지의 직장이 바뀔 때마다 전학을 거듭했다는 말인가.

"그럼 자식은 힘들지."

"여러 곳을 갈 수 있어서 즐거웠달까. 다만 묘하게 질긴 인연이 있어서 그건 좀 그렇지만…."

"묘하게 질긴 인연?"

"왠지는 모르지만, 내가 전학 갈 때마다 같은 곳으로 전학 오는 아이가 있었어."

"그런 녀석이 있어? 그 녀석의 부모님이 음식점에서 일했다든 가?"

"응. 나는 튀김꼬치집이었지만, 저쪽은 닭꼬치집이었어. …라이벌 같은 사람이랄까."

과연, 츠바키에게는 묘한 꼬치 인연이 존재했나. 튀김꼬치의 프로페셔널은 튀김꼬처라고 하는데, 닭꼬치의 프로페셔널은 뭐라고 하지?

"나는 번듯한 튀김꼬처가 되었고, 분명 저쪽도 지금쯤 훌륭한 꼬치스탄이 되었겠지…."

무슨 나라 이름 같아서 멋있다! 닭꼬치의 프로페셔널!

"죠로. 저쪽의 경단집에 가도 될까? 모두에게 선물을 사 가고 싶달까."

"모두? 다른 애들은 알아서 먹고 있잖아?"

"그쪽이 아냐. 내가 말하는 '모두'는 튀김꼬치집의 모두. 내 대신 열심히 일해 주는 사람들… 카네모토 씨나 다른 사람들에게 축제가 끝난 뒤에 선물을 가져가고 싶어."

"어, 그런 건가. …알았어. 그럼 나도 돈 낼게."

"괜찮아?"

"그야 물론. 나도 평소에 신세 지고 있으니까. 특히나 카네모토 씨에게는."

"카네모토 씨, 죠로를 아주 마음에 들어 하니까 분명 기뻐하려나."

"그렇게 말해 준다면 일하는 보람이 있네. 그럼 갈까."

"응, 그래."

그런고로 나는 츠바키와 함께 경단 가게로 향했다.

그러면 얼른 사서….

"어라~~~~? 이, 이런 곳에서 우연이네, 두 사람! 그렇지, 얘들… 어, 어라?"

"어, 사잔카. 너도 왔구나."

응. 실은 아까부터 계속 있었지. 말을 안 걸겠다고 그랬잖아….

그리고 왜 사잔카는 말을 걸어오는 동시에 주변을 두리번거리는 거지?

아까까지 함께 있었을 터인 카리스마 그룹의 모두도 안 계신 것 같고.

"다 같이 말을 걸기로 해 놓고서! 나, 나만?! …헛!"

"""""…Amazing!!"""""

"속였구나!"

조금 떨어진 장소에서 아주 즐거운 듯이 엄지를 처억 세우는 카리스마 그룹의 멤버들.

아무래도 사잔카를 속여서 혼자 우리에게 말을 걸게 만든 모양이다.

"여어, 사잔카."

"흐, 흥! 이런 곳에서 만나다니 우연이네!"

그래. 우연이지. 새끼손가락으로 뺨을 긁적이면서, 어쩌면 좋을지 모르는 새끼 고양이 같은 눈동자로 주위를 둘러보는 모습이 참 불안해 보이기 짝이 없지만.

"너, 너희는, 두, 둘이서 왔어? 어, 어어, 아무래도 좋지만! 전혀 알고 싶지도 않지만!"

"둘이서는 아니고. 다른 애들도 같이 왔달까. 다만 다들 다른 가게를 돌아보고 있으니까, 지금은 나랑 죠로, 둘이 있을 뿐이야."

"그, 그래…. …휴우. 다행이다~… 헛! 아무래도 좋고!"

그 아무래도 좋은 설정에 대해서는 절대로 아무 말도 안 할게.

하지만 사잔카의 유카타 차림은 역시나 청초한 외견 덕분에 잘 어울리는군.

하얀 바탕에 연한 청색 무늬의 청초한 유카타로, 시원스러워 보이는 이미지도 있다. …응, 귀여워.

좋아! 사잔카의 유카타 차림도 잘 감상했으니, 이제부터는 츠바키와 둘이서 행동하자.

"그래! 우리는 경단을 사러 갈 거니까, 서로 즐거운 축제 보내자! 그럼 이만…."

"잠깐 기다려! 왜 따로따로 행동한다는 식으로 말하는데!"

그런 식으로 말하는 게 아냐. 그렇게 말한 거지.

"아니, 하지만…. 사잔카, 다른 애들하고 같이 왔잖아?"

"여자들뿐이야! 여자들!"

여자 온리 어필이 어마어마하다.

"야호! 죠로, 오랜만!"

그때 카리스마 그룹 E코가 우리 사이에 참전.

그사이에 츠바키가 은근슬쩍 경단을 구입했다.

"그래, 오랜만. 오, 유카타 어울리네."

"고마워! …참고로 사잔카의 유카타는 어때?"

"…잘 어울린다고 생각해."

여기서 어울리지 않는다고 했다간 틀림없이 살해당한다.

칭찬하면 칭찬하는 대로 죽이려고 들 것 같아서 무섭지만… 표정이 밝아졌으니 아마도 세이프!

"흐흥! 그렇지~? 이 유카타, 아빠한테 모자를 선물했더니 답례라고 사 주신 거야! 뭐, 사실은 아빠한테 주려는 모자가 아니었지만…."

그러고 보니 모자를 선물받은 아저씨가 기쁨에 젖어서 '뭐라도 사 주겠다'고 했댔지. 그 결과로 유카타를 받았나.

보사와 유카타. 어느 쪽이 비싼지는 밀할 필요도 없지만, 그 마음은 돈으로 헤아릴 수 없지.

사잔카가 원래 모자를 누구에게 줄 예정이었는지 나로서는 킹 엠퍼러 제너럴하게 짐작이 가지 않는다.

"엄청 고민했으니까! 여러 벌을 입어 보고 어느 게 어울리는지 의견을 들어… 헛! 따, 딱히 너한테 보여 주려고 산 것도 아니니까! 착각하지 마!"

너, 아까부터 '헛!'이 너무 많지 않냐?

그런 사잔카에게 E코가 다가가서 콕콕 찌르더니.

"다행이네, 사잔카."

"응…. 고마워."

다 들립니다~ 내 귀에 그런 소리가 다 들립니다~

"흐응. …과연."

더불어서 경단을 구입해서 돌아온 츠바키에게도 다 들린 모양이다.

"죠로. 다른 애들이 노점에 정신 팔려서 불꽃놀이를 잊어버리면 안 되니까, 나는 찾아서 합류할게. 그러니까 여기서부터는 따로 행동하자. 불꽃놀이 시간… 7시에 하천에서 집합인가."

"어?! 아니, 그러면 나도…."

"츠바키, 그러면 다른 사람 찾는 거, 우리 넷도 도울게!"

카리스마 그룹은 넷이 아니라 다섯이서 왔잖아!

왜 은근슬쩍 폭탄을 내 곁에 두고 가려는 건데!

"자, 잠깐 기다려! 그러면 나도 같이 찾… 헛! 없다!"

또 '헛!'이라고 말하는 사잔카. 하지만 솔직히 그 마음은 알겠다.

나도 순식간에 모습을 감추는 그 속도에 솔직히 놀랐다.

자, 멋지게 남겨져 버린 우리 말인데…. 어떻게 하지?

"뭐, 뭐, 좋아! 자, 너도 찾으러 가든가? 짜증나는 얼굴은 보고 싶지도 않고!"

말은 따갑지만, 울상을 하고 있다. 아주 쓸쓸한 눈으로 이쪽을 보고 있다.

하아…. 이대로 그 말에 따를 수도 없지~

"어이, 사잔카. 이대로 혼자 있는 것도 재미없을 테니, 같이 축제 구경 다닐래?"

"정말?!"

그만해. 그렇게 반짝이는 눈으로 얼굴을 들이대지 마.

너 말이지, 외모만 보면 진짜 크리티컬하게 내 취향이니까 두근거린다고.

"그래. …뭐, 여러모로 신세도 졌고, 그 사례도 하고 싶었으니까."

"사례? 내가 뭐 했나?"

고개를 갸웃거리는 사잔카가 참 큰일이게도 아주 귀엽다.

"호스랑 승무할 때 날이야. 내가 누구에게도 안 들키게 감춰 주기도 하고 머리핀을 일부러 가져와 주기도 했잖아. 그거 아주 큰 도움이 되었거든? 다른 녀석들도 그렇지만, 사잔카가 없었으면 나는 못 이겼을 테니까."

"내, 내가 없었으면! 그, 그래! 듣고 보니 그러네!"

그렇게까지 가슴을 떡 펴지 않아도 된다고 생각하는데.

"어쩔 수 없네~! 그렇게까지 말한다면 사례를 받아 줄게! 특별히 내가 함께 있어… 헛! 도, 동반해 주도록 할게!"

함께 있다는 말을 직접 하기 창피했는지 정중한 말이 되었다.

결과적으로 같은 의미이긴 하지만, 사잔카로서는 그쪽이 세이프인 모양이다.

"음. 그럼 미안하지만 같이 좀 다녀 줘."

"참 한심하기는~!"

사실 사잔카는 꽤 재미있는 녀석이네.

"저기… 사잔카."

"왜?!"

"너무 떨어져 있는 거 아냐?"

3분 뒤…. 나는 사잔카와 함께 축제를 구경하고 다니게 되었는데, 문제가 발생.

아무래도 사잔카가 내뿜었던 아드레날린이 가라앉고 다른 뭔가가 넘쳐 난 모양인지, 이상할 정도로 부끄러움을 타고 있었다.

그 결과, 둘이서 함께 있는데도 거리가 제법 멀다. 대충 3미터를 유지하고 있다.

　대화도 간신히 될까 말까 한 거리라서 솔직히 꽤 힘들다.

　"하, 하지만… 이런 모습을 누가 보기라도 하면… 창피하고…"

　"뭐, 우리 학교 애들이 왔을지도 모르긴 하지~"

　"그렇지? 그러니까 여기선 떨어져서…."

　"안 돼. 안 그래도 사람이 많으니까 잃어버리면 곤란하잖아?"

　나중에 사잔카를 방치했다고 카리스마 그룹이 화낼 것 같고….

　"그런고로 조금 더 가까이 와."

　"가, 가까이! 아, 알았어. 그럼… 역시 무리!"

　내가 두 걸음 다가가자 세 걸음 떨어졌다. 큰일이네….

　"…어이. 진짜로 잃어버리면 어쩌려고?"

　"괜찮아! 난 인파 속에서도 널 찾는 게 특기고!"

　누구 눈에 띄는 것보다도 그 발언 쪽이 500배 더 창피하지 않아?

　자신만만하게 가슴에 주먹을 대고 무슨 소릴 하는 거야….

　"생각해 봐! 너는 쓰레기 중에서도 특히나 쓰레기니까 인파 속에서도 눈에 띄어!"

　생각 없이 나를 상처 입히는 건 그만둘 수 없어?

　"그래도 말이야. 나랑 같이 있는 모습을 들키시 싫을시노 모르지만, 좀 참아 줘."

"그, 그런 건 아냐!"

"그럼 어떤 건데?"

"그런 거야!"

그러니까 어떤 거냐고? 아까부터 너무 당황했잖아.

으음…. 무슨 대책을 짜고 싶은데…. 오, 마침 좋은 거 발견.

"…알았어. 그럼 여기서 좀 기다려."

"어?! 왜 멋대로 날 놔두고 가는 거야! 혼자 놔두면 죽인다! 듣고 있어?! …안 돼. 잠깐 기다려! 나, 나도 갈 테니까!"

내가 뚜벅뚜벅 걸어가자, 다급히 쫓아오는 사잔카.

순식간에 쫓아와서 내 셔츠 자락을 꼭 붙잡았다.

"자, 이거 봐! 이러면 안 떨어지겠지? 그러니까… 같이…."

아니, 처음부터 같이 있을 생각인데….

아무튼 사잔카에게 대응하기보다는 일단 노점 아저씨에게 말을 걸자.

"실례합니다. 이거 주세요."

"네! 고맙슴다!"

내가 노점에서 구입한 것은 무슨 고양이 마스코트를 본뜬 가면이다. 그걸 손에 들고 돌아보자, 새빨간 얼굴의 사잔카가 내 셔츠에서 손을 뗐다.

"…아. …지, 지금 건 실수! 말실수한 거니까! 환각이야, 환각!"

청각인지, 시각인지, 도무지 알아듣기 어려운 변명이다.

아무튼 이 가면을 얼른 사잔카에게 주자.

"자, 이거 줄게."

"어? 나 주는 거야?"

"그래. 그리고 그걸 쓰고 있어. 그러면 나랑 같이 있어도 창피하지 않겠지?"

누구 눈에 띄는 게 싫으면 정체를 숨긴다는 소리다.

이거라면 사잔카도 조금 참고….

"…기뻐."

큭! 그렇게 귀여운 얼굴로 웃다니!

고작 축제에서 파는 가면을 그렇게 행복하게 껴안지 말아 줘!

"아, 아무튼 얼른 써! 그럼…."

"싫어! 썼다가 망가지면 어쩌라고! 이건 소중히 간직할 거야!"

어이, 모처럼 사 준 가면을 안 쓰다니, 무슨 생각이야?

말해 두겠는데, 나는 세기말에 익숙해졌으니까 제법 불평을 할 수 있게 되었어.

"그럼 어쩔 건데? 그대로 나랑 같이 있을 거야?"

"흐흥! 나한테 좋은 생각이 있으니까 괜찮아! 거기서 잠깐 기다려!"

기분이 좋아진 사잔카가 신나는 발걸음으로 어딘가로 향했다.

거긴 방금 전에 내가 가면을 샀던 가게다.

거기서 무슨 로봇을 본뜬 가면을 사더니 이쪽으로 돌아와서,

"자! 너한테 줄게!"

기쁜 듯이 웃으면서 그걸 내게 내밀었다.

"나는 안 쓰더라도 네가 쓰면 되잖아? 애초에 이렇게 애 같고 후줄근한 가면을 쓰기는 싫으니까! 그러니까 네가 써!"

그러면 처음부터 내가 내 가면을 사면 되는 거잖아….

사장카에게 괜히 돈을 쓰게 하면 사례고 뭐고 안 되잖아.

"…알았어. 자, 이러면 됐냐?"

아무튼 가면을 파일더 온. 마징가 J의 탄생이다.

"좋아! …응! 아주 잘 어울려, 후훗!"

일일이 입가에 주먹을 대고 웃는, 귀여운 짓을 하지 말아 줘.

가면을 쓰고 있어서 다행이다…. 지금 표정은 보여 주면 분명 큰일 나는 거니까.

"그, 그거 다행이네."

"으음, 그러면… 아! 모의 사격 가게 가자! 나 그거 하고 싶으니까 함께… 헛! 동반하도록 해!"

그건 역시 창피한 거로군. 별로 의미가 없을 것 같지만….

"알았어. 그럼 동반하도록 하지."

"말해 두겠는데, 경품 못 따내면 큰일 날 줄 알아!"

그건 좋은 의미가 아니라 나쁜 의미로 큰일이겠지요….

"물론 나도 할 거거든? 하지만 너도 해! 같이 즐기지 않으면 손해잖아?"

경품을 못 따내면 큰일이 나는 모의 사격에서 즐길 요소가 있나?

가면 가게에서 이동해 나는 사잔카와 함께 모의 사격 가게로.

그러자 거기에는 선객… 팬지 일행이 있었고, 츠바키도 합류해 있었다.

하지만 아까 모의 사격을 하러 간다고 한 뒤로 시간이 꽤 지났는데…. 아하, 과연. 저 녀석들은 모의 사격이 아니라 그 옆에 있는 고리 던지기 가게에서 놀고 있는 건가.

"힉! 왜 이런 데에 저 애들이 있어?!"

"여러 가게를 돌아다닌다고 그랬으니까. 뭐, 이럴 수도 있지. …아니, 저 애들한테는 들켜도 되잖아? 놀릴 사람들도 아니고."

"안 돼! 오히려 제일 안 돼! 겨우 내 시간이 되었으니까!"

히마와리 이론도 이해하기 어렵지만, 사잔카 이론도 상당히 어렵다.

그렇긴 해도 저 녀석들 진짜로 진지하네.

너무 집중하고 있어서 이쪽을 전혀 알아차리질 못해.

"해냈어!"

아무래도 고리 던지기에서 승리를 거둔 것은 팬지인 모양이다. 멋지게 경품을 획득했다.

손에 넣은 것은 손바닥 사이즈의 험상궂은 강아지 열쇠고리.

솔직히 말해서 미묘한 디자인이다.

저런 걸 받아서 뭘 하려는 거지?

"다행이다…. 정말로 다행이야…."

디만 팬지는 꽤나 기쁜 모양인지, 즐거운 표정으로 그걸 스마트폰에 달았다.

"우우! 못 땄어! 팬지, 대단해…."

"나도 필사적이었으니까. 그렇게 간단히 질 수는 없어."

"방금 전의 모의 사격도 그렇고, 정말로 훌륭해…. 이거 위험한데…."

"따, 따라잡혔습니다…. 팬지 노도의 라스트 스퍼트입니다…."

"응, 이걸로 모두 동점일까."

"조, 좋아! 그럼 마지막 승부에 대해 이야기하자!"

여전히 이동이 빠르군. 눈 깜짝할 사이에 놓쳐 버렸다.

츠바키, 그 녀석들이 하천으로 오도록 감시를 부탁한다.

"괘, 괜찮을까? 안 들켰지?"

"그래. 근본적으로 우리가 근처에 있었던 것 자체를 몰랐던 모양이야."

"다행이다~! 좋아! 그럼 우리도 하자!"

"그래. 참고로 경품을 못 따더라도 형의 집행은 참아 줘."

"흥! 그건 네 노력에 날렸지!"

내 노력에 달린 모양이지만, 사잔카의 기분은 아주 좋은 모양이니까 아마 괜찮겠지.

"아, 돈은 내가 낼게."

"뭐? 왜? 괜한 짓 안 해도 돼."

"지난번 일의 사례야. 나를 도와준 사례를 한다고 말했잖아?"

"그, 그래? 그럼 부탁할게….."

"음. 맡겨 줘. …실례합니다, 이걸로 2인분 부탁합니다."

"네~ 감사합니다!"

천 엔 지폐를 하나 꺼내 노점 아저씨에게 건네자, 대신 코르크 세 개가 얹힌 접시를 받았다. 그럼 가면을 슬쩍 벗고….

"잠깐! 너 왜 가면을 벗는데! 모처럼 사 줬는데!"

얌전해졌다 싶었더니 순식간에 화를 냈다. 감정의 기복이 너무 심하다.

"아니, 쓰고 있으면 보기 힘들어서."

"안 쓰고 있어도 봐 주기 힘들어!"

"그런 의미로 한 말이 아니잖아! 태연하게 나한테 상처 주지 마! 마음에 구멍이 났다고, 지금! 시야 말이야, 시야! 잘 보고 싶단 말이야!"

"자, 잘 보고 싶다니! 그건 혹시 내 이야기…?"

"그 소리가 아니라 표적 말이야, 표적! 표적을 잘 보고 싶단 말이야!"

"그, 그런 거구나! 헷갈리는 소리 하지 마!"

헷갈리게 만드는 건 너잖아.

사잔카는 흥분하면 발언이 좀 많이 이상해지는군.

새로운 일면을 배웠어….

그럼 이번에야말로 가면을 벗고… 노려서 쏜다.

"좋아! 이걸로 큰일은 면했어!"

처음부터 작은 키홀더를 명중시켜서 낙하. 경품 획득.

훗. 니시키즈타 고등학교의 록온*(형)이 바로 나다. 또는 노비타*일 수도 있지.

"헤에, 너 잘하네…."

"그렇지? …어라? 사잔카는 아직 안 쐈어?"

"어쩔 수 없잖아. 네 옆얼굴이… 헛! 집중하고 있으니까 말 걸지 마!"

말을 걸어온 건 당신이라고 생각합니다.

"…에잇! …에잇! …에잇! 왜 안 맞는 거야?!"

우와아~ 나 이렇게 멋지게 표적을 빗나가는 인간, 처음 봤어.

하다못해 맞히기는 하자….

"으으! 네가 괜한 소리 하니까 실패했잖아!"

"네~ 네~ 그거 참 죄송합니다."

"뭐야, 그 태도! 정말로 반성하고 있는 거야?"

※록온 : 애니메이션 〈기동전사 건담 00〉에 등장하는 저격수 록온 스트라토스.
※노비타 : 만화 『도라에몽』의 준주인공. 특기가 사격.

할 리가 없지. 네가 멋대로 자폭했을 뿐이잖아.

"최악이야! 하나도 재미없었어!"

그렇게 말하는 것치고 너 꽤나 기분 좋은 기색인데? 분명히 만끽하고 있는 거지?

응? 스마트폰이 진동하는군. 혹시 조금 일찍 집합하자는 이야기라도 나왔나?

그래서 츠바키가 내게 연락을 해 온 걸까….

「사잔카가 키홀더를 가지고 싶어 하네! 죠로, 부탁해!」

왜 은근슬쩍 우리를 미행하는 거야?!

카리스마 그룹 애들은 츠바키랑 같이 팬지 쪽을 찾으러 간 거 아니었냐!

…아니, 이미 츠바키는 합류했으니까, 그 뒤에 이쪽으로 왔나?

뭐, 따내라고 하니까 따냈을 뿐이지, 딱히 내가 갖고 싶었던 건 아니니까 괜찮지만….

"저기… 사잔카. 괜찮으면 이거 받아 줄래?"

"어! 주는 거야?!"

"그래. 내가 가지고 있어 봤자고. 사례란 걸로… 우왓!"

빨라! 어느 틈에 내 손에서 사라져서 사잔카의 손에 들어갔어! 얼마나 탐났던 거야?!

"와아…. 해냈다…!"

이렇게까지 좋아한다면 준 보람도 있겠지.

"소중히 쓸 테니까! …죠로!"

어라, 신기한 일도 다 있군. 사잔카가 별명으로 불러 주다니.

평소에는 '너'라든가 '쓰레기'라든가 '찌꺼기'나 대명사로만 불렀으니까 신선하군.

아니, 평소에도 이런 느낌이면 귀엽기도 해서 좋겠는데.

혹시 세기말에 익숙해져서 할 말을 다 한 게 잘한 짓일지도!

다소의 방약무인함이 눈에 띄고 '헛!'을 남발하고 있지만, 신체적 대미지가 없어서 훌륭해!

[곧 불꽃놀이 시간입니다. 곧 불꽃놀이 시간입니다.]

…응? 벌써 그런 시간인가. 위험했군, 축제 장소에 설치된 스피커에서 안내 방송이 나오지 않았으면 자칫 나도 불꽃놀이 시간을 잊어버렸을지도 모른다.

"사잔카, 슬슬 불꽃놀이 시작하려나 본데, 난 강가로 갈 건데 넌 어쩔 거야?"

"나도 모두랑 합류할 거야! 연락하면 합류할 수 있을 테고!"

아니, 연락 안 해도 미행하고 있으니까 부르면 바로 튀어 나올걸….

"그래. 그럼 슬슬…."

"저, 저기, 죠로! …고, 고마…워."

"어?"

갑자기 사잔카가 그런 말을 했는데, 방금 준 키홀더 이야기일까?

아니, 그렇긴 해도 꽤나 부끄러운 듯이 몸을 움츠리고 있는데.

"어어… 난 죠로한테 감사하고 있으니까! 저기… 전에 내가 모두와 싸웠을 때도 도와줬고, 아빠랑 사이 안 좋았을 때도 충고해 줬고…."

"그거라면 별거 아니니까 괜찮아."

"나한테는 큰일! 그리고 이 모습도! 전하고 다르잖아? 변한 이유는 비밀이지만, 아빠도 아주 좋아해 줬어! 이것도 죠로 덕분이니까!"

전의 날라리 패션은 어떤 의미로 꽤나 기발했으니까.

그 바람에 마야마 아저씨랑 사이가 안 좋았던 모양이고.

"뭐… 그렇게 말해 준다니 다행이네…."

왜일까. 축제 분위기 때문이기도 한지 꽤나 두근거린다.

"…그, 그래서 말이지!"

사잔카는 뭔가 결심한 것처럼 내 얼굴을 힘 있는 눈동자로 바라보았다.

"너하고 한 약속 말인데, 오늘 말고 다른 때에… 괜찮아?"

"뭐?"

사잔카는 기대가 담긴 눈으로 나를 바라보면서 무슨 소리를 하는 거지?

"약속? 나랑 사잔카가?"

"그, 그래! 나와 너의 약속! 했잖아?"

그렇게 두 손을 꼼지락거려도 말이지…. 안 하지 않았나?

"내가 사잔카랑 무슨 약속을 했던가? 솔직히 짚이는 데가… 헛!"

이런! 왠지 모르지만 사잔카의 온몸에서 투기(鬪氣)가 나오는 것 같아!

내가 무심코 '헛!'을 했다! 틀림없어. 이 흐름은….

"왜 잊어버린 거야!"

"무서워!!"

이건 하늘로 날아올랐다가 두 어깨에 수도치기를 날리는 남두수조권 오의… 비상백려*!

설마 북만이 아니라 남까지 습득했다니….

"잡소리는 지옥의 귀신에게나 해! 바보! 쓰레기! 멍청이!"

방심하면 바로 이거라니까…. 막 화내더니 어딘가로 가 버렸고.

하지만 내가 사잔카랑 약속한 걸 잊어버린 게 잘못이려나.

그래도 이 정도까지 할 건 아닌 것 같은데….

"아차…. 마지막 순간에 실패했나. 아쉬웠어~!"

"사잔카, 기다려~! 자, 우리도 불꽃놀이 보러 가자!"

"키홀더, 고마워! 죠로도 수고했어!"

※비상백려 : 만화 『북두의 권』의 등장인물 레이가 사용하는 남두수조권 최고의 기술.

"응! 죠로의 이름도 제대로 불렀으니까 대약진이야!"

카리스마 그룹의 모두들. 조금 더 일찍 등장해서 저 세기말 패자를 막아 줬으면 했는데….

아무튼 나도 강가로 가 볼까. …일단 이 몸부림이 끝난 뒤에 말이지.

※

"…아무도 안 오잖아…."

오후 7시…. 미리 이야기했던 대로, 불꽃놀이가 시작되기 조금 전에 약속 장소인 강가에 온 나는 스마트폰을 한 손에 들고 혼자서 중얼중얼.

주위에는 나와 마찬가지로 불꽃놀이를 보려고 많은 사람이 와 있었다. 커플커플 & 커플. 때때로 가족이나 친구끼리 온 사람도 있지만, 기분상 커플에게 눈이 간다.

"그 녀석들, 뭐 하는 거야! 일일이 전화해도 아무도 안 받잖아!"

하아…. 이대로 아무도 안 오면 어쩌지? 솔직히 이런 장소에 혼자 있는 건 힘든데 그냥 돌아갈까. 하지만 그 뒤에 모두가 오면 그건 그거대로 미안하고.

어쩌지….

"기다렸지, 죠로."

내가 고민하는데, 뒤에서 들리는 목소리. 이 목소리는… 팬지로군!

에잇! 설령 아무리 미인이라도, 지각이라니 그게 무슨 망발인가! 여기서는 따끔하게….

"미안해. 늦어졌어."

음…. 사실은 뭐라고 하고 싶지만, 먼저 사과를 해 왔군.

어쩔 수 없지. 반성한다면 이번에는 나의 관용 넘치는 마음으로 특별히 용서를….

"하지만 충견인 당신이라면 기다리는 것은 포상이려나?"

"내 관용 넘치는 마음이 단숨에 좁아졌다! 시간에 맞춰 오라고, 짜샤!"

"어머, 이상하네? 분명히 기다리는 것에 쾌감을 얻을 줄 알았는데."

"오히려 지각해 놓고 그렇게까지 뻔뻔한 네가 이상해!"

어라? 평소처럼 불평을 말했지만, 이상하네.

팬지 이외에 아무도 없잖아.

"저기, 다른 애들은 어떻게 된 거야?"

"없어. 다른 사람들은 다른 장소에서 불꽃놀이를 보기로 했어."

자신 넘친다고 할까, 뭔가를 이뤄 냈다는 태도로군. 한층 더 의미를 모르겠다.

"그럼 우리도 그쪽으로 가자. 함께…."

"있잖아, 죠로."

"왜 그래? 얼른 가자."

"나랑 둘이서 불꽃놀이를 보지 않을래?"

담담한 어조를 지키면서도, 자기 유카타를 꼭 붙잡으며 팬지가 그렇게 말했다.

"…이게 아냐. 다른 식으로 말할게. …난 당신이랑 둘이서 불꽃놀이를 보고 싶어."

"나는 모두와 함께 불꽃놀이를 보고 싶은데?"

"알아. 그게 그때 내놓은 당신의 대답이니까."

"……잘 알고 있구만."

지역 대회 결승전에서 나는 네 사람의 마음에 대해 아주 최악의 대답을 했다.

나의 본심을 말하면 간신히 만들어진 관계가 무너지리라고 생각했기 때문이다.

"여름 방학 동안, 당신은 계속 모두를 평등하게 대하려고 의식하며 행동했지? 누구 한 사람과 함께 행동할 때는 있어도, 그것 역시 모두에게 그 기회가 가도록 했어. 내 도서실 업무, 아스나로의 신문부 취재 조수, 코스모스 선배의 학생회, 히마와리의 대청소. 무엇 하나 거절하지 않은 것은 그런 이유에서지?"

"…그래. 뭐 불만이라도 있어?"

"없어. 나도 모두와 함께 있을 수 있어서 기뻤고, 누군가를 귀찮게 생각한 적은 한 번도 없었어. 아주 즐거운… 내 인생에서 가장 멋진 여름 방학이었으니까."

그렇게 말해 주다니 나도 기쁘지만…. 그러니까 안 된다.

마지막 불꽃놀이만 팬지와 둘이서 본다는 건 어불성설이다.

모두와 함께 보고, 함께 즐기고 싶다.

"그런 죠로의 마음을 알았기에 우리는 승부를 했어."

"승부?"

"그래. 이 여름 방학 동안 계속 우리 넷은 승부를 했어. …몰랐어?"

"여름 방학 동안 계속? 아니, 오늘은 뭔가 하는 것 같긴 했는데…."

"다른 날도 했어. 다들 기를 쓰고 덤벼들었으니까."

"왜 그런 짓을 한 거야?"

"모르겠어?"

힌트도 없어 어떻게 답을 말하라고? 하다못해 조금은… 아니, 잠깐.

팬지가 이 타이밍에 이런 이야기를 한 걸 보면 혹시….

"여기에 올 권리를 걸고… 승부한 거야?"

"잘 이해하고 있잖아."

살짝 웃음을 띠면서 팬지가 긍정했다.

"여름 방학 동안 이것저것 승부를 해서 가장 많이 이긴 사람만이 여기에 올 수 있다. …죠로와 둘이서 불꽃놀이를 볼 수 있다.
그런 승부였어."

　팬지가 스마트폰을 꺼내 화면을 내게 보여 주었다.

　그러자 거기에는….

「아키노 사쿠라　　　 :【사복】,【비치발리볼】
　히나티 아오이　　　 :【카드 게임】,【비치 플래그】
　하네타치 히나　　　 :【비치발리볼】,【금붕어 낚시】
　산쇼쿠인 스미레코 :【모의 사격】,【고리 던지기】」

　각자가 어떤 승부에 이겼는지의 리스트가 표시되어 있었다.

　"…그래서 여름 방학 동안 너희가 꽤나 감정적으로 행동했던
거냐."

　"그랬어? 그건 몰랐네."

　"말해 두겠는데, 굉장했거든?"

　내가 처음에 묘하다고 생각한 것은 나가시소면 날에 했던 카
드 게임이었다.

　고작 카드 게임 좀 하는데 마치 목숨을 건 승부를 하는 것처럼
귀기 어린 모습들.

　특히나 팬지, 이 녀석은 평소에 거의 감정을 겉으로 드러내지
않는다.

그런데 카드 게임을 할 때… 그 이외에도 그랬지만, 여름 방학 동안의 팬지는 꽤나 감정적이었다.

친구와 함께 있으니 신경 쓸 필요가 없었던 것도 이유였지만, 그 이외에도… 오늘 여기에 오기 위해… 나와 둘이서 불꽃놀이를 보기 위해서였다….

그걸 위해서 다들 필사적으로… 죽을 기세로 승부에 임했다.

그러니까 이겼을 때에는 한껏 기뻐하고, 졌을 때에는 진심으로 분하게 여겼겠지.

"어이. 이 코스모스 회장의 '사복'은 뭐야?"

"자스민 언니가 골라 준 옷 말이야. 누가 제일 잘 어울리는지 당신에게 정해 달라고 한 거야."

"그것도 승부에 들어가는 거야?!"

"그래. 그날 다 함께 노래방에 가서 이야기를 나눈 끝에 정했어. 승부 때만큼은 친구가 아니라 라이벌로 행동하자고."

그렇다면 누나도 전부 알면서 협력했던 건가….

아르바이트가 끝났을 때 꽤나 멋진 사진을 보내 준다 싶었더니만, 설마 이런 꿍꿍이가 있었다니.

게다가 츠바키가 오늘 축제에서 했던 말의 의미도 잘 이해되는군.

'응. 나는 참가 안 한달까. 다들 엄청 진지한데 내가 끼어들면 찬물을 끼얹는 꼴이 되니까, 모두가 신경 써 준 걸지도. …그러니

까 이 기회에 그 호의를 받아들여서 죠로랑 축제를 돌고 싶네.'

그러니까 츠바키는 '같이 가지 않는다'라는 말이 아니라 '참가하지 않는다'라고 말한 건가….

찬물을 끼얹는다는 말도… 즉, 그런 거겠지.

"오늘까지 나만 한 번도 못 이겨서…. 금붕어 낚시도 아스나로에게 져서 더 이상 물러날 수 없을 지경이 되자 정말로 틀렸구나 싶었어."

분명히 아까 리스트에서 팬지가 이긴 승부는 오늘 여름 축제에서 한 것뿐.

다른 승부에서는 모두 패배했다.

그러니까 금붕어 낚시 때 그렇게나 절박한 표정을 지은 건가.

애초에 바다에서 한 승부는 팬지에게 너무 불리하잖아.

히마와리를 필두로 코스모스도 아스나로도 운동 신경은 발군.

운동으로 팬지가 그 녀석들에게 맞서는 것 자체가 잘못이야.

그걸 모를 녀석이 아닌데. 알면서도 이 녀석은 필사적으로 발버둥 쳤다….

"그런데 한 가지 물어봐도 될까?"

"뭘까?"

여러모로 의문은 해소되었지만, 아직 커다란 의문이 하나 남아 있었다.

물론 그건 아까 보았던 리스트의 결과가. 그걸 보기로는….

"너희가 이긴 회수는 다들 똑같지 않아?"

"응, 그래. 열심히 물고 늘어져서 동점까지 따라붙었으니까."

"그럼 어떻게 결판을 낸 거야?"

"서든 데스*가 되었으니까 죠로한테 정해 달라고 했어. …그게 마지막 승부였어."

"뭐? 나는 아무것도 안 했는데?"

"방금 전에 했잖아."

팬지의 손가락이 어떤 것을… 내가 한 손에 든 스마트폰을 가리켰다.

"내 스마트폰? 이게 어쨌는데?"

"아무도 여기에 안 왔을 때, 당신은 뭘 했을까?"

"그야 아무도 안 오니까 전화를… 아니, 설마….."

거기까지 말하다가 나는 황급히 내 스마트폰의 발신 이력을 확인했다.

아까 나는 아무도 안 오니까 일단 모두에게 차례차례 전화를 걸었다.

그리고 발신 이력의 제일 밑에… 내가 제일 먼저 전화를 건 상대의 이름이 표시되어 있었다.

그건….

※서든 데스 : 운동 경기에서 승부를 가리지 못해 연장전을 하는 경우 먼저 득점하는 팀이 승리하는 방식.

"고마워, 죠로. 누구보다도 먼저 내게 전화를 걸어 줘서."

산쇼쿠인 스미레코다.

"…또 하찮은 짓을 벌이고…."

"하찮지 않아. 우리에게는 정말로 중요한… 절대로 양보할 수 없는 일인걸."

참나…. 내가 아무한테도 전화를 안 걸었으면 어쩔 생각이었어?

"그러니까 지금뿐. 지금뿐이면 돼…. 나랑 같이 불꽃놀이를 봐 줘."

결국 신나게 승부를 벌였던 주제에 최종 결정권은 나에게 있다는 소리인가.

자, 어떻게… 응? 누군가에게서 연락이 왔네.

이 타이밍이라면….

「이건 우리의 총의야. 그러니까 죠로는 팬지와 불꽃놀이를 봐 줘. 저기… 사실은 내가 같이 보고 싶었지만 졌으니까. …하지만 다음에는 안 질 거야!」

「죠로는 불꽃놀이가 끝날 때까지 팬지랑 함께! 하지만 이상한 짓 하면 안 돼!」

「이번에는 팬지에게 양보했습니다만, 이번만이니까요! 정말로 이번만이니까요!」

「비밀로 해서 미안해. 하지만 모두의 마음을 생각해 줬으면 한 달까.」

역시나 너희냐….

팬지는 마치 자기가 멋대로 구는 것처럼 말하며 다른 애들을 감쌌지만, 결국 이건 코스모스의 메시지에서도 말했듯이 이 녀석들 전원의 총의겠지.

여름 축제, 다 함께 즐기는 마지막 날만큼은 이랬으면 한다는.

"…안 돼?"

매번 나에게 비밀리에 일을 진행시키고…라고 불평할 권리는 내게 없나….

이 녀석들은 여름 방학 동안 계속 나의 고집에 어울려 주었으니까.

"알았어. 그럼 나는 너랑 둘이서 불꽃놀이를 볼게. …이러면 만족이냐?"

"그래. 대만족이야."

정말이지 어조는 냉정한 주제에 표정이 그걸 못 따라가니까 웃기는군.

기쁜 듯이 웃고 말이야….

"그럼 한 가지만 더 해 볼게."

"마음대로."

팬지가 내 손을 꼭 붙잡았기에, 이번만큼은 나도 그 손을 맞잡아 주었다.

그게 의외였는지 놀라움에 풀어진 팬지의 손을 놓지 않도록

보다 세게 붙잡았다.

"그렇게 세게 쥐면 창피해."

"네가 나를 너무 좋아하는 게 원인이야."

"지금 당신의 행동을 보면 그 말은 내가 하는 편이 좋지 않을까?"

"나는 내가 하고 싶은 말을 했을 뿐이야. 아니라면 부정해."

"…사양하도록 할게."

참나, 여러모로 고생한 여름 방학이었으니까 오늘 정도는 평화롭게 보낼 수 있을 줄 알았는데 설마 했던 이벤트의 발생이군.

하지만 나 같은 것보다 모두가 더 고생했겠지….

"…수고했어, 팬지. 뭐… 고생 많았어."

"고생은 아냐. 승부에는 최선을 다했지만, 그와는 별개로 아주 즐거운 나날이었어. 혹시 내가 여기에 올 수 없었다고 해도 올해 여름 방학은 평생 잊을 수 없는, 멋지고 소중한 보물이 되었어."

"그거 다행이군."

"다들 정말 대단한 사람들이야. 이렇게 멋진 친구가 또 내게 생기다니 꿈만 같아."

"또라는 소리는 전에도…. 아, 그러고 보면 중학생 때 다른 학교에 친한 친구가 있댔나."

"…알고 있었네."

어딘가 쓸쓸하게, 하지만 소중한 것을 떠올리는 복잡한 표정으로 팬지가 그렇게 말했다.

　아마도 그 친구를 떠올린 거겠지.

　"그렇지. …호스에게 들었어."

　"그러고 보니 하즈키에게 한 번 말한 적이 있었어."

　"그 녀석은 어떤 녀석이었어?"

　"아주 심지가 굳어서 자기가 정한 일을 반드시 해내려고 노력하는 여자애야. 정말로 대단한 사람이라서 많이 동경했어."

　"너도 비슷하잖아."

　"그렇게 말해 주다니 기뻐. 나는 '그녀'를 동경해서 그렇게 되려고 노력했으니까. 지금 나는 '그녀'가 있었기에 존재한다고 말해도 과언이 아냐."

　팬지에게 그렇게까지 영향을 주다니…. 엄청난 여자로군….

　"아주 사이가 좋았어. 특히나 인상적인 것은 '그녀'가 과자를 만들 수 있게 되고 싶다고 말했을 때야. 처음에는 정말로 지독해서 나는 몇 번이나 포기하라고 말했지만 포기하지 않았어."

　팬지가 포기하라고 할 정도면 보통이 아니겠지.

　"익숙하지 않은 작업으로 손에 화상을 입고, 아무리 맛없는 과자를 만들어도 절대로 좌절하지 않았지. …그리고 마지막에는 제대로 맛있는 과자를 만들게 되었어."

　"그거 대단하네. …아, 혹시 '팬지'라는 별명노 그 녀석이 지어준 거야?"

별명이란 스스로 붙이는 경우도 있지만, 기본적으로 남이 붙여 주는 거니까.

내 경우는 예전에 함께 지냈던 녀석이 붙여 준 것이고, 히마와리도 마찬가지다.

다른 이들은 모르지만, 아마 비슷한 식이겠지.

다만 팬지는 친구가 적을 것 같으니까. 그렇게 사이가 좋았다는 친구에게…

"아냐. 이 별명을 받은 건 중학생 때가 맞지만."

"헤에. 그럼 또 그 이전의 친구가 지어 준 거야?"

"그것도 아냐. 내게 '팬지'라는 별명을 붙여 준 건, …당신이야. 죠로."

"뭐? 무슨 소리야? 나는 1학년 때 네가 '팬지'라고 불린다는 걸 다른 녀석한테 들었는데?"

"그래. 그 무렵에는 이미 '팬지'라는 별명으로 불리고 있으니까 스스로 그렇게 말했어."

그렇다면 고등학교에 들어오기 전에 내가 이 녀석에게 '팬지'라는 별명을 붙였다고?

아니, 그게 무슨 소리야! 사실 과거에 나와 팬지가 만났다고 해도 그건 작년 지역 대회 결승전 이야기잖아.

"일단 묻겠는데…. 나랑 네가 처음 만난 건?"

"고등학교 1학년 때야. 참고로 대화는 작년의 그곳이 처음이야."

역시 그렇지…. 그럼 역시 이상하잖아!

나와 팬지가 처음 만난 건 고등학교 1학년 때.

나와 팬지가 처음으로 대화한 건 작년 지역 대회 결승전 때.

그런데 내가 '팬지'라는 별명을 이 녀석에게 붙여 준 것은 중학생 때.

뭐가 어떻게 된 거야?

"죠로. 당신의 질문에 대답한 상으로… 부탁이 하나 있는데…."

"뭔데?"

"있잖아, 사실은 여름 방학 동안에 나 이외의 모두가 당신에게 들었던 말이 있어. 하지만 나만큼은 제대로 듣지 못했어. 그게 너무 쓸쓸했어."

"그런 게 있었나?"

"정말로 당신은 이해력이 전혀 없네…. 조금은 날 보고 배우면 어떨까?"

"애석하게도 나는 인류라서 말이야. 에스퍼 요괴랑 비교하면 곤란해."

"…못됐어."

뚱한 표정으로 토라지는 팬지.

하지만 나는 딱히 농담으로 말한 게 아니다. 정말로 모르겠다.

팬지에게만 말하지 않은 게 뭐지?

"그럼 힌트를 줄게. 히마와리는 자스민 언니랑 옷을 사러 간

날. 코스모스 선배는 나가시소면을 한 날. 아스나로는 바다에 간 날. 츠바키는 축제에 가기 직전에 그 말을 들었어."

전원 다른 타이밍인가. 한층 더 모르겠군.

애초에 누나랑 쇼핑 갔을 때는 히마와리보다 코스모스 쪽이 인상적이었다.

죽은 눈의 생쥐 일러스트가 그려진, 게코리나 티셔츠를 가져오고… 내가 얼마나 독한 마음을 먹고 그 녀석에게 진실을 말했다고 생각해?

뭐, 코스모스도 열심이었으니까 기뻤지만.

특히나 자기 옷을 누군가 골라 주었을 때 했던 말은….

"…아."

"어머, 겨우 알아차렸나 보네."

혹시 그건가? 하지만 그런 거라면….

"아니, 너한테도 말했잖아? 누나가 옷을 골라 줬을 때…."

"'뭐… 괜찮지 않나?' 같은 어중간한 말은 싫어."

…그런 거냐. 여름 방학 동안 팬지가 뭐에 불만을 가졌는지를 이해했다.

그러고 보면 제일 처음 히마와리 때부터 팬지는 뚱해 있었지.

코스모스 때는 내 발을 힘껏 밟았다.

그때는 무슨 일인지 도통 몰랐는데, 그것 때문에 팬지가 토라졌던 거냐….

"말하고 싶지 않으면 말 안 해도 돼."

"하는 말과 그 얼굴이 전혀 다른데?"

뭐냐고, 그 매달리는 듯한 얼굴은. 평소처럼 담담한 표정으로 있으라고.

"기분 탓 아닐까?"

또 거짓말이라고 잘라 말할 수도 없는 어중간한 발언을 하고.

그래, 그래. 여기서 내가 말하지 않으면 어차피 또 토라질 거 잖아?

"…알았어. 말할게."

내 손을 잡은 팬지의 오른손이 살짝 굳었다. 아마도지만 긴장했겠지.

"…으, 으음."

팬지가 비어 있는 왼손으로 머리카락을 빗어 넘겼다. 물론 내게 가까운 오른쪽 귀 근처의 머리를.

왼손으로 오른쪽 머리를 넘기는 비효율적인 그 동작이 뭘 의미하는지는 잘 안다.

질질 끌어 봐야 좋을 것 하나 없을 테니, 얼른 말해 버릴까.

"그 유카타, 잘 어울려. …자, 이거면 됐지?"

"별로네. 더 구체적인 말을 나는 요구하겠어."

왠지 아주 김샌 얼굴을 하고 있는데!

내 두근거림을 돌려줘! 라고 말하는 듯한 표정이야!

"…큭! 팬지는 귀여워! 그래, 아주 귀여워!"

"마음이 담겨 있지 않아. 그렇게 대충 말하지 마."

주문이 너무 많아! 팬지의 고집은 진짜 귀찮다고!

"또 나를 휘두르고…."

"여자의 특권이잖아? 당신이 그렇게 말하지 않았어?"

방금 전까지의 긴장이 거짓말처럼, 여유를 되찾은 팬지가 가볍게 웃었다.

반대로 이번에는 내 여유가 산산조각이 났다.

"하아… 최악이군."

무심코 고개를 숙이고 진절머리 내듯이 말했다.

애초에 내 레퍼토리는 그렇게 많지 않으니까, 남아 있는 거라고는….

"……예뻐. 진짜로."

어, 어때? 이걸로도 안 되면 무리야! 정말로 한계니까!

"……."

"…패, 팬지?"

힐끗 고개를 들어 그 표정을 확인하자, 팬지의 100퍼센트 웃음.

이제까지 본 누구보다도 아름다운 웃음이었다.

"후훗. 그럼 불꽃놀이를 구경할까."

아아~ 다행이다! 간신히 납득해 준 모양이다.

뭐, 꽤 창피한 기분이긴 했지만, 그 보수가 이 웃음이라면…
나쁘지 않지.

""…….""

그 뒤 서로 긴장해서인지, 딱히 말할 게 없었기 때문인지, 침
묵이 우리를 감쌌다.

하지만 신기하게도 그게 기분 좋아서, 괴롭다는 생각은 전혀
하지 않았다.

"…어, 드디어 시작됐군."

휘이~ 하는 김빠진 소리 뒤에 펑 하고 울리는 커다란 소리.

어두컴컴한 밤에 밝게 빛나는 색색의 불꽃.

하지만 기대했을 터인 그것에 왠지 나는 집중할 수 없었다.

불꽃이 터질 때마다 주위가 밝아지는 덕분에 잘 보인다고.

…멍하니 불꽃을 바라보는 팬지의 얼굴이.

"멋져, 죠로."

"그래."

"불꽃과 나 중 어느 쪽이 좋아?"

또 짜증나는 질문을 하네….

"그야 물론…

'퍼~엉!'

…야, 당연히."

응, 완벽한 타이밍이었어. 뭐, 이런 일도 가끔은 있지.

"어차, 이거 아쉽군. 불꽃놀이 소리 때문에 지워졌네."

"죠로. 그런 걸 의도적으로 하는 건 안 좋다고 생각해."

"그런 단정은 안 되지. 어쩌다 우연히 운 나쁘게도 겹쳤을 뿐이야."

"그럼 한 번 더 말해 주면 기쁘겠어."

"이런 건 한 번 말하면 창피해서라도 다시 말 못 하는 거라고 생각하는데?"

"단정은 좋지 않아. 어쩌다 우연히 운 좋게도 나는 다시 듣고 싶어."

그래그래, 어차피 그렇게 나올 줄 알았다.

정말이지 이 녀석의 고집은 보통이 아냐. 말하면 되잖아, 말하면.

…다만 솔직히 다시 말하는 것도 이 녀석 손바닥 위에서 놀아나는 느낌이라서 왠지 분하군.

그렇다면….

"귀찮지 않은 쪽."

"…그래."

다음 불꽃은 내 발언 직후. 동시에 환성이 오르고 팬지가 내 쪽으로 다가왔다.

분명 지금쯤 다른 여자애들도 어딘가에서 이 불꽃을 보고 있겠지.

"저기, 죠로. 이 불꽃이 끝나면 다른 사람들과 합류해서 츠바키의 튀김꼬치 가게에 가지 않을래? 이 시간이라면 연습도 끝나서 썬도 올지도 몰라."

뭐야…. 모처럼 죽을 기세로 따낸 권리를 쉽게 스스로 포기하다니.

하지만 너에게 그 녀석들은 그렇게 소중한 친구란 소리인가….

"너치고 어쩐 일로 좋은 아이디어를 내놨잖아. …그럴까."

"그럼 결정이네. 사실은 승부에 열중해서 축제 동안 아무것도 안 먹는 바람에 배고파."

정말이지 최고로 나이스 아이디어야. 사실 꽤나 위험했어.

아까부터 불꽃놀이 이상으로 귀찮은 녀석이 있어서 말이야. 그 녀석의 처리로 골치였어.

정말이지 시끄럽단 말이지. '이대로 계속 팬지를 독점해라'라고 내 마음에서 울리는 목소리가. 이 에스퍼라면 알아차리지… 못했을지도.

아까부터 불꽃에 열중해서 전혀 내 쪽을 보려고도 하지 않고.

정말이지 이 녀석은 모를 여자란 말이야….

내 상황이 패나 엄청나게 되었다

여름 방학 끝자락. 어떤 사정 때문에 하늘을 멸할 필요가 생긴 나지만, 그건 그거.

모든 예정을 무사히 소화하고 숙제도 당연히 완수!

이제 2학기가 시작되는 것을 기다릴 뿐이다!

"다녀왔습니다!"

오늘은 조금 빨리 오후 5시에 아르바이트를 끝낸 나는 의기양양하게 집으로 돌아왔다.

그러자 맞아 주는 것은 나의 엄마인 키사라기 케이키와 누나인 키사라기 마리카다.

"오…. 어서 와~ 냐. …아마츠유."

제일 먼저 어딘가 곤혹스러운 표정으로 내게 말을 건네는 엄마.

아니, 오늘도 멋진 파마에 진한 화장이군! 이래야 내 엄마지!

그리고 또 한 명. 왠지 모르지만, 엄마와 마찬가지로 곤혹스러운 표정을 한 누나가,

"아마츠유… 오늘도 왔어…."

조심스러운 목소리로 내게 그런 말을 했다.

"오, 그런가! 그럼 나는 방으로 갈게! 그리고 저녁밥은 필요 없어!"

"그, 그래? 하지만 모처럼 집에서…."

"됐다니까, 엄마! 밖에서 먹는 게 중요하니까!"

자, 엄마의 애정을 거절하며 밝은 목소리로 말하고 계단을 올

라가는 나.

그런 나를 걱정스런 표정으로 바라보는 엄마와 누나.

하지만 이상할 것은 없다. 내가 밖에서 밥을 먹는 이유는 단 하나.

2학기가 시작되기 직전에⋯ 내 인간관계에 커다란 변화가 일어났다!

아주 중요한 일이니까 아직 발표하지 않았지만, 슬슬 말하도록 하지.

바로 내게⋯ 키사라기 아마츠유에게~⋯.

사귀는 여자가 생겼습니다!!

어차, 착각하지 말아 줘. '남자'가 아니라 '여자'라니까!

그래! 진짜 틀림없이 여자! 게다가 아주 귀여운 여자야!

그런 애가 우리 집에 와서 방에 있으니까 엄마랑 누나가 곤혹스러워 하는 거지!

뭐, 자식이나 동생의 연애에 깊이 관여하는 건 내키지 않으니까. 그 마음은 잘 알아!

엄청 기특한 애야! 사귀게 된 이후로 매일 빼놓지 않고 나를 만나러 오고!

조금이라도 나와 함께 있으려는 거지!

게다가 말이지? 이미 충분히 놀랐겠지만 더 놀랄 일이 있어!

그게 뭐냐고? 놀라지 마시라, 놀라지 마시라!

자, 이미 내 방 문 앞까지 왔군.

이 너머에 내 연인이 기다리고 있다. 그리고 그 상황을 보면 바로 납득하겠지.

내게 어떤 놀라움이 찾아왔는가를!

…그럼 슬슬 발표하도록 하지요!

나, 키사라기 아마츠유의 연인! 그리고 그 놀라운 사실이란!

"어서 와! 아마츠유찌!"

"어, 어, 어서 와! 딱히 얼른 돌아오지 않아도 되니까!"

어째서인지 동시에 두 사람과 사귀게 되었어….

활짝 웃으며 나를 맞아 주는 것은 오징어링 머리 모양이 눈에 띄는 토쇼부 고등학교 3학년, 학생회장인 사쿠라바라 모모. 통칭 '체리'.

왠지 츤츤대는 발언을 하는 다른 쪽은 청초의 탈을 뒤집어쓴 야수, 니시키즈타 고등학교 2학년, 나와 같은 반인 마야마 아사카. 통칭 '사잔카'.

이 두 사람이 현재 서로의 승낙을 얻어서 나와 사귀고 있는 두 사람이다.

…왜 내가 이렇게 되었는가.

그것은 또 다른 기회에 말하도록 하겠지만, 조금만 더 말해 보도록 하지.

나는 **녀석**은 더 진화하지 않으리라고 생각했다.

아무리 그래도 그것 이상은 없으리라고 생각했다.

하지만 그것은 커다란 착각이었다….

내 운명을 항상 어지럽히는… 악마의 벤치.

녀석이 새로운 힘을 갖추고 내 눈앞에 나타난 결과….

"그럼 우리 셋이서 밥 먹으러 갈까! 오늘도 러브러브하자!"

"차, 착각하지 마! 우, 우연히, 너랑 같이 밥을 먹고 싶어졌을 뿐이니까!"

이러한 참극이 나를 덮쳤다….

말도 안 되는 조합. 전혀 공통점이 없는 두 사람.

하지만 그것 또한 커다란 착각. 이 두 사람에게는 어떤 공통점이 존재했다.

그리고 그것이 작용한 결과, 나는 이 녀석들과 동시에 연인 관계를 맺게 되었다….

과거와 미래. 두 가지 사건에 두 사람의 연인.

악몽이라면 얼른 좀 깨어나 줘….

6권 끝

지난번에 시부야에서 신호를 기다리는데, 어깨에 새똥이 직격했습니다. 시부야구의 총인구는 약 22만 명. 하지만 어깨에 새똥을 장착한 것은 저뿐일지도 모른다고 생각하니 고독감이 장난 아니라서, 무심코 담당 편집자 중 한 사람인 콘도 씨에게 「시부야에서 신호를 기다리는데 새똥이 직격했습니다.」라는 메시지를 사진과 함께 보냈더니 「응가맨이다! 더러워. 반사, 반사!」라는 답변이 왔습니다. 이 녀석은 언젠가 처리한다. 그런 경험 때문에 제2장에서 약 6페이지에 걸친 똥 이야기를 푼 것은 아닙니다만, 우연이란 무서운 것이로군요.

안녕하세요, 5권에서 석 달 뒤의 라쿠다입니다. 발매 시기상으로는 4개월이 지났습니다만, 이 후기를 쓰는 것은 석 달 뒤 정도니까 아마도 세이프. 세이프인 걸로 부탁드립니다.

이번 이야기는 지금까지와 달리 단편 형식입니다. 여름 방학이고, 죠로에게 포상이 되는 이야기가 되도록 썼습니다만, 어떠셨나요? 캐릭터가 멋대로 행동해서 좀처럼 생각했던 이야기가 되지 않습니다…라는 그럴싸한 소리를 해 봅니다.

뭐, 무사히 6권도 발매되었고 응가맨도 된 저입니다만, 기쁜 일이 있었습니다.

그것은 아직 6권 회의를 하던 도중, 미키 씨에게서 『나를 좋아하는 거 너뿐이냐』가 전격문고 페어 2017의 캠페인용 포스터 라인업에 들어갈 것 같습니다!"라는 말씀을 해 주셨습니다. 아주 기뻤습니다. 그렇게 행복한 제게 "그러니까 메인 히로인에게 조금 더 에로틱한 옷을 입히게 되었습니다."라는 말이 이어졌습니다.

…메인 히로인. 『나를 좋아하는 건 너뿐이냐』의 메인 히로인이라… 5k, 파악 완료.

그럼 '그 사람'밖에 없잖아! 이거 찬스가 왔군!

그렇게 각성한 저는 그 자리에서 써… 어흠. '그 사람'이 메인 히로인으로 어울린다고 5분 정도 말했습니다. 차가운 미소로 "그런 이야기가 아닙니다." 소리를 들었습니다.

작가와 편집자의 의견 충돌입니다. 만난 지 1년 반, 이렇게까지 의견이 어긋나는 것은 첫 경험이었습니다. 서로 보다 좋은 것을 만들어 내려는 탓에 발생하는 갈등입니다.

그런 뜨거운 말을 제가 펼치는 가운데, 제 옆에 있는 콘도 씨는 그저 쓴웃음만 짓고 있었습니다.

의견을 말하려고 하지 않고 그저 눈치만 살피는 놈입니다. 그 녀석은 언젠가 처리한다.

그 결과 여기서는 왠지 패배한 저입니다만, 새똥마저 장착한 불사조인 저입니다. 아직 포기할 수 없습니다. 혹시 라인업이 진짜로 결정되면 끈덕지게 매달려서, 원작자의 권력을 마구 휘둘러서 밀어붙인다! 라는 마음가짐이었습니다.

그리고 그로부터 1주일 정도 지나 미키 씨에게서 메일이 도착했습니다. 전격문고의 여름 페어용 포스터에 『나를 좋아하는 건 너뿐이냐』도 포함하기로 결정되었다는 메일입니다.

기뻐하는 저. 권한을 현현시켜 주마! 라는 하찮은 생각을 하면서 스탠바이.

…하지만 도착한 메일의 내용을 보며 얼음.

저를 얼어붙게 한 메일의 일부를 발췌한 게 이것.

「이쪽은 **당연히** 진(眞) 팬지로 가겠습니다만―(이하 생략)」

【당연】

當然.

일의 앞뒤 사정을 놓고 볼 때 마땅히 그러함. 또는 그런 일.

형용사 : 당연하다.

부사 : 당연히 ※사전 검색 결과.

이 '당연'이란 단어의 압박감이란.

망치로 짓눌렸다고 할까, 골디언 해머로 빛이 된 기분입니다.

현재는 2017년. 용자왕식으로 생각하면 솔 11유성주와의 싸움

으로부터 10년의 세월이 지났습니다. 마모루 군도 20세입니다.[*]

싸움이 끝나고 '푸하핫!' 소리를 내며 맥주를 마시는 나이가 된 것이지요.

이번에는 아쉽게도 실패했습니다만, 아직 포기하지 않고 힘내겠습니다. 성공률은 한없이 0에 가깝더라도, 성공률 따윈 단순한 수치일 뿐입니다. 나머지는 용기로 채우면 됩니다.

이것이 승리의 열쇠다!!

그럼 감사 인사를.

6권을 구입해 주신 독자 여러분, 이번에도 진심으로 감사드립니다. 이번 권에서 가장 시간이 걸렸던 것은 프롤로그입니다. '이거 해 보자'라며 가볍게 건드렸더니, 일이 무시무시하게 커졌다는…. 다음 권부터 시작되는 2학기 편. 벤치에 앉았더니 이세계에 전생하여 치트 능력을 갖춘 죠로의 모험은 시작되지 않습니다만, 이야기는 새로운 전개로 진행되겠지요. 7권에서는 이전부터 해 보고 싶었지만 할 수 없었던 새로운 도전을 해 볼 테니, 잘 부탁드립니다.

브리키 님. '이번에는 야한 장면을 많이 넣죠!'라며 회의에서 결정하고, 주인공을 제외한 모든 주역 캐릭터의 에로에로신을 도입한 결과 그렇게 되었습니다. 데헷.

※용자왕식으로~ : 애니메이션 〈용자왕 가오가이거〉의 패러디. 골디언 해머는 가오가이거의 무기. 국내에는 〈사자왕 가오가이거〉로 방영되었다.

항상 정말로 감사드립니다. 앞으로도 잘 부탁드립니다!

담당 편집자 여러분. 항상 정확한 충고 감사합니다. 앞으로도 의견이 어긋나거나 충돌하는 일은 있을 거라 생각합니다만, 아무쪼록 잘 부탁드립니다. '라쿠다 씨는 방심하면 금방 새 남자 캐릭터만 내놓는다!'라는 말을 가슴에 새기고 러브 코미디 작가로서 나날이 매진하겠습니다.

사토 타쿠마 선수, 인디500 우승 축하합니다! 엄청 감동했습니다.

은색 날개에 희망을 태우고, 커져라, 평화의 청신호![*] 마감에 맞춰 지금 제출!

작가 특급 라쿠다

※은색 날개에 희망을 태우고~ : 애니메이션 〈용자특급 마이트가인〉에 나오는 대사의 패러디.

나를 좋아하는 건 너뿐이냐 [6]

————

2019년 5월 10일 초판 발행

저자 라쿠다 | **일러스트** 브리키 | **옮긴이** 한신남
발행인 정동훈 | **편집 전무** 여영아
편집 팀장 최유성 | **편집** 김태헌 노혜림
발행처 (주)학산문화사 | 서울특별시 동작구 상도로 282 학산빌딩
편집부 02.828.8838(전화), 02.828.8890(팩스) | **영업부** 02.828.8986(전화), 02.828.8989(팩스)
홈페이지 www.haksanpub.co.kr | **등록** 1995년 7월 1일 | **등록번호** 제3-632호

————

————

ISBN 979-11-348-1449-6 04830
ISBN 979-11-256-9864-7 (세트)
값 7,000원

비오타쿠인 그녀가 내가 가진 에로게임에 엄청 관심을 보이는데…… 3

타키자와 케이 지음 | 무츠타케 일러스트

〈제28회 판타지아 대상〉 '금상' 수상작!
여자친구와 첫 외박 여행에 갔습니다?!

"나, 오다기리 군하고 외출…하고 싶어." 우등생 여자 친구, 호노카와 첫 원정 데이트가 결정?! 행선지는 모 유명 에로게임의 성지인 동시에 서브연 부장, 사사이 유나의 본가가 있는 시골. 드디어 우리는 건전한 교제를 할 수 있게…. "카즈마 군?! 어째서 여기… 아, 보, 보지 마!" 부장님, 어째서 무녀복 같은 걸 입고 있는 건데요? "오다기리 군, 숙박 세트는 내가 준비했으니까 안심해." 이 여행, 당일치기 아니었어?! "카즈마, 데이트하고 자고 온다는 얘긴 없었잖아! 불건전해!" 어째서 루리까지 온 건데?! 수영복, 유카타, 혼욕 온천! 자극적인 이벤트로 가득한 '2박 3일 여행' 스타트?!

(주)학산문화사 발행

크로니클 레기온 2

타케즈키 조 지음 | BUNBUN 일러스트

『캄피오네!』 타케즈키 조 신작!
환상과 역사가 교차하는 패도전기, 제2탄!

대영 제국군의 침공을 타치바나 마사츠구가 격퇴한 지 사흘. 여전히 스루가에 갇힌 와중에도 황녀 시오리와 마사츠구는 은밀하게 반격의 기회를 엿보고 있었다. 하츠네가 일족 비전의 명 '쿠로호간 요시츠네'를 계승하는 것에 성공해 마사츠구의 세력은 전력을 보강했지만, 대영 제국군의 흑태자 에드워드에 의해 하코네가 함락당했다는 보고가 들어온다. 게다가 사자심왕이라는 이명을 지닌 전설의 영국 왕, 리처드 1세가 증원으로서 황국 일본의 땅을 밟는다! 진홍색 레기온을 이끄는 전설의 대영웅에 맞서, 아직도 기억을 되찾지 못한 마사츠구와 시오리가 쓸 전략은 과연?! 유구한 시간을 넘어 드디어 부활자끼리의 싸움이 막을 올린다!!

(주)학산문화사 발행